沈阳文化丛书

初国卿 主编

名家風流

岳强 著

沈阳出版发行集团
沈阳出版社

图书在版编目（CIP）数据

名家风流 / 岳强著 . -- 沈阳 : 沈阳出版社 ,
2024.4
（沈阳文化丛书 / 初国卿主编）
ISBN 978-7-5716-3795-8

Ⅰ . ①名… Ⅱ . ①岳… Ⅲ . ①散文集 - 中国 - 当代
Ⅳ . ① I267

中国国家版本馆 CIP 数据核字（2024）第 007058 号

出版发行：沈阳出版发行集团|沈阳出版社
（地址：沈阳市沈河区南翰林路10号 邮编：110011）
网 址：http：//www.sycbs.com
印 刷：辽宁泰阳广告彩色印刷有限公司
幅面尺寸：170mm × 240mm
印 张：18.75
字 数：250千字
出版时间：2024年4月第1版
印刷时间：2024年4月第1次印刷
选题策划：张 闯
出版统筹：张 闯 赵长伟
责任编辑：赵长伟 籍 莉
封面设计：杨 雪
版式设计：R润泽文化
封底篆刻：孙熙春
责任校对：王 颖
责任监印：杨 旭
法律顾问：张宝兰

书 号：ISBN 978-7-5716-3795-8
定 价：158.00元

联系电话：024-24112447
E - mail：sy24112447@163.com

瀋陽文化叢書

总序

文化是一个国家、一个民族的灵魂。党的十八大以来，习近平总书记深刻把握新时代历史方位，以坚定的文化自觉、宏阔的历史视野、深远的战略考量，创造性提出了一系列新思想新观点新论断，形成了习近平文化思想。中共沈阳市委深入学习贯彻习近平文化思想，扎实推进文化强市建设，加快打造区域文化创意中心，沈阳市展现出独有的文化风貌和文化魅力。

沈阳是闻名遐迩的历史文化名城，拥有11万年的人类活动史，7200多年的人类生活史，2300余年的建城史，勤劳、勇敢、智慧的沈阳人民创造了璀璨夺目的历史文化，斯文在兹，底蕴深厚。沈阳是一座英雄城市，在中国共产党领导下，沈阳英雄儿女为了国家独立、民族解放、人民幸福不屈不挠、奋起抗争，谱写了可歌可泣的壮丽诗篇。新中国成立后，沈阳人民担当奉献、开拓创新，积极投身社会主义革命、建设和改革的宏伟事业，创造了共和国历史上数百个“第一”。沈阳作为辽宁“抗日战争起始地、解放战争转折地、新中国国歌素材地、抗美援朝出征地、共和国工业奠基地、雷锋精神发祥地”重要承载地而名载史册。新时代以来，在以习近平同志为核心的党中央坚强领导下，沈阳聚焦建设国家中心城市、在辽宁打造新时代“六地”中当好排头兵，顽强拼搏、砥砺前行，全面振兴其时已至、其势已成、其兴可待。

2022年9月，中共沈阳市委决定编纂“沈阳文化丛书”（以下简称“丛书”），旨在探求历史源流，提炼文化精髓，彰显城市魅力，赓续城市文脉。沈阳市政协荣膺此任，市政协党组高度重视，组织编委会成员深入学习习近平文化思想，弘扬社会主义核心价值观，严把意识形态关，认真研究丛书内容、结构、体例等。参编人员辛勤工作，钩沉史料，斟酌推敲，精心打磨，倾力为读者提供内容翔实、鲜活生动的高质量文化丛书。

丛书共10卷，采取文化散文体例，撷取精粹，探幽穷赜，全方位、多角度描绘沈阳历史与现实、艺术与人文、民俗与风貌，深入挖掘丰富内涵和时代价值，彰显了沈阳海纳百川、开拓进取的城市品格。其中，《名城沧桑》萃取沈阳先人筚路蓝缕、上下求索的文化记忆，记录城市变迁，张扬人文风骨；《峥嵘岁月》以凝重的笔触书写烽火硝烟的年代和英勇抗争的传奇，为英雄立传，为信念放歌；《名家风流》记述沈阳历史上重要人物、重要事件，尽展名士风范，彰显爱国情怀；《铁流百年》实录沈阳百年工业文明的铿锵步履，赞美沈阳人民主人翁的秉性、勇立潮头的天性、精工细作的品性，弘扬劳模精神、工匠精神；《山水形胜》描绘沈阳山川多娇、钟灵毓秀，触摸山水灵性，品味城市意蕴；《沈水文韵》赏鉴地域文学史、艺术史之精品力作，汲取文本精华，滋养城市文心；《建筑风华》让历史吟咏凝固的音乐，展现多元气象，熔铸城市性情；《市列珠玑》敷陈沈阳都市商业史、市井民俗史，呈现生活场景，尽显城市繁华；《巷陌至味》氤氲人情味、烟火气，记述围炉煮酒的饮食文化，盛邀四季客来；《物华天宝》讲述名物藏珍和民族瑰宝的前世今生，展现雍容气度，见证文化辉煌。相信这部丛书能够更好地以文化人，以文育人，传承文化基因，坚定文化自信，给奔跑的沈阳以智慧和力量，奋力谱写中国式现代化沈阳新篇章。

丛书编纂得到了省委宣传部、省委党史研究室、市委宣传部和沈阳出版社等省市部门、单位的热情帮助和鼎力支持，丛书编委会表示衷心的感谢和诚挚的敬意！丛书的出版是沈阳文化建设的一件大事。我们要认真学习贯彻落实习近平文化思想，坚定文化自信，坚持守正创新，在新的历史起点上更好担负起新的文化使命，推进文化繁荣，建设文化强市，续写无愧于先贤、无愧于时代、无愧于后世的文化新篇。

文章千古事，得失寸心知。尽管编委会做出了很大努力，但由于时间和水平所限，丛书不免有缺点和不足，敬请指正。

沈阳市政协主席 

2024年4月

引言

走在沈阳这片温暖的土地上

每一座城市，都有其独特的城市精神和先贤名流。拥有2300多年建城史的沈阳，历朝历代曾涌现出诸多精英和名家，他们在推动城市发展的同时，也丰盈和繁荣了城市历史与文化，令后人景仰与追慕。

“最早的沈阳”候城，是燕将秦开于公元前300年始建的。因战争而建的候城，也曾因战争而亡。德政双馨的玄菟郡太守姚光，谱写了化干戈为玉帛的美谈。沈阳有记载的首位地方官陈禅，因“廷讪朝政”罪，从谏议大夫被贬为“候城障尉”，在此，他化解了高句丽和匈奴的袭扰，造福一方百姓，同时，他的刚正不阿和铁面无私，树立了中国古代监察官的形象，更滋养了这片土地。

首位来沈的皇帝，辽朝的开创者耶律阿保机，于921年，在候城废墟上以候城为基础建立了方形土城，重建沈州城，把从河北掳来的民众，安置在现在大东区八家子附近，方城的土地上骤然变得热闹起来。金太祖完颜阿骨打于 1116 年攻取了沈州城，在沈州城原有模样的基础上加以重修。辽金两代，沈阳方城处于汉族、契丹族、女真族、蒙古族等多民族杂居相处的时代，农耕文化、游牧文化、渔猎文化交流融合，迎来了继战国、秦汉以后的第二个发展建设高峰期。沈州文学开始有了自己真正意义上的文人作品，沈阳地域文学创作由此滥觞：辽代南府宰相张琳所撰写的《宣懿皇后哀册》，是后人研究辽代文学的代表作；金代沈州文坛代表刘光谦，给中国诗史注入了强劲的生命力。

金代末期，蒙古骑兵在攻占辽东的战争中，几乎将沈州城夷为平地。元朝于 1266 年重塑沈州城廓。明代在沈阳设立了军政地方机构——沈阳中卫，沈阳中卫指挥使闵忠，在元代沈阳路城的基础上修筑了一座新的方城，沈阳第一次有了带瓮城的砖城，第一次有了城市的中心地标。获立沈阳城进士坊的范鏓，为官清正、却金守廉，彰显了这片土地的精神风骨，他的曾孙范文程，是清朝开国定制的四朝元老。

1625 年农历三月初三，清太祖努尔哈赤自辽阳迁都沈阳，他修建了“太祖居住之宫”——汗王宫与办理国事的“大衙门”——沈阳故宫东路建筑大政殿、十王亭，推动了沈阳的发展，使这座城市后来发展为“兴盛的城郭”——盛京。他的第八子皇太极被拥立为帝后，改女真为满洲，改国号为清，完成了清朝的奠基工程。

奉旨焚修慈恩寺的第一流人函可，组织了东北地区第一个诗社——冰天社，创造了一个味道醇厚的精神世界。从军功走向诗书的曹雪芹曾祖曹玺，得到康熙眷顾，为曹氏奠定了最初的功勋底色。武器天才戴梓设计的“连珠火铳”，比欧洲人发明的机关枪早了 200 多年。“陶圣”唐英在景德镇督窑 28 年，是景德镇御窑厂督窑时间最长、成绩最显著的督窑官。沈阳首位翰林缪润绂，是当时最负盛誉的东北诗坛泰斗。

沈阳创立的东北第一所新式大学则可以上溯到1901年，是孙百斛所创办的奉天大学堂，虽然仅仅存在了3年，却开了东北新学的先河。沈阳最早报纸之一的创办者张兆麟，为促进民智觉醒、改良社会，创办了近代辽宁报刊史上第一家民营报纸《醒时报》。1923年，东北大学的首任校长王永江，在学校创办之初，就将其办成了中国高等教育的高地。中国社会教育的开山启林之人、将“图书馆学”引入中国的第一人谢荫昌，主持创办了奉天第一份近代报纸《东三省公报》和辽宁最早的教育刊物《奉天教育杂志》，做奉天省教育厅厅长时，把奉天教育办成了全国的“教育模范区”。以史为据的金毓黻，国难当头，凭一己之力，完成了《渤海国志长编》《东北通史》等著作，用史实证明，东北地区是中国领土不可分割的一部分，在学术上捍卫了国家安全。双剑誃主人夙兴叟于省吾，是“甲骨四老”之一，是把训诂考据紧密结合的代表人物。

风雨如晦的年代，没有阻碍红色种子开花结果的进程。沈阳首个党支部书记任国桢，于1925年9月，成立了中国共产党在沈阳的第一个地方组织——中共奉天支部。中共满洲省委第一任书记陈为人，参与创建了中国社会主义青年团，是第一位中共满洲省委书记，为了守护党史上的“一号机密”——中央文库，他用一条咸鱼瞒天过海，用生命诠释了对党的绝对忠诚。帮助任国桢建立党支部的，是在奉天基督教青年会任职的阎宝航，他在奉天基督教青年会影响了一批年轻人。作为坚定的共产主义者，阎宝航是周恩来亲自单线掌握的“特殊人物”，他的情报更是直接扭转了二战局势。革命者巩天民，作为“沈阳爱国九人小组”中的一员，冒死搜集证据300余件，向国联李顿调查团递交揭露日本侵略中国的“TRUTH”（真相)，国联特别大会同意《国联调查团报告书》中对日本侵略行径和“满洲国”非法的结论，这是国际上第一个对九一八事变作正式定性结论的文献。

张学良，从 1928 年到 1936 年，为维护国家统一，他东北易帜、武装调停中原大战、发动西安事变，他是爱国将领、千古功臣。中国首个以个人名字命名的、东北地区第一所私立大学——冯庸大学，创办于 1927 年。冯庸散尽家财，追求工业兴国育人才，至死都没有自己的房产。

从 1931 年 9 月 18 日九一八事变爆发，到 1945 年 8 月 15 日日本宣布无条件投降，14 年的抗战之路，沈阳承担了诸多苦难，也催生了在苦难中崛起的信念。实业救国的英烈杜重远，创办了我国第一个机器制陶工厂——肇新窑业公司，一度超过瓷都景德镇，成为中国工业制瓷的领军企业。被周总理誉为“东北人的榜样”的高崇民，在 14 年抗战中，不做官，不经商，专门从事救亡工作。“东北甘地”车向忱，历经千难万险联络敌后抗日义勇军将领共同抗战，在西安创办了竞存小学，将“回家”二字高高悬挂。九一八事变中，率先抗日的黄显声，毅然不顾国民政府的“不抵抗”密令，是“血肉长城第一人”，也是小萝卜头儿宋振中的狱中老师。抗日义勇军中的第一个大学生，是东北大学毕业生苗可秀，牺牲时年仅 29 岁，他的成仁绝笔在当时的影响很大，收录在 1943 年出版的《中外名人书信精选》中。《五月的鲜花》曲作者阎述诗，创作并参演了东北地区第一部歌剧——《高山流水》，创办了沈阳第一个音乐刊物《遏云》。以笔为“枪”的革命烈士金剑啸，创作的叙事长诗《兴安岭的风雪》，是抗战时期最早的东北抗联赞歌，他用 26 年有限的生命，用文学和绘画刺向敌人的心脏，唤醒民众的觉醒和反抗。“太行山上的花木兰”高尔华，在反“扫荡”战役中，与八路军副总参谋长左权同时牺牲，26 岁的她，打光最后一颗子弹，从容跳崖。

操行世范的将军吕正操，创立了华北平原第一个抗日根据地——冀中平原抗日根据地，《平原游击队》《地雷战》《地道战》等文艺作品，都取材于这段历史。

新中国成立后，沈阳人民掀起了建设社会主义祖国的热浪。他们来自世界各地，来自千行万业，他们与时间赛跑，释放所有的聪明才智，投入到火热的生产建设中，只为那至高无上的中国红。

关东京剧唐派创始人唐韵笙，“如今魏法在辽东”的沈延毅，人民作家马加，“铁肩担道义”的文化名士王堃骋，人民鉴赏家杨仁恺，丹青“耕者”王盛烈，首创汽车“飞车走壁”和“环球飞车”的“飞车大师”蔡少武，“农耕文化最后的歌者”谭振山，人民表演艺术家李默然，因为对这片土地爱得深沉，他们始终怀着艺术为人民服务的感恩之心一生求索。

中国冶金科技事业的开拓者和奠基人李薰，冲破重重阻挠，回到祖国，创建了中国科学院金属研究所。中国第一位女物理学博士何怡贞，参与筹建了中国科学院沈阳金属研究所，填补了光谱分析的空白。土壤学家陈恩凤是中国土壤学会的创始人之一。中国化学制药企业第一位女院士安静娴，被誉为“中国头孢第一人”。

老当益壮的技术革新闯将赵奎元，诠释了“蚂蚁啃骨头”精神。新中国第一枚金属国徽铸造者焦百顺，在挑战各种不可能的过程中，完成了共和国交给的任务。沈阳第一个农业生产合作社的创始人张振发，在高坎镇成立了全东北第一个农业生产合作社，成为当时农民向集体化前进的一面旗帜。全国工业建设的一面旗——王凤恩，把全部精力和智慧都献给了党和人民的事业，被誉为“技术革新迷”。机器人事业奠基人蒋新松，在保家卫国和造福子孙的事业里，助力祖国跻身世界先进行列。航空工业英模罗阳，择一业，终一生，为祖国的航空工业以身殉职，书写了忠于祖国蓝天事业的强军赞歌。

“多少事，从来急；天地转，光阴迫。一万年太久，只争朝夕。”人类社会前行的车轮滚滚，沧海桑田，世事变迁，经过岁月洗涤之后，留下的是这座城的精神内核。

我是土生土长的沈阳人，儿时父母家就在中街附近，我和妹妹那些流连忘返的嬉戏场所的地下，曾是这座城市2000多年前留下的残垣断壁。如今，与妻儿逛中街时，还会时常到沈阳故宫北墙外宫后里看看城墙遗址和汗王宫。

走在沈阳温暖的土地上，聆听来自历史的呼唤，终会在心灵的震撼中，去传承这份价值。

走在沈阳温暖的土地上，呼吸着泥土的芬芳，聆听着熟悉的乡音，串起的，是对历史的敬意。2300多年建城史，从最初的边陲军事要塞，到今天的东北第一大城市，仁人志士积累的厚重文化根脉奠定了今日沈阳振兴的基础。

走在沈阳温暖的土地上，每一步都踏实，每一脚都坚定。这土地浸染了先辈流下的血、洒下的汗，他们曾立下的誓言和青春的呐喊，在这生生不息的土地上梦想成真。

走在沈阳温暖的土地上，感受四世同堂的暖意，一代人有一代人的奋斗，一代人守护一代人的成长。每个“普通的我”，都别具一格，也都很了不起。经过2000多年的孕育发展，东北魂，已经蔚然而生，共和国的“工业长子”正砥砺前行在全面振兴、全方位振兴的新时代征程上。

走在沈阳温暖的土地上，让我们赓续红色血脉、传承精神文脉，让我们仰望星空、脚踏实地，共同创造家乡沈阳更美好的未来！

目录

总　序 | 001

引　言　走在沈阳这片温暖的土地上 | 001

沈阳建城第一人秦开 | 001

德政双馨的玄菟郡太守姚光 | 006

沈阳有记载的首位地方官陈禅 | 011

辽代南府宰相张琳 | 015

金代沈州文坛代表刘光谦 | 020

重修沈阳砖城的闵忠 | 024

获立沈阳城进士坊的范鏓 | 028

清王朝的奠基者努尔哈赤 | 032

文韬武略皇太极 | 037

开国定制的四朝元老范文程 | 041

誓死不降，歌以见志的张春 | 045

“奉旨焚修”慈恩寺的流人函可 | 050

从军功走向诗书的曹雪芹曾祖曹玺 | 055

“三藩之乱”中殉职的封疆大吏甘文焜 | 059

清朝武器天才戴梓 | 063

“陶圣”唐英 | 068

翰林缪润绂 | 072

中国电影创始人任庆泰 | 077

东北第一所新式大学创办者孙百斛 | 081

领导家族共办《醒时报》的张兆麟 | 085

东北大学首任校长王永江 | 089

把酒看剑的民国省长王树翰 | 093

教泽八方的谢荫昌 | 098

“辽东文人之冠”金毓黻 | 102

著名古文字学家于省吾 | 106

沈阳首个党支部书记任国桢 | 110

中共满洲省委第一任书记陈为人 | 114

情报家阎宝航 | 118

革命者巩天民 | 122
“千古功臣”张学良 | 126
工业兴国育人才的冯庸 | 131
实业救国的英烈杜重远 | 136
“东北人的榜样”高崇民 | 141
“东北甘地”车向忱 | 145
“九一八”自救东北大学的宁恩承 | 150
“血肉长城第一人”黄显声 | 155
抗日义勇军中的第一个大学生苗可秀 | 160
中国奥运第一人刘长春 | 165
《五月的鲜花》曲作者阎述诗 | 170
以笔为“枪”的革命烈士金剑啸 | 175
“太行山上的花木兰”高尔华 | 180
操行世范的将军吕正操 | 185
如磐风雨奋然行的郭峰 | 189
一代宗师唐韵笙 | 193
“如今魏法在辽东”的沈延毅 | 197
人民作家马加 | 202
“铁肩担道义”的文化名士王堃骋 | 206
人民鉴赏家杨仁恺 | 211

丹青“耕者”王盛烈 | 215

“飞车大师”蔡少武 | 221

“农耕文化最后的歌者”谭振山 | 226

人民表演艺术家李默然 | 230

物理冶金学家李薰 | 235

开辟中国金属材料研制春天的何怡贞 | 240

土壤学家陈恩凤 | 245

中国化学药企首位女院士安静娴 | 249

老当益壮的技术革新闯将赵奎元 | 254

新中国第一枚金属国徽铸造者焦百顺 | 258

全国工业建设的一面旗帜王凤恩 | 262

沈阳第一个农业生产合作社的创始人张振发 | 266

机器人事业奠基人蒋新松 | 270

魂系海天的航空工业英模罗阳 | 274

后　记 | 279

沈阳建城第一人秦开

古今中外城市始建之人，多被人们誉为英雄。他们把自己的理想，在与黑暗和沉沦的角逐中，深深地镌刻在了择险而筑的高墙深池之中。于是，在

｜沈阳五里河公园秦开雕像 刘卓摄｜

岁月的长河中，英雄的理想与气质，成为城市的血肉与筋骨。如今，“英雄之城”沈阳设立市制已有百年，但这座城的建立，却已有2300多年的历史——燕将秦开公元前300年在辽东始建的候城（候，为瞭望之意）是沈阳最早见载史籍的城邑。

儿子小学时，对善奔袭、战河西、取祁连的霍去病，收失地、逐戎狄、修长城的蒙恬等英雄故事如数家珍。但第一次站在浑河北岸五里河公园的秦开雕塑前，他还不知道，秦开才是史书记载的第一个深入北方数千里的战将，也是随荆轲刺秦的秦舞阳的祖父。

秦开（约前325—约前279），是鲁国宗室后裔、战国时期燕国名将。1993年，随着东亚商业广场的修建，在沈阳故宫北墙外20米处出土了宫后里城墙遗址，“最早的沈阳”——候城，重新展现在世人面前。2300多年的时光，掠过不同文化地层，诉说着这座英雄城市最初的光荣与梦想。

在争霸的七国中，燕国是从西周就开始存在的诸侯国。东胡原是燕山以北和松辽平原上的部落联合体，因居住在匈奴（胡）以东而得名，曾因打败过匈奴而盛极一时。公元前311年，在动乱中继位的燕昭王，将给燕国带来历史性的转折，奈何刚刚平息内乱，他还要面对东胡的入侵。因国力弱小，他不得不承受着被东胡劫掠烧杀的耻辱，采取了盟约求和策略，将自己的心腹大将秦开作为人质，送到东胡手中，以缓和北方的艰难时局。

据《史记·匈奴列传》记载：“燕有贤将秦开，为质于胡，胡甚信之”。初到东胡，秦开卸下燕国将领的华服，以低贱的马奴身份，在塞外胡地凄风苦雨中忍辱偷生。他虚心向胡人学习生活经验，机敏灵活地战胜种种困难，渐渐地，他对东胡的山川地理、风俗人情、兵力布置和战术特点了如指掌，也取得了东胡人信任，甚至还被授予“勇士”头衔。

随着燕昭王休养生息、屯田戍守、求才任贤，燕国国力逐渐强盛，对东胡的外交政策也开始变得强硬起来，双方分歧日渐增多。作为人质的秦开，人身安全自然也受到了威胁。他被削去“勇士”头衔，自由受到限制。伺机自救的秦开终于在一次随东胡人贩马的途中，设法脱离了队伍，历尽千辛万苦回到了阔别十余年的祖国。

燕昭王十二年（前 300），燕国组建了强大的兵团，任秦开为将，率军反击东胡，蛰伏英雄有了用武之地。燕昭王的意图十分明显：首先，秦开是燕国名将，拥有非常丰富的作战经验，并且久经沙场，百战百胜；其次，也是更主要的，秦开在东胡的部落做过人质，对东胡及周边的情况十分了解，特别是对其军队的作战特点、作战方法了然于心。

燕军自西向东，由妫水（今延庆）流域向密云地区的渔水（今白河）、鲍丘水（今潮河）流域推进，一路斩关夺隘，马踏平川，士气日益旺盛。东胡军虽奋力抵抗，却无法阻挡燕军攻势。狼狈的东胡王在战马哀嚎的嘶鸣中，终于看清了所向披靡的对手，竟是当年身手矫捷的“阶下囚”，顿觉狼狈至极，带着东胡兵一直逃到了 1000 多里外的今西辽河上游地区。

秦开却胡千里之后，并没有被胜利冲昏头脑，他又在思考未来的战略。秦开效法赵国，统率燕国军民修筑抵抗匈奴入侵的长城。《史记·匈奴列传》记载：“秦开归而袭破东胡，却千余里。”“燕亦筑长城，自造阳至襄平，置上谷、渔阳、右北平、辽西、辽东郡以拒胡。”这就是燕国北长城，西起造阳（今河北张家口），东到襄平（今辽宁辽阳），宽 4 至 6 米，高不下 5 米，长达 2000 多公里，是中国最早的长城之一。为了防御东胡的再次入侵，燕国还设置了上谷、渔阳、右北平、辽西、辽东五郡。这是东北地区郡县建制的开端，在东北历史上具有划时代的意义。

秦开击败了当时北方最强大的势力东胡，打得其后退 1000 多里，后来又收复失地 2000 多里。可惜的是，司马迁在撰写这一段历史时，却没有为他单独立传，只是在其他篇章中一句带过。这也许是燕国史料尽毁于秦始皇无法详尽的缘故，也可能是司马迁受老师——名噪一时的大儒孔安国与董仲舒儒家思想的影响，追求仁义治国，似乎不喜欢发动外战的将军，而更重视抵御外敌与平定叛乱。

秦开不愧为沈阳建城第一人，他建长城巩固边防，增强了军事防御能力。他行郡县巩固管理，封建制度由此在辽沈地区起步。影响更为深远的是，候城是沈阳有明确行政建制的开始，更是从行政管辖上正式进入中原文化圈，自此，以燕文化为代表的中原文明开始在东北地区广泛传播，中原先进的生产方式、进步的国家制度、华夏文明、炎黄教化延伸到东北边远地区，沈阳开始由奴隶制文明进入新的发展阶段，这也为中华民族共同体的形成与发展写下了浓重一笔。

真的英雄，敢于直面惨淡的人生，敢于正视淋漓的鲜血。秦开戍边卫国，鲜涉中原，名气不如同时期率领五国联军连下齐国 72 城、一雪 30 年前国耻家仇的乐毅，也不如自己的孙子秦舞阳。可以说秦开是不幸的，身为燕国将领的他，在东胡忍辱负重做马奴。同时，秦开又是幸运的，他在卧薪尝胆十

余年后，逃回燕国，仍能得到燕昭王的信任，带领将士克服交通条件极差的险恶环境，一路杀到辽东，收复失地，并建立郡县加强管理，实现了多年的梦想，这是他和燕昭王的“双向奔赴”，也是他不屈服、不忘本、一往无前的责任担当。这就是英雄本色。

已经是高中生的儿子知道了更多沈阳的英雄，也见证了更多英雄的沈阳。每每在浑河慢道散步或骑行，他还是要在秦开塑像前停下转转。英雄的思想、英雄的精神，幻化成天上的云，地下的水，融入这座英雄城市的血脉之中。沈阳建城第一人秦开，威严、刚毅地立于战车之上，守望在浑河岸边，与宫后里城墙残垣一起，穿过岁月，与沈城同行。如今的沈阳，正在点燃永不熄灭的创业之光，踏上披荆斩棘的创业之路，重现灯火通明的创业场景，续写不畏艰难、英勇奋斗的时代新篇章。

| 浑河美景　林宽摄 |

德政双馨的玄菟郡太守姚光

在浑南区上伯官地区，有一条玄菟路。我十几年前在当时的沈抚新城工作的时候，几乎每天都要经过这条当时被称为沈抚二号线的公路。它与浑南东路、沈抚大道平行，一直延伸到抚顺，是“沈抚同城”“沈抚改革创新示范”背景下，沈阳、抚顺无缝对接的一体化融合之路。这条路是为了纪念历史上的玄菟郡而命名的。而姚光（？—121）则是一位以德政双馨著称的玄菟郡太守，特别是在宦官、外戚交替专权，政治生态严重腐败的东汉，姚光堪称一股清流、一束光。

“玄”，黑色。《说文解字》注为“黑而有赤色者”。菟是虎，玄菟连起来，是黑虎的意思，也指强悍、勇猛的老虎。此外，中国古代传说中有玄水之说，泛指北方的水。一种“五行说”认为，“玄者，北方也，菟者，东方也”，“玄菟”是东北方之意，说明了它的位置。汉武帝元封四年（前 107）灭卫氏朝鲜之后，在其地设立玄菟郡、乐浪郡、临屯郡和真番郡，合称“汉四郡”。其中玄菟郡是汉四郡中面积最大，战略位置最重要的一个。这里的“玄菟”，我们大可理解为“雄踞东北的黑纹猛虎”。

玄菟郡第一次立郡是在公元前 107 年，郡治（郡守的治所，相当于今天的省会）在沃沮城（位于今朝鲜咸镜南道咸兴）；前82年（也有学者认为是前75年），玄菟郡第一次内迁至今抚顺新宾永陵镇南汉城址；107年，第二次内迁至今辽宁省抚顺市东洲小甲邦（一说抚顺劳动公园）；121年，第三次内迁至今沈阳浑南区上伯官古城址，沈阳地区首次出现郡治之城；直至公元404年，后燕失守北疆，高句丽侵占辽东、玄菟二郡地，建制自此撤销。玄菟第四郡治在沈阳存在283年。

| 上伯官古城遗址 |

从玄菟郡成立到废止，上伯官城作为玄菟郡的第三郡治，共历经281年。此后，玄菟郡一直作为辽沈地区的最高管理机构，对所属各县进行有效管辖，代表中原政权实施对少数民族政权的经略与管理。历任玄菟郡太守曾多次抵抗高句丽等地方少数民族侵袭，尤其是姚光，在玄菟太守任内对保卫边疆作出了重大贡献。然而他所面对的不仅是敌人入侵，还有统治集团内部复杂的政治斗争。

从东汉殇帝、安帝前后开始，汉朝统治日益腐朽。105年2月，27岁的汉和帝去世，皇后邓绥没有子女，她以和帝长子有怪病不能继位为由，将刚满百天的次子刘隆扶上皇位，自己则晋位皇太后临朝执政，并将其兄邓骘封为车骑将军，可随召入宫议事。汉殇帝刘隆在位8个月暴毙于襁褓，成为中国历史上即位年龄最小的皇帝，也是唯一不满周岁便走完皇帝生涯的君主。此后，邓绥又定扶立汉安帝，直到永宁二年（121）病死，垂帘听政达 16 年之久。

在东汉皇帝更迭、外戚专权的动荡时期，东北地区的少数民族也乘机而起，其中以高句丽的侵犯最为频繁，东北玄菟郡、辽东郡等地区的战事此起彼伏。据《资治通鉴》载，安帝永初五年（111），夫余王进攻乐浪郡，高句丽王“宫”联合秽貊进攻玄菟郡。在遭到抵抗后，“宫遣使贡献，求属玄菟”（《后汉书》）。可见，此时的高句丽叛服无常，打得过就打，打不过就臣服。

首次迎敌作战，姚光就吃了个兵不厌诈的大亏。《后汉书》记载：建光元年（121）春，高句丽王“宫”，联合鲜卑、秽貊围攻辽东玄菟郡。为遏制进犯，幽州刺史冯焕、玄菟太守姚光、辽东太守蔡讽联合攻击高句丽联军，捕斩秽貊渠帅，缴获大量兵马财物。高句丽王“宫”派遣嗣子遂成率领两千余人迎击姚光。遂成采用诈降的计策，姚光信以为真，结果遂成偷偷派遣士兵攻打玄菟、辽东，纵火烧毁了两郡城郭，还杀伤汉兵两千余人。

不幸的是，沈阳城的始源候城正是在这次战争中被高句丽焚烧，损失严重。而当年四月，辽东太守蔡讽在追击入塞的鲜卑军时，战死在新昌县（今辽宁海城境内），成为汉魏辽东战史上，以身殉国的最高将领。

此后的姚光，知耻而后勇，面对蔡讽战死沙场和岌岌可危的辽东，没有退却，反而更加镇定自若。他一方面联合臣属汉廷的夫余王子尉仇台，实施远交近攻的策略，与辽东郡县联兵，一举打破了高句丽与鲜卑、秽貊联军的城下之盟；一方面抓住时机，趁高句丽旧王太祖大王刚刚死去，其嗣子次大王遂成即位之初，恩威并著，在得到汉中央王廷首肯之下，遣使节持书吊唁高句丽旧王之丧，用崇高的汉礼感召新王遂成。122 年初，即高句丽围攻玄菟郡的第二年，遂成不仅归还了全部掳去的汉郡人口，而且向汉玄菟郡称臣内属。此后，辽东地区出现了少有的安定局面。司马光在《资治通鉴》中盛赞玄菟太守姚光等人威服高句丽以后，称辽左“秽貊率服，东垂少事”。

姚光远见卓识、恩威并重，收到了明显成效。在剑拔弩张、瞬息万变的汉末辽东民族关系史上，留下了化干戈为玉帛的美谈。可悲的是，他不但没有看到这些，没有得到加官晋爵，反而蒙冤被害。

这恰恰与姚光刚直不阿的性格和秉公执法有关。他不仅御敌坚毅，对内治理也非常严格。他和幽州刺史冯焕都是正直之人，因为平时多次揭发同僚作奸犯科的丑事，纠察和抓捕奸邪之人，得罪了不少人。结怨者采取卑鄙手段，用盖有伪造玉玺的诏书谴责他们，并给他们象征赐死的欧刀，还命令辽东都尉庞奋速对二人执行死刑。

庞奋随即杀害了姚光，并逮捕冯焕。冯焕之子冯琨认为事有蹊跷，让父亲上书核实。后来查明冤情，朝廷却只把庞奋逮捕问罪。矫诏是诛灭九族的重罪，但所有史书都没有标明矫诏人是谁。玺书和欧刀难以伪造，而庞奋、姚光和冯焕居然又都信以为真。最大的可能是，矫诏者应该是汉安帝身边手握重权的既得利益者，而庞奋只是替罪羊。

可惜姚光被冤杀，冯焕还没等到清白就已经在狱中过世。冤屈昭雪后，汉安帝赐冯焕、姚光钱各十万，并以其子为郎中。但一代名将的无辜被杀，给辽东边防造成的损失是无论如何都无法弥补的。姚光克服万难击退了袭扰，刚从战场生还，却冤死在了结党营私的小人手里，让人唏嘘不已。这也是东汉政权腐败的见证。正如翦伯赞在《秦汉史》中所说：“跟着和帝一死，安帝即位，东汉的政权便开始腐烂的过程……跟着一代接一代的母后称制，外戚专政，宦官祸国，于是这个庞大的帝国就在小所有者的抗议、农民暴动之中，趋于瓦解了。”

古代城市，多因战争而建，也因战争而亡。沈阳故宫北宫后里发现的候城北墙上被焚烧的痕迹，就如岁月篆刻的印章，定格了高句丽焚城的瞬间。

玄菟太守姚光在刀光剑影中成功解救玄菟之围的形象愈加清晰感人。姚光身为镇戍辽沈的封疆大吏，先有威服高句丽的政声，后有恪尽职守惨遭诬陷的殉国悲壮。如今，这片热土上生机勃勃，这里的人民安居乐业，同城共享、改革示范如火如荼，这些应该可以告慰近 2000 年前太守姚光的坚守，对疆土与信念的坚守。

沈阳有记载的首位地方官陈禅

2017年开始，京沈对口合作，两地携手并进，跑出了城市发展加速度。其实，早在战国时期燕昭王指派大将秦开兴建候城开始，沈阳就成为燕国（今北京一带）的戍边城，那时的沈阳人也是“燕人”。2023年“博士沈阳行”活动在全国引起热烈反响，共吸引1318名博士来沈参与活动，417名博士扎根沈阳。但在2000多年前，踏入这里是需要勇气的，作为边陲重地，没有京畿繁华，还经常被北方少数民族袭扰，因此被视为严寒僻地，也常有京城要员被贬至此。

辽东太守，听起来位高权重，但因高句丽多次侵犯辽东、玄菟，其实是东汉的高危岗位。建光元年（121）四月，高句丽又与辽东鲜卑八千余人攻打辽东军队，杀掠吏人。辽东太守蔡讽战死。此后不久，玄菟太守姚光又死于一桩冤案。而被鲜卑击败投靠来的北匈奴末代单于逢侯在119年则再度威胁东汉。

谏议大夫陈禅（？—127），就是在这复杂的环境中，于122年，因“廷讪朝政”罪被贬到辽东任玄菟候城（今辽宁沈阳）障尉，后又被任命为辽东太守。他是史籍记载直接挂印“候城障尉”的第一人。

| 沈阳石台子山城出土的高句丽铁器 |

陈禅是懂奖惩的，他凭“举善黜恶”赢得一方安定。他是东汉时期巴郡安汉县（今四川省南充市蓬安县）人。陈禅在做郡里的功曹（郡守的主要佐吏，主管选署功劳）时，重视善恶的奖惩，郡里人十分敬畏他。当年察举孝廉时，州里征召他做治中从事。汉和帝皇后邓绥的哥哥、时任车骑将军的邓骘听到陈禅的名声，非常赏识，就举荐他为茂才（西汉称秀才，东汉后因避刘秀讳而称茂才，其义为“才能优异”，州举）。当时汉中蛮夷反叛，朝廷派陈禅做汉中太守。这些蛮夷听说过陈禅的威名，未等陈禅出兵，就立即投降臣服。陈禅后升为左冯翊，入朝拜为谏议大夫。

陈禅是直言敢谏的，即便会因谏议而死也在所不惜。永宁元年（120），西南夷掸国（今缅甸）国王“献乐及幻人”。据《后汉书·李陈庞陈桥列传》记载，有穿着奇装怪服的“幻人”，能时不时从嘴里吐出熊熊火焰，随手拿起刀把自己或同伴的手脚砍下，更有甚者，把牛和马的脑袋交换安装，依然活蹦乱跳。被砍下的手脚都能毫发无损地复原，节目结束后牛头还是牛头、马面还是马面。“幻人”自称是“海西人”，海西即掸国西南部直通罗马帝国的东部地区——大秦。第二年元旦，汉安帝让他们在朝廷上表演，惊呼声、喝彩声、鼓掌声此起彼伏，群臣都兴高采烈。只有一个人的脸色越来越阴沉，他就是陈禅。只见他起身离席，大声说："从前齐、鲁两国举行夹谷之会，齐国作侏儒之乐，孔子认为很不妥当，当场斩了侏儒。又说：'放弃与雅乐相悖的音乐，远离奸佞小人。'帝王的朝廷之上，不适合夷狄杂技表演！"素与陈禅不和的尚书陈忠当即大声弹劾说："从前就有'合欢之乐在堂上舞，四夷之乐陈列在门前'之说，现在掸国不远万里前来献乐，又怎可用郑声、佞人相比？陈禅这是混淆视听，讥讽朝政，请允许弹劾陈禅下狱！"

陈禅当时是谏议大夫、是言官，见到什么事都要从反面多想想它的坏处，对君主的行为和决策提出批评和劝告，以便及时纠谬，这也是朝廷设这个官职的目的。谏议大夫掌论议、谏得失。直言进谏缘于职责，也缘于陈禅的公正廉洁、刚直不阿。早在巴郡功曹任上，他受连累被捕，受尽毒刑拷打，仍神色自如，口供不变。尚书陈忠与他不和，这次就借机给他扣了顶大帽子。汉安帝对陈禅此次"煞风景"的言论也很不满，虽然免其牢狱之苦，却把他降职，被"左转为玄菟候城障尉"。这事记载在《后汉书》里，当无疑义。"障尉"这个官是障塞尉简称，东汉边县特有的官，掌禁备羌夷犯塞。朝廷并下诏说："必须到位，还要上交妻子、孩子及随从者的名单。"如果陈禅不去，就连他的家人一起惩治。

本来只是对掸国献乐发表看法，怎么就招致祸患？外戚和宦官交替专权是东汉政权重要特征。陈禅被贬时，汉安帝已 26 岁，但朝政仍由邓太后把持。朝内不安的同时，朝外也硝烟四起，匈奴闹事，西域反叛。现在西南地区突然有国家愿意臣服、进贡，汉安帝还不得好好安抚？陈禅忠于职守，敢于进谏，落得个被权臣倾轧的下场，但也成就了他一番戍边卫国的事业。

陈禅是懂以文治城的，他在候城推广汉学礼制，推动了沈阳地区的发展。陈禅左迁面对的候城，一年前刚刚被高句丽军焚烧，各方力量杂处，文化多样杂糅，正处于多事之秋。陈禅就任后，一边武力整肃边务，联合辽东郡县兵将，在夫余兵的支援下，击退了高句丽的侵扰；一边文治候城，推广汉学礼制，成为当时封疆图治的典范。同时，陈禅修缮城池、整饬官吏，改善民生、广布德教，深受百姓爱戴。

陈禅是懂文韬武略的，他把孙子的“不战而屈人之兵”用到了极致。玄菟郡处于东汉的东北边境，水陆通达，候城县更为要冲之地，各方力量杂处，对于治理者的廉能要求甚高。陈禅到任之时，北匈奴开始侵扰辽东。朝廷紧急起用他为辽东太守。匈奴人一听他的威名，吓得退回数百里。陈禅再度以德服人，并不派军队追赶，而是派人去慰问他们，用道义感化他们。这令单于心服口服，随使者回到郡里，馈赠给陈禅一些珍贵的财宝就离开了。

陈禅也是无奈的，他的政治生命跟随着政局的动荡而变化。建光元年（121），邓太后去世，汉安帝亲政，邓骘被免官归郡，受郡县官吏的逼迫而死。陈禅因为是邓骘故吏而被免官。此后汉安帝刘祜暴毙，刘懿即位 206 天后便病逝，废太子济阴王刘保成为汉顺帝，东汉朝政在外戚与宦官两大利益集团中摇摆。顺帝即位后，陈禅升为司隶校尉，参理中枢机要，纠察京师百官吏治，算是回归了老本行。127 年，陈禅在任上去世。其子陈澄，继承父亲衣钵，名声清廉，后来也做了汉中太守。

陈禅文武兼备、智勇双全，因为“举善黜恶”，被百姓称颂，被察举孝廉、举荐茂才，先后辅佐三朝皇帝，担任州、郡、中央要职；因为刚正不阿，被贬为候城障尉，此后并未消沉，而是直面危机，击退了高句丽的侵扰，使沈阳百姓得到暂且安居；因为道义感化，不费一兵一卒巧妙化解了汉中蛮夷和北匈奴的对汉王朝的危机；因为铁面无私，在中国古代监察官的岗位上，书写了忧国忧民的一段佳话。

辽代南府宰相张琳

我常利用节假日带孩子和学生研学，每到一处，博物馆是必去的。家门口的辽宁省博物馆是国家一级馆，近几年“又见大唐”“又见红山”“唐宋八大家”“和合中国”等大展很有水平。对馆藏的国家一级文物宣懿皇后哀册，我印象深刻。册盖正中平面刻有契丹小字原字篆书4行，行4字，共刻原字16字，复原为楷书合成为6个契丹小字汉译为“宣懿

| 沈阳辽代石经幢 |

皇后哀册”。册石方形，侧面刻二龙戏珠和云纹，册文楷书，共34行，满行32字。哀册以墓志形状出现当是辽代首创。这篇楷书书法真迹的作者是在《辽史》中有“传”的沈州人张琳。

张琳（？—1122）是辽代末期汉族作家，生于沈州（今辽宁沈阳），为人慷慨有大志，在辽末的辽沈地区享有很高声望。历仕辽道宗、天祚帝、北辽宣宗三朝。张琳在辽道宗时曾担任秘书中允，天祚帝时期，累迁户部使，曾任枢密副使、南府宰相。

一提到宰相，总让人想到，这是中国古代一人之下万人之上的职位。其实，中原王朝的“宰相”，是国家官僚体系中辅弼君王并具有参决谋议和督率百官之权的高级职官的通称，也是俗称，但不是一个正式官名。契丹族建立的辽朝，则把“宰相”直接当作一个职官名称来使用。

南府宰相，是辽朝在北面官下设的掌管北翼部落集团各部族事务的统帅，北面官除了设有南府宰相，还设有北府宰相。北面官是为统治契丹和其他游牧民族所建立的一种特殊制度，担任者一般是契丹贵族，主要是宗室和外戚。早期的南北“两府”，分别代表了耶律和萧两大家族势力的“左、右大部”。辽朝建立中央集权制国家后，“两府”变为北枢密院辖下的分管全国部分部族的中央部族管理机构，但宰相多兼枢密院官，尤其是参知政事必兼枢密方可为相，它的权力、地位仍然十分显赫，是辽朝高层决策的参与者、辽朝皇帝倚重的权力部门。终辽一代，北面官始终是贵族政府，是辽政权的重心所在。北面官系统采取的是部族制，北面官大多为契丹人，少数心腹汉臣亦可充任，被称为“契丹官”，又称为“国官”。南面官制度，则是针对以封建制统治占领的渤海幽云十六州等较为发达的汉人农业生产地区，采取的是郡县制。可以说，南北面官制，是辽朝统治者针对统治区域内不同社会发展阶段的民族采取的“一国两制”，通过“因俗而治”的方法建立的两套中央到地方的双重行政体制。“北面治宫帐、部族、属国之政，南面治汉人州县、

| 宣懿皇后哀册汉文 |

租赋、军马之事”。南面官契丹人和汉人都可以出任，称“汉官”。

《辽史》记载，张琳于天祚初“擢南府宰相”，可见其深受辽祚帝的信任。他撰写的宣懿皇后哀册，是为屈死的宣懿皇后萧观音平反后迁陵时所作，是后人研究辽代文学的代表作。

宣懿皇后是辽道宗耶律洪基的皇后，姓萧，小字观音，精通诗词、音律，德才兼备，弹得一手好琵琶，深得辽道宗赏识，被辽道宗誉为“女中才子”。萧观音与道宗在一起时，多次劝谏道宗不要过分沉溺于打猎，道宗表面上夸赞、采纳，内心却比较厌烦，开始逐渐冷落萧观音。被疏远的萧观音惆怅之下便写词倾诉自己的幽怨，创作了十阙《回心院》词。她还找了宫廷乐师赵惟一为词谱曲，与自己合奏。本来是自填自唱的，却不料宫人早被辽国的奸臣耶律乙辛买通，作为辽道宗的宠臣，耶律乙辛担心萧观音和太子耶律濬得势后自己下场难料，就诬陷萧后和赵惟一私通。35 岁的萧观音被道宗赐死，遗体被送到萧家以示羞辱。可怜一代才女，就这样含恨而死。耶律濬见到母亲尸首，不禁悲痛欲绝，他立志要为母亲报仇，可惜还未来得及动手，就被耶律乙辛诬陷谋反，被辽道宗贬为庶人。耶律濬失势后，耶律乙辛乘机派人将其暗杀，时年 20 岁。当辽道宗情绪平复下来后，才发觉事有蹊跷，诛杀了野心勃勃的耶律乙辛。辽道宗死后，他的孙子，即耶律濬的儿子耶律延禧即位，史称天祚帝。为了给祖母萧观音和父亲耶律濬复仇，耶律延禧将耶律乙辛的后人和亲友全部诛杀。乾统元年（1101）六月，天祚帝追谥祖母为宣懿皇后，与辽道宗合葬于庆陵。不幸的是，女真推翻辽朝后，萧观音的尸骨又被挖出来，在荒野上任由万千女真兵车践踏。

因为宣懿皇后哀册是一篇应制之作，且萧观音之死涉及皇家隐私，所以内容相对空泛，缺乏生动的描述，但评价拿捏得恰到好处，在语言表达和句式变换上体现出较高的功力，展现出张琳深厚的传统文化修养和写作才能。

张琳任南府宰相时，辽的国势处于衰落期，统治集团内部争权夺利的斗争此起彼伏，权臣当道，剥削严重，辽沈及其周边的广大汉民的反辽斗争一浪高过一浪。从 1114 年 9 月女真族完颜阿骨打起兵，到 1116 年正月渤海人高永昌称帝，短短十几个月的时间，辽沈地区局势迅速恶化。

高永昌占领辽东五十余州，唯独没有攻下沈州，辽军数次前往镇压，却屡屡败北。高永昌为了打败契丹辽朝，向女真求援，女真军队趁机南下辽沈。按照辽国祖制，一般不会给予汉人军权，但情急之下，辽祚帝罢枢密使萧奉先，起用汉人张琳为军事指挥官。此时的辽国已经凑不出一支整齐的军队，但这个问题难不倒张琳，他做过户部侍郎，又是沈阳人，为此，他借助辽东汉人与旧渤海人的民族矛盾和地区矛盾，收容辽东落草为寇的流民，“使其从良”，利用他们的报仇心理组成所谓的“转户军”。就这样，张琳率领这支临时拼凑起来的“转户军”，以沈州为大本营，连续向渤海人发起进攻，经过大大小小三十余战，终于击溃高永昌主力，一度迫使高永昌退守辽阳。但由于天气原因，再加上粮草供应不足，张琳被迫班师休整。

不久，女真南下，不仅大张旗鼓进兵，还直接给张琳发檄文，告诉他即将攻取沈州。张琳收到檄文，认定为女真阴谋，并未回援沈州，结果被金军轻松得手。沈州既失，辽军腹背受敌，只好撤兵西去。沈州从此归女真政权所有。

张琳没能扭转颓势，后受李处温胁迫迎立耶律淳为帝，封太师平章军国事，但无实权，同年忧郁而死。

在文学的世界里，张琳是快乐的。他把复杂的皇家隐私用丰富的汉语言艺术表达得瑰丽而得体，深厚的传统文化修养使得他的语言表达已是炉火纯青。他可以驾驭每一个汉字，使他们在万千组合中呈现异彩纷呈的场景，他也是目前中国文学史上第一个有作品存世的沈阳文人。但在军事的世界里，张琳是惆怅的。虽然有辽祚帝的赏识，但江河日下的辽朝一泻千里，纵然使出一身的力气，也无法挽救颓势。他深爱着生他养他的沈州，但无法阻止金的铁蹄南下，再次披发左衽的悲怆让他无法释然。

《契丹国志》说，张琳心系家乡、主动请战。其忠义、慷慨，已感动每个沈阳人。

金代沈州文坛代表刘光谦

“问世间，情为何物，直教生死相许？”当《神雕侠侣》里为情所困的嗜血女魔头李莫愁反复吟唱这经典诗词时，让人不由感慨万千。这词是由宋金对峙时期北方文学的主要代表、文坛盟主元好问所作。他被自杀殉情的大雁所感动，落笔写下了这阙史诗级的千古绝唱《摸鱼儿·雁丘词》。他还编纂了现存最早的一部金代诗词总集——《中州集》，并在第八卷中，收录了中国文学史上目前有作品存世的最早的沈阳诗人刘光谦父子的诗歌，使我们在今天还能咀嚼这片土地孕育的文字甘甜,体味那些彪悍又细腻的文学表达。

刘光谦（生卒年不详），字达卿。金沈州（今辽宁沈阳）人，卒年56岁。其父刘泽，是一个管理刑狱的小吏，为人正直，不滥用职权，不滥用刑罚，具有不俗的诗才，经常与金代著名诗人刘之昂唱和。刘光谦天资聪敏，在父亲的影响下，在诗词歌赋方面有一定的造诣。金章宗泰和三年（1203），刘光谦考中进士，累官至司农少卿。他办事勤勉，处事详雅，才华出众，在任上恪尽职守，积极建仓储粮，遇灾则及时赈灾放粮，因成绩卓著而受到朝廷嘉奖。元好问为举子时，与刘光谦在登封相识，时常相会，相得甚欢。元好问对刘光谦有着极为深刻的印象，说他“尊酒间谈笑有味，使人不能忘也”。

文学艺术来源于生活，生活是要有烟火气的。《诗经》使中国文学从一开始就充满了稻麦香、虫鸟鸣，百姓用典雅的诗意描写世俗生活。人口数量决定一座城市的规模，人口结构决定一座城市的活力，人口素质决定一座城市的发展。只有人口的综合竞争力提升才有城市的高质量发展。汉光帝时，沈阳一直未能出现大的发展，相反，政治、经济、文化遭到持续的破坏。加上隋唐时期朝廷多次派重兵征讨高句丽，使包括沈阳在内的辽东地区人口锐减，日益衰落。668 年，唐朝东征高句丽，高句丽灭亡，沈阳地区重新被纳入中原政权的管辖之下。安史之乱之后，中央政府对辽东地区控制力逐渐减弱。

唐朝灭亡 11 年后，即 918 年，辽太祖耶律阿保机兵不血刃就占领了辽东全境，成为首位来沈的皇帝。在频繁考察辽东的地理、历史情况后，他于契丹神册六年（921），在候城遗址上建立了沈州城，通过武力把从河北蓟县、三河掳来的民众，安置在这座古城内，安置地点大概就在现在大东区八家子附近。大批从关内迁徙来的汉族百姓，使辽沈大地骤然间变得热闹起来，他们在这里繁衍生息，成为辽沈地区的主要居民。沈州城的规模比候城有所扩大，初步奠定了沈阳古城的基本形态。自此，沈阳地区在契丹族建立的辽朝统治下 200 年，城市建设得到了前所未有的发展，城市的文脉得以延续。

1116年，金太祖完颜阿骨打攻取了沈州城，作为辽东重要城市的沈州城，得以继续保留并得到发展建设。

教育是文学创作的前提，交流是文学发展的动力。在辽金两代统治时期，沈阳地区处于汉族、契丹族、女真族、蒙古族多民族杂居相处的时代，农耕文化与少数民族传统的游牧和渔猎文化交流融合，迎来了继战国、秦汉以后的第二个发展建设高峰期。辽金时期的教育也发展迅猛，沈州官学、私学的发展为科举考试提供了大量的人才，辽朝从中央到地方的官僚体系得到有效补充。刘光谦、元好问等都是通过科举入仕的。但是，沈州文学之风相比中原并不兴盛，而且由于战火频仍，很多文献已随之消逝得无影无踪了。就像刘光谦的诗词，如果不是元好问编纂了《中州集》，我们就很难发现。也正是这些沈阳古代文学的痕迹，为我们打开了一条通往沈阳文坛的路径。

因为屈原的出现，中国文脉有了重大变化，它有了个人魅力、个性表达。文人的情怀托起了城市的精神。金朝灭亡后，元好问倍感痛心，凭着对金朝的一往情深，他孜孜不倦地将金国君臣诗词集结成册。由于金朝立国后长期据有中原，中州（今河南一带）是金的政治、经济、文化中心，当时人常以中州为豪，所以元好问把这本诗词总集取名为《翰苑英华中州集》，又名《中州鼓吹翰苑英华集》，通称《中州集》。这是元好问编选的以诗存史的著作，记录了大量金朝历史事件，是《金史》资料来源之一。这本书收录了很多东北大地上的诗人作品，还有金国其他诗人在诗句里写到的东北人，集中展现了当时的北国诗章和东北人的文采风流，也有缅怀故国和以金为正统的深意。

《中州集》不仅选录了金代文人的诗词作品，还为每位作家写有小传。刘光谦 56 岁去世。他得病时，金宣宗曾派国医去为他诊治，可见他在金代朝廷中有着较高的地位。在刘光谦小传中，元好问引录了他的父亲刘泽赠刘

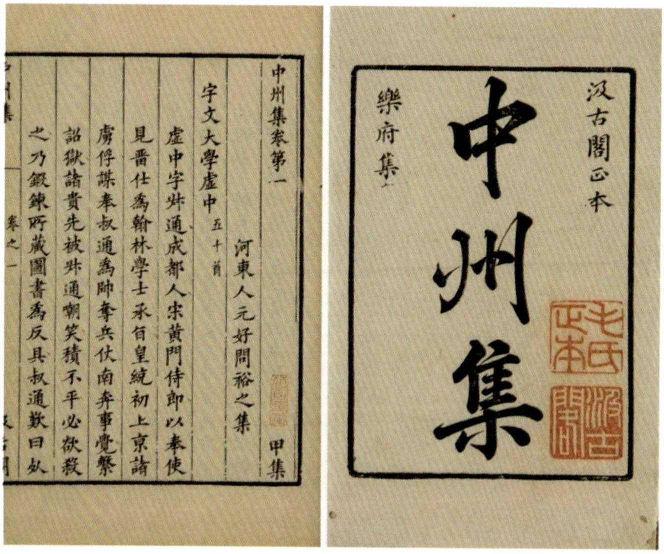

元好问编选的金代诗歌总集《中州集》书影

之昂的一首诗：

侯门旧说炎如火，陋巷今犹冷似冰。
半夜杯盘长袖舞，白头书册短檠灯。

这是一首讽刺时政的诗歌，对贫富不公、世态炎凉的社会进行了尖锐的批判。这首诗内涵深远，表明心志，给人以启发，显示出作者洞穿世事的远见卓识。也正因为这首诗，“人不敢以府史待之”。

刘光谦题为《寄陈正叔雷希颜》的诗被选录书中：

东南形胜古徐州，人物休评第几流。
落落陈雷天下士，故应连榻卧黄楼。

全诗用了东汉陈重和雷义的典故。陈重和雷义是两位饱学之士，是品德高尚、舍己为人的君子。两人是至交密友，在为官为民的路上肝胆相照，共同进退，他们的友谊被人称颂为“胶漆之交”。同时，刘光谦对同时代的陈正叔与雷希颜也高度评价，表达了自己对高尚人格的敬重与向往，反映了金代诗词别具一格的刚健豪宕之风。

金代的汉族士大夫多为土生土长的北方人，他们在“挟慷慨之气”的文化心理氛围中，与女真人文化心理的融合，形成了北方独特的文化气氛，沈州文学开始有了自己真正意义上的文人作品，沈阳地域文学创作由此滥觞。东北大地是有历史的，以沈阳为中心的辽海文化，在历史的沉淀中不断发展、升华。刘光谦的诗文创作独具风格，对当时文坛有很大影响，父子二人堪称沈州文坛双杰。

重修沈阳砖城的闵忠

2023年中秋国庆长假，“沈阳逢盛世，方城万巷新”活动吸引了大量游客，“沈阳方城”成了人们街头巷尾热议的焦点。作为沈阳方城的核心地标，沈阳故宫和有着400多年历史的“东北第一街”——中街，更是人潮涌动。谈起沈阳古城，人们常用“一元生两仪，两仪生四象，四象生八卦”来形容。即以沈阳故宫凤凰楼为中心，钟鼓、鼓楼对称，东塔永光寺、西塔延寿寺、南塔广慈寺、北塔法轮寺镇守四方，“怀远抚近，内治外攘”“天佑地载，德盛福胜”八门，以及八门对应的八关所构成的严谨布局。它的雏形是明洪武二十一年（1388）辽东都指挥使司指挥闵忠对辽代沈州城的升级工程。

被老百姓称为城中城的“方城”，在2300多年的历史演进中，因战争而建，又因战争多次废置，历经燕、秦、汉、晋、辽、金、元1600多年的发展，在明代以前，都是夯土城墙的构造。

在闵忠之前，沈阳中卫军事长官第一人——鲍成（生卒年不详）先是用板筑的方法维修了残破的城池。洪武十九年（1386），沈阳设立了军政地方机构——沈阳中卫，隶属于辽东都指挥使司统辖。沈阳中卫地处辽河套边墙向北突出的部位，是防御东北方建州女真和北方兀良哈蒙古的要冲。在这里设卫，就决定了其军镇性质。沈阳中卫一经设置，朝廷就立即派鲍成率山东、河南校卒共 10328 人兵分中卫、左卫两路来辽东驻守，随时准备与蒙古残部征战。这里的中卫和左卫，是两个军事单位，不是两座城。鲍成率军到达沈阳时，元沈阳路的旧城在元末战火的冲击下，已经残破不堪了，说是夯土城，还不如说是大规模的土围子。鲍成带着军队，冒着酷暑烈日，在元代城址的基础上，进行了加固、整新。他们把挖护城河挖出来的土，直接用于筑城，随着池的加深，城也不断增高，几个月后，沈阳卫城就初具规模了。

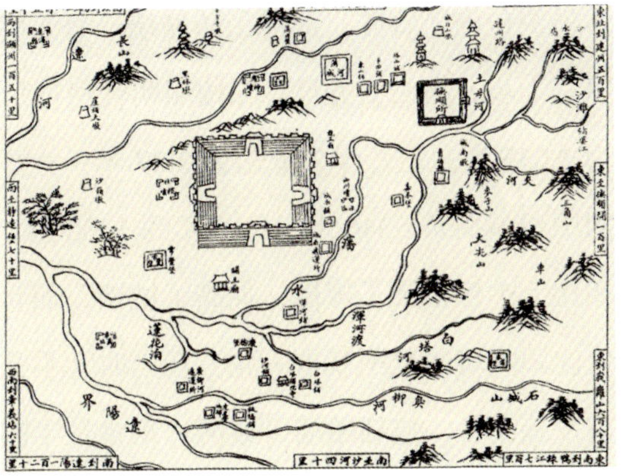

| 明代沈阳中卫城 |

在沈阳建卫的第二年，明廷任命闵忠为沈阳中卫指挥使。闵忠（生卒年不详），广宁（今北镇）人，忠于职守，很有才干。来到沈阳后，看到经鲍成维修的沈阳城依旧是夯土砌成的，为了让城墙更坚固，防御能力更强，闵忠向明廷请示改建沈阳城，加强军备力量。得到批准后，闵忠随即着手改建沈阳方城。他将沈阳城原有的夯土城墙改造成了砖石结构，并增砌城楼、垛口等设施，正式开启了沈阳城市规划和建设。

洪武二十一年（1388），闵忠组织人力、物力，在元代沈阳路城的基础上修筑了一座新的方城，并绘制了《沈阳卫境图》。

这时的“城”特指“城墙”，主要功能是用于抵御北部蒙古族、女真族的军事攻击。此次修筑在元代沈阳土城的基础上，对原夯土城墙进行加固增高，外包青砖，增筑城门。将原有的板筑夯土墙体加宽加厚，在原有夯土墙体外侧包砌上青砖，形成了砖城墙。修筑完的沈阳中卫城呈方形，“周围九里三十步，高二丈五尺。”按照明代量地尺，1 尺为 0.327 米；1 步合 5 尺，为 1.635 米；1 丈合 2 步，为 3.27 米；1 里合 180 丈，为 588.6 米。概算沈阳中卫城周长 5346 米，每边长约 1300 米，城墙高 8.2 米。这与元代的土城相比，不仅拓展了规模，加高了城墙，而且还坚固了很多，这样的规模与清代沈阳内城的范围基本一致，在当时几乎是辽东卫城中规模最大的。城的防御设施完备，包括城墙、城河、角台及半圆形瓮城。城内有驻兵，城墙上亦可行军，并且还架设有炮械。城墙外还设有两道护城河。第一道宽 3 丈、深 8 尺，周长 10 里 30 步；第二道宽 3 丈、深 8 尺，周长 11 里有余。两道护城河均引用了浑河之水，但不行船，只是用于城垣外围屏障。城墙东、西、南、北四个方向各设一座城门，这就是沈阳城内城的雏形。

当时设计的中心庙是城市的中心，也是建筑史上的独特设计。在每面城墙正中间新建一座城门和城楼，共四座城门：东为永宁门、南为保安门、西为永昌门、北为安定门。各门建有高大的门楼，并建有瓮城。城内形制大体也如元代，有南北、东西两条大街，呈十字形交叉。大街上迎着四门各建有一座牌坊，分别名为永宁、迎恩、镇远、靖边。十字交叉路口正是城市的中心点，建有一座庙宇，名曰中心庙，当时的沈阳卫城围绕它向四面展开。从城市战时防御意义上来说，在城市中心十字交叉路口修建一座中心庙，形成虚假的“丁”字路口，避免了四座城门直接两两相对，贯通无阻，使南北、东西相对的四条街不能直视望穿，起到军事防守的作用。关于中心庙的设计，有人认为源于古人的风水理论：迎门必须有所屏蔽。所以，古城中，相对的两城门之间必设有一建筑物，如鼓楼、钟楼之类，沈阳设计了一座庙宇，也是比较独特的。

此外，闵忠还在城外南侧另设了南关小城，作为沈阳中卫城池的军事互动设施。城东 1 里处，还设置了军教场；城西北设置了军草场、递运所。军事卫戍功能的需要，成为城市建设的重要因素。

当年，沈阳卫城经蒲河、懿路、嚚州（铁岭），可直奔三万卫（开原北），又可连接抚顺，南距都司辽阳仅百余里之遥。与此同时，明代朝廷将三万卫置于开原；将铁岭卫置于奉集县（今苏家屯区陈相屯镇附近）。沈阳中卫与这些卫城，加之都司治所辽阳，构成了完整的明朝辽东戍边卫城体系。

在改建沈阳城池的同时，闵忠还将城内东西、南北相对等的中心交叉十字大街重新扩建，分别通达四座城门。如今的沈阳故宫红墙北面那条街，便是沈阳中卫城内东西走向的大街旧址；通天街、铜行胡同的那条街，便是当年贯通城内南北大街的遗迹。

当年城内十字大街两侧，遍布商铺、衙署、庙宇，繁华鼎盛。数条东西向的胡同，与南北向的街道交叉，又形成若干个里坊方格，此间，便是民宅四合院所在，沈阳中卫城的居民们，便都居住在这里。

沈阳中卫衙署是元代沈阳路总管府的旧址，经历司、备御司、镇抚司等衙署都在这一带。沈阳中卫衙署东面是两所学校：儒学和社学。西北面是军器局、军储仓、预备仓。钱帛库、养济院、草场则在西南面。宗教寺院偏于城北部，如城西北隅的通玄观、东北隅的长安寺等。南北大街沿线是城市的繁华之地，南门是城市的交通要冲，每天熙熙攘攘，车水马龙。

对于沈阳方城而言，闵忠的最大功绩便是：将夯土城墙改建为砖石城墙，进一步提升了防御功能和城市地位。沈阳方城在原有城池的基础上，规模扩大、规制完整、管理规范、功能完备，成为辽东长城北部防线的中心。

感谢闵忠，让沈阳第一次有了带瓮城的砖城，第一次有了城市的中心地标。

数百年已过，当年的中心庙尚存，只是人们将它几经修葺重建，早已非当年原物。现在的中心庙依然坐落在当年的老城中心，默默地守护着我们的城市，趋利避害，永葆平安。

获立沈阳城进士坊的范鏓

在北京市怀柔区红螺山麓，有一座著名的红螺寺，始建于东晋末年，原名大明寺，自古就有“京北第一大寺”之称。传说玉皇大帝的两个女儿被这里的环境所打动，白天化作人身，与寺中僧人一道诵经礼佛，夜晚则化作一对斗大的红螺，安身在寺前的放生池。每天傍晚，红螺吐出红色光芒，将寺院和山麓笼罩在一片红色霞光之中。从此，这里风调雨顺，幸福安康。后来玉皇大帝发现了，就把她们召回天宫。感恩的人们为了纪念这两位红螺仙女，便称寺

| 范鏓雕像 |

庙为“红螺寺”，寺庙北面的山为红螺山，寺庙南面的湖为红螺湖。清初名臣范文程就葬在红螺山前，其家族的墓葬、祠堂和众多碑刻，都在这里。张廷玉在范承勋（范文程三子）的神道碑中提到，范氏高祖是“明兵部尚书鏓”。

范鏓（生卒年不详），字平甫，祖籍江西乐平。其父范岳，为范仲淹四世孙（曾孙）范直筠之后裔，明代初年在湖北云梦县任县丞，洪武年间获罪，降任北平隆庆仓大使，之后又被贬谪到边陲重镇辽东都司的沈阳卫后所充军戍边，范氏自此成为沈阳人。范鏓出生在沈阳，于正德十二年（1517）考取进士，后入朝为官，授工部主事、迁员外郎。

正德十六年（1521），范鏓遇上了一件大事，卷入了轰动一时的“大礼议”之争。年仅31岁的明武宗朱厚照死了，可是他膝下无子，以内阁首辅杨廷和为首的大臣们根据《皇明祖训》中“兄终弟及”的原则，举荐了朱厚照的堂弟、兴献王朱佑杬之子——朱厚熜继承皇位，是为嘉靖帝。以杨廷和为首的朝臣们（反议礼派）认为，朱厚熜应该过继给明孝宗（武宗父亲），以皇子身份继位，尊孝宗为“皇考”（皇考，对去世父亲的尊称），称亲生父亲为“皇叔父”。因父亲病故12岁就袭为兴王接管王府的朱厚熜（议礼派代表）聪敏过人，很有主见，他坚持要给已故父亲加封号“兴献皇帝”。究竟该以谁为嘉靖帝皇考引发了长达三四年的论争，即“大礼议”之争。这场争端，表面上是统和嗣之争，实质则为天理与人情之争、皇权和相权之争。当反议礼派在杨廷和的带领下，一再抵制嘉靖帝时，18岁的嘉靖帝选择了用皇权施压。

嘉靖三年（1524），嘉靖帝对参与跪谏哭谏反对他的大臣施以廷杖，打死17人，打伤100多人，就这样，“大礼议”之争最终以嘉靖皇帝的胜利而告终，皇权专制得到进一步加强。在这个过程中，范鏓因伏阙哭争“大礼”，虽然也在被廷杖的百位官员之中，但他并没有丧命，只是受到了冷落，由户部郎中被贬为长芦盐运司同知，下放到河南，任河南知府。

嘉靖八年（1529），河南遭遇严重的饥荒，而巡抚潘埙却以有待查实为由，一直不发赈济。随着灾情越来越严重，范鏓也越来越心焦，为避免出现因延误救灾而发生百姓饿死的情况，他不等上级潘埙同意，就下令开仓放粮赈灾，由此保全和救活了十几万饥民，得到百姓的高度称颂。朝廷得知后，追究潘埙隐瞒灾情、不积极救灾的责任，潘埙却不断狡辩，还想把罪责推到范鏓身上，结果受到弹劾而被罢官。而范鏓的贤名也从此远扬。

嘉靖十二年（1533），范鏓升任两淮盐运使，掌握一方盐业的生产销售大权。到任之后，范鏓深入庙湾镇（今江苏省盐城市阜宁县），在各个盐场深入察访煮盐的灶民，了解灶民的疾苦，向朝廷上疏“条奏盐政十要”，提出改革盐法的十条建议，革除夙弊。遇到灾荒时，他还允许灶民缓交赋税，宽免过重的徭役，为老百姓办了不少好事。

嘉靖十六年（1537），范鏓升任四川布政使。赴川就任时，两淮商民挤满了庙湾送行的道路，人们深情地传唱歌谣：“范来早，我来饱；范来迟，我人饥。”他曾带着云片糕去拜年祝寿的那些盐民也来了，他们含着泪，高喊着“范大人”。沿途三十多个盐场成百上千的盐工灶民送了一程又一程，他们依依不舍地挥别清廉的范鏓，为了凑齐去往四川的盘缠，他们特地凑了一笔银子，想赠予范鏓，但范鏓坚辞不收。庙湾的百姓感叹于他的清正，就用这些凑来的银两在盐课司街南即盐市口处，建了一座却金亭，并立了一块“范公碑”。自此，“范公”永远活在了盐民的心中。清朝诗人郭广的《范亭诗》，深刻地描绘了范鏓“却金守廉”的故事。诗曰：

盐使清操昔共贤，荒庭遗迹锁寒烟。
人生只解黄金好，谁识辞金更足传。

嘉靖二十年（1541），范鏓晋升为都察院右副都御史巡抚宁夏。在宁夏巡抚任上，范鏓为人持重有方略，刚断明察。他加强操练军队，广备物资，专注于加强边备，认真治理边墙上的关隘亭障，使以前经常来骚扰的蒙古人不敢再来，西北边陲的安宁得以保全。同时，范鏓整顿吏治，清查贪腐行为，转变了宁夏政务弛废的局面，边境变得肃然清静起来。针对当时宁夏军屯已经遭到严重破坏的情况，范鏓向朝廷上疏，建议："边将各有常禄，无给田之制，宜还之军民，任其耕种。"得到嘉靖皇帝批准。在范鏓的治理下，宁夏呈现出清明安定的新气象。

嘉靖二十五年（1546），因生病回乡休养一段时间的范鏓又被重新起用，任河南巡抚，后升授兵部右侍郎。两年后，范鏓再次升职，为兵部左侍郎，经略潮河川、居庸关、山海关等处，得到朝廷肯定。嘉靖二十八年（1549），兵部尚书遭到弹劾而被嘉靖帝撤职，嘉靖帝欣赏范鏓的才干，决定任命范鏓担任兵部尚书，但范鏓以自己年迈为由推辞了皇帝的任命。权相严嵩因范鏓从不攀附自己而排斥他，嘉靖帝轻信谗言，认为范鏓对其心有不恭，于是将范鏓免官。此后不久，范鏓便因病去世。十几年后，嘉靖帝死了，隆庆即位，才又追复了他的官职。

百年之后，范鏓的子孙范文程，阴差阳错地成为清朝开国第一汉臣。怀柔芦庄的范氏茔地里，还有康熙帝谕祭范文程次子范承谟亲笔所书的碑文。当初范氏祠堂、茔地的排场与规模，让人叹为观止。但现存的清碑只剩下三块，到处都是碎石，墓穴就在地面裸露着，里面空空如也。让人不禁想起曹雪芹《好了歌》中那句："古今将相在何方？荒冢一堆草没了。"但范鏓的思想却远远超出了茔地的界限。他宵衣旰食，为百姓解决吃饭问题；他清正廉洁，让庙湾的盐民们永记于心，让努尔哈赤见到范文程后第一时间直呼"此名人之后也"。

清王朝的奠基者努尔哈赤

兴京、东京、盛京，是清朝的关外三京。这三京，从赫图阿拉，到辽阳，再到沈阳，从山岗到平原，一座比一座恢宏。这三京的更替，见证了后金都城的变迁，也见证了努尔哈赤的雄才大略。

努尔哈赤（1559—1626），满语有“像野猪一样（勇猛的人）”的意思，全名爱新觉罗·努尔哈赤，号淑勒贝勒，出生于建州左卫赫图阿拉（今辽宁省新宾满族自治县）一个奴隶主家庭，祖父觉昌安和父亲塔克世都担任过建州左卫都指挥使。“幼子守产”制，使得努尔哈赤 19 岁就被继母所迫自立门户。为了生活，努尔哈赤去深山老林采蘑菇、挖人参，去抚顺马市进行贸易。在与汉人、蒙古人做生意时，他逐渐学会了汉语和蒙古语。就这样，苦难的生活又赋予努尔哈赤两项领袖技能：懂经济贸易、便于外交（会汉语和蒙古语）。

战争的不期而至，让努尔哈赤再次失去至亲，十三副铠甲起兵后，他进入了所向披靡的新境界。明代时，女真分为海西女真、建州女真和野人女真三大部。努尔哈赤所在的建州女真，同其他两部经常战争，与明朝军队冲突也时有发生。努尔哈赤的外祖父王杲多次率众攻打明军，杀死守城将领，结

—努尔哈赤朝服像—

果被明朝辽东总兵李成梁抓住，并以残酷的磔刑（一种分裂肢体的酷刑）处死。万历十年（1582），李成梁用计拿下建州部首领阿台的驻地古勒寨并屠城。努尔哈赤的祖父觉昌安和父亲塔克世为了救努尔哈赤的姑姑，特意来到古勒寨，结果命丧于此。努尔哈赤得知这个消息之后泣不成声，他想找尼堪外兰报仇，尼堪外兰却被明军保护起来。于是努尔哈赤去找李成梁讨说法，李成梁归还其祖、父遗体。而祖、父的这一冤案，成了努尔哈赤起兵造反的导火索。此时的努尔哈赤不敢跟明朝作对，而是把目标直指尼堪外兰。同年五月，他用祖、父的十三副遗甲起兵，初步组织了一支武装队伍，就此开启了长达44年的戎马生涯。他对建州女真各部展开了兼并战争，统一了建州各部。

明朝为了安抚控制努尔哈赤，于明万历十七年（1589），封努尔哈赤为都督佥事、龙虎将军。努尔哈赤则韬光养晦，借用大明的招牌，又经过二十余年征伐，统一了东海女真和海西女真，他用44年的时间，加上他的继任者——他的儿子皇太极用17年的时间，统一了整个东北，和明朝实际控制的领土面积相当。

一个没有文化的民族迟早会被历史淘汰。努尔哈赤在统一女真的同时，还创制了满文，推动了满族文化的发展。女真人曾创制过女真大小两种文字，历经元明，至努尔哈赤父祖崛起前已基本被弃用，此时的女真人多以蒙古文字作为交际工具。

伴随着激烈的军事斗争，没有本民族文字的局限，在后金经济、文化迅速发展，同明朝、蒙古各部和朝鲜日益增多的外交联系中愈发突出。明万历二十七年（1599），努尔哈赤在佛阿拉（满语，意为旧岗，亦称旧老城，在今辽宁省新宾满族自治县境内）命额尔德尼和噶盖参照蒙古字母，结合女真语音义特点，创制满文。初创的满文没有圈和点，后人称之为“无圈点满文”或“老满文”。这一重大决策，显示了努尔哈赤的雄才大略。

随着军事力量的日益强大，万历四十四年（1616），努尔哈赤建立“大金”（史称后金），都城为赫图阿拉（今抚顺市新宾县永陵镇），自立为汗，建元天命。天命三年（1618），努尔哈赤发布“七大恨”檄文，决意起兵反明，第一条就是“我祖宗与南朝看边进贡，忠顺已久，忽于万历年间，将我二祖无罪加诛”，誓为祖辈报仇。

随着后金的壮大，努尔哈赤发现之前的部落制度并不适合发展，他结合东北的状况和明朝的地方制度建立了军政合一的八旗制度，设议政王大臣与八旗旗主共议朝政。

让努尔哈赤彻底掌握辽东战场主动权的战役，是萨尔浒之战。当年的古战场，已成为今天的大伙房水库。天命四年（1619），明朝任命兵部左侍郎杨镐为辽东经略，火速赶赴前线。杨镐深知所筹粮草不足以支撑太久，只得寄望于速战速决。明军分为四路，向后金军发起围攻。努尔哈赤洞察了明军四面围攻、互不协同的弱点，决定采用“凭尔几路来，我只一路去”的战法，简单说，就是集中优势兵力，各个击破，最终取得胜利。这场战争是明的战略性反攻，是明与后金的首战，明如果取胜，后金将不复存在。结果后金胜利，命运大门向努尔哈赤打开了。

夺取辽东地区后，努尔哈赤于天命六年（1621）迁都辽阳，兴建东京城。天命十年（1625），努尔哈赤出于战略考虑，决定把都城迁往沈阳，并在沈阳旧城的中心，修建了议政之所——大政殿和十王亭，这是营建沈阳故宫的开端。大政殿俗称八角殿，是举行重大典礼及重要政治活动的场所。在大政殿的东西两侧，依序排列着十座亭子，其中最靠近大政殿，向前略为突出的两座亭子，为左右翼王亭，其余八亭则按八旗的旗序呈雁翅状排开，合计十亭，人称“十王亭”。这些亭子与大政殿构成东路一组院落，是努尔哈赤时期殿宇建筑的重要部分。其帐幄式建筑造型及其布局，是八旗制度在宫殿建筑上生动而具体的再现，为中国古代宫殿建筑所仅有。

战争是流血的政治。努尔哈赤生前的最后一次攻战，是天命十一年（1626）

发起的宁远（今辽宁兴城）之战，与明朝袁崇焕指挥的明军展开战斗。明朝军队撤退的时候，只有一个人坚决不走，那就是袁崇焕。袁崇焕带着自己不足两万的兵马，让将士们死守宁远城，并利用火铳、大炮等一次次打退了金兵的冲击。这场战役成为一场艰苦的拉锯战，双方都死伤惨重，努尔哈赤最后不得不下令撤退。这是开战以来，后金的第一次失败，努尔哈赤自起兵以来战无不胜的神话被打破。同年八月，努尔哈赤骤逝于叆鸡堡（今沈阳市于洪区翟家乡大挨金堡村），卒年 68 岁。努尔哈赤葬于沈阳福陵（俗称东陵），庙号“太祖”。

沈阳中街区域曾有一条古巷叫汗宫巷，后因城市改造被拓宽，现名北中街路。2012 年，在这条路北段，考古人员发现了努尔哈赤汗王宫遗址。这座“太祖居住之宫”，与办理国事的“大衙门”——沈阳故宫东路建筑大政殿、十王亭为同期建筑，体现了清早期“家事曰宫，国事曰殿”的宫殿分离建筑特征，汗王宫遗址也被考古学界认定为“一宫两陵”世界文化遗产的重要组成部分。努尔哈赤迁都沈阳，推动了沈阳的发展，使这座城市后来发展为“兴盛的城郭”——盛京；他为中国历史上最后一个封建王朝、同时也是中国历史上最后一个由少数民族所建立的封建王朝——清朝奠定了基业。他为“康乾盛世”播下了丰收的种子，也为“光宣哀世”埋下了隐患的基因。

文韬武略 皇太极

中国古代帝王驾崩后，会被供奉于太庙。后人在祭祀他们时所用的称谓，是对其追尊的名号，被称为“庙号”。庙号一般认为起源于商朝，由两个字组成，前一个字代表后人对已故皇帝生前功过得失的评价，如创立基业的往往用“太”、功勋卓著的往往用“高”。后一个字则是按“祖有功，宗有德”的标准，开国或重新打下江山的皇帝一般称“祖”（如汉高祖刘邦、清太祖努尔哈赤），后代皇帝一般称“宗”（如唐太宗李世民）。

“太宗”多为一个政权的第二代帝王，继位时国家尚未进入稳定期，他们多在南征北战中立下了卓越之功，有的威望甚至超越第一代帝王。中国历史上庙号为“太宗”的帝王大概有 20 多个，比较著名的除了唐太宗李世民，还有汉太宗刘恒、宋太宗赵光义、明太宗朱棣（后改为明成祖）、清太宗爱新觉罗·皇太极等。相比之下，清太宗皇太极的继位要温和很多，他是被拥立为帝的，没有发生大规模血腥杀戮事件。

皇太极（1592—1643），生于费阿拉城（今辽宁抚顺新宾县旧老城），全名爱新觉罗·皇太极。3 岁时颖悟过人，6 岁时学习骑射，7 岁时协助管理家务，在诸王子中只有他既精通满文，又略通汉文，是当时女真族中的佼

| 清昭陵皇太极雕像 |

佼者。在皇室大家族16个兄弟当中，皇太极排行老八。皇太极12岁时母亲病逝，年幼的皇太极失去了庇护，也没有同母手足的帮助，母亲所在叶赫部与建州部还有血海深仇，父亲日理万机无暇顾及他的成长。皇太极可谓孤苦伶仃，过早地饱尝人间诸多困苦，形成了坚忍的性格和顽强的意志。

天命十一年（1626）农历八月十一日，努尔哈赤背疽突发去世，因事发突然，没来得及公开指定继承人。“四大贝勒”成为皇位的有力争夺者。大贝勒代善军功多，是正红、镶红两旗旗主，实力最雄厚，但代善感到自己不是担当此任的最佳人选，放弃了对汗位继承人的争夺；二贝勒阿敏是镶蓝旗旗主，是努尔哈赤弟弟舒尔哈齐之子，没有继承汗位的资格；三贝勒莽古尔泰是正蓝旗旗主，屡立战功，但骄傲自大，贪酒好色，不堪委以重任；皇太极在四大贝勒中年龄最小，是正白旗旗主，他“运筹帷幄，奋战戎行”，在军中体恤官兵，在民间善抚大众，深得好评。

根据努尔哈赤生前的遗训，王位继承人一定要德才兼备，不能按长幼顺序来安排，需要诸王贝勒公推。代善的长子贝勒岳托和三子贝勒萨哈廉认为

| 皇太极御用鹿角椅 |

皇太极“才德冠世，当速继大位”，加上代善的鼎力支持，众贝勒合词共请皇太极即汗位。经再三推辞，皇太极终于答应继承大统，农历九月一日，皇太极在沈阳皇宫大政殿即汗位，宣布次年（1627）为天聪元年。

继承汗位的皇太极改革图强，在经过一系列的改革举措后，后金政权得到了进一步的巩固和发展，沈阳城也迎来了新的发展机遇。他首先纠正了努尔哈赤对汉族奴役和屠杀的高压政策，强调满、蒙、汉之间民族平等，尽力笼络汉、蒙官员；为解除后顾之忧，断绝明朝与朝鲜的盟好关系，皇太极两次进攻朝鲜，使朝鲜由“兄弟之邦”转为“君臣之盟”；为扫除明朝北边屏障，皇太极又出征察哈尔蒙古，统一漠南后，他创建蒙古八旗，采取联姻手段，将察哈尔部上层统治集团牢牢控制。皇太极的一后四妃均为蒙古族，这在历史上是空前绝后的；皇太极屡次对明朝用兵，他使用“反间计”，导致袁崇焕以通敌卖国罪被凌迟处死。而自毁长城的崇祯帝，在袁崇焕死后 14 年于北京煤山自缢，时年 34 岁。

天聪三年（1629），皇太极设文馆，办理往来国书和官员奏章，以适应迅速发展的社会需要。其大臣通过奏议参与议政，成为内阁的雏形，后改为内三院。他仿明制设六部，又成立都察院、理藩院。这“三院八衙门”与八旗制度并存，并逐步取代八旗所行使的国家权力，是皇太极集中权力的重要手段。天聪五年（1631）起，皇太极开始改建宫殿，自此，沈阳城的城制、建筑、经济、文化等多方面都得到了划时代的发展。天聪六年（1632）命达海改进老满文。天聪八年（1634），沈阳更名为盛京，满语取“兴盛”之意，读成“谋克敦”，汉语意为“天眷盛京”。随着东北女真诸部的统一、八旗制度的完善与满族共同体的正式形成，皇太极于天聪九年（1635）废除旧有族名女真，定族名为满洲。

天聪十年（1636）四月，皇太极在沈阳皇宫崇政殿登上了“面南独尊”的皇帝宝座，接受满汉蒙三族大臣的朝贺，将国号改为“清”，年号改为“崇德”，表明了他要与明廷争夺天下的决心。崇德六年（1641），皇太极深爱的元妃海兰珠病逝，他极度悲伤，身体每况愈下。两年后，52 岁的皇太极驾崩，诸王大臣把他的梓宫安放在崇政殿的显要之处，以示尊重与怀念。一场争夺皇位的激战却在崇政殿尸骨未寒的皇太极面前拉开帷幕。

皇太极是清朝创业君主，也是清朝唯一一位有两个年号的皇帝，所以也被称为“天聪汗”“崇德帝”。他幼年丧母，重情重义；他能文能武，戎马一生；他精于谋略，善于布局；他改女真为满洲，改国号为清，完成了清朝的奠基工程。今天，安葬他的清昭陵（俗称北陵）已经成为沈阳三处世界文化遗产之一，他身披铠甲的塑像矗立在陵园内皇太极广场上，尽显气吞山河之气。

开国定制的四朝元老范文程

清王朝能够入主中原，除了军事上的能征善战，更得益于“大清第一文臣”范文程的谋略。范文程的功勋可与西汉谋圣张良、明代神机军师刘伯温相提并论，是乱世中涌现出来的政治家、谋略家。

范文程（1597—1666），字宪斗，号辉岳，辽东沈阳卫（今辽宁省沈阳市）人，出身于世族之家。他是宋朝名臣范仲淹的十七世孙。他的六世祖范岳，明朝初期在湖北云梦县任县丞和北平隆庆仓大使，后因失火延焚卷籍而被发配到沈阳卫戍边，范氏自此在沈阳开枝散叶。曾祖范鏓官至明朝兵部左侍郎，因受权奸严嵩排斥被迫辞官；祖父任职沈阳卫指挥同知；父亲范楠，一生未做官。

| 范文程朝服像 |

范文程“少好读书，颖敏沉逸”，对经史子集、历代典章都很熟悉，于万历四十三年（1615）考进沈阳县学秀才。

范文程的谋略，初识于努尔哈赤。天命三年（1618），努尔哈赤攻克抚顺，明朝与后金（清朝）的战争序幕就此拉开。当时，因出关葬亲而身在抚顺的范文程，被掠并赐给镶红旗下为奴，在努尔哈赤帐下做了一个文员。努尔哈赤大半生都是戎马生涯，会打仗是对八旗将士的基本要求，体格魁伟的范文程也追随努尔哈赤开疆扩土的脚步，参与了攻打沈阳、辽阳、西平、广宁等战役，但并未受到器重。这九死一生的经历，使得“颖敏沉逸”的范文程机敏谨慎且高度理性的性格愈发突出。

真正器重范文程的是皇太极。努尔哈赤病死后，皇太极继承汗位。天聪三年（1629），皇太极设立文馆。现在沈阳故宫里的飞龙阁，原址是宫内的三间厢房，就是当年文馆所在地。通过考试，范文程从300多生员中脱颖而出，摆脱了奴隶的地位，成为皇太极主要谋士之一。当年，皇太极发动了入口之役，范文程作为文馆官随皇太极参加战斗，为皇太极建言献策。当前锋被围，范文程临阵不惧，勇猛不逊他人。同时，又善于用计，能言善辩，经过他的劝降，皇太极兵不血刃地招抚了潘家口、马兰峪等五座坚固的明城。在这次战役中，范文程能攻能守，文武兼备，因此次立功，范文程被授世职游击。

在随皇太极南征北战之际，范文程将招降纳叛作为重要策略，屡次帮助皇太极不费一兵一卒就拿下城池。围攻大凌河城（锦县）时，迫使祖大寿投降；登州解围后，范文程又招降了孔有德、耿仲明、尚可喜等；松山战败被俘后，洪承畴起初誓死不屈，范文程劝降时，机敏地发现，洪承畴多次拂去梁上飘落在衣襟上的积尘，认为他如此爱惜衣服，也一定会爱惜生命，于是献计让皇室用真情去打动洪承畴，果然，洪承畴不久就降服了。

崇德元年（1636），皇太极将文馆改为内三院，范文程被任命为内秘书院大学士，掌管机密，进世职二等甲喇章京，成为皇太极的心腹幕僚。范文程的实际权力不限于秘书院，他几乎能参与所有机密和决策，每次研究重大问题时，皇太极必说：“范章京知否？”“何不与范章京议之？”范文程有病时，皇太极就要等他康复后再征求他的意见。起初，皇太极还要审阅把关，后来只要是范文程写的，皇太极就不再审阅。

范文程的谋略，升华于“乂安百姓”。顺治元年（1644）三月，当多尔衮讨伐明朝大军行至辽河时，得到明朝灭亡的确切消息，多尔衮紧急召见在盖州汤泉养病的范文程商讨对策。他建议立刻入关，对手不是苟延残喘的明朝，而是李自成的大顺政权，并强调要改变以往一味掳掠、嗜杀的策略，行军务必秋毫无犯，以“统一区夏，乂安百姓”取得官民支持的策略来实现统一中原的愿望。范文程的高瞻远瞩，加上多尔衮的果断行动，使清占得先机。范文程还制定了一系列争取民心的具体政策和措施，有利于安抚百姓、恢复经济、招贤纳才、稳定社会秩序，显示了他既擅长谋略又能把握时机的过人之处。

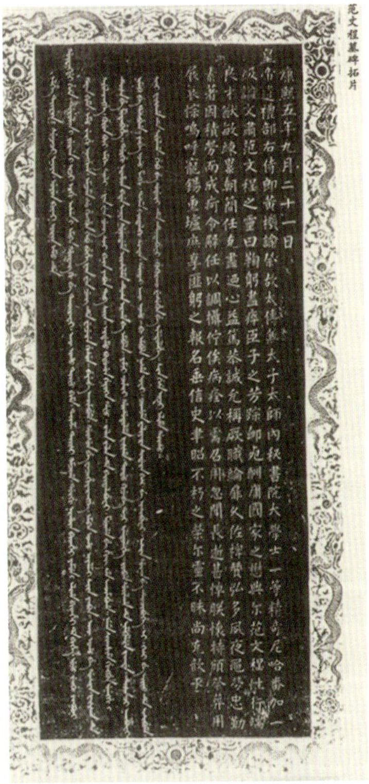

| 范文程墓碑拓片 |

范文程的谋略，安身于审时度势。皇太极猝然病逝后，清统治集团内部就帝位继承问题展开了激烈的斗争，在这过程中，范文程采取了完全回避的态度。随着多尔衮强制实施剃发令，血腥镇压汉民，范文程对多尔衮“留头不留发”的政策不满，进行消极对抗，因而被多尔衮冷落，两人之间的裂痕由此产生。顺治三年（1646），多尔衮以范文程“素有疾，毋过劳”为名，削弱了范文程的权力。顺治五年（1648），多尔衮命范文程、刚林等删改《清太宗实录》，范文程以养病为由，闭门不出。顺治七年（1650），多尔衮病逝，其私党及参与删改《清太宗实录》的都被杀害，范文程因未参与而躲过

灭顶之灾。复官后，进世职为一等子，被任命为议政大臣，这是此前汉人从未得过的宠遇。后又进为太傅兼太子太师。

顺治皇帝认为范文程对国家有功，对他礼遇有加：范文程身材魁梧，顺治就命人特制衣帽；范文程生病，顺治就亲自选药、亲自探视；顺治还特派画工为范文程画像，收藏在内府之中。

范文程的谋略被誉为“可抵百万雄兵”。康熙五年（1666），范文程去世，卒年七十，谥“文肃”。康熙亲自撰文遣礼部侍郎谕祭，赐葬于北京怀柔红螺山，立碑以记其功绩。康熙五十二年，又为其祠横额亲书“元辅高风”，评价他：“文程之策，可抵百万雄兵！”

范文程，受知于努尔哈赤，重用于皇太极，倚重疏远于多尔衮，宠遇于顺治，病逝于康熙，他在清初的政治舞台上活跃了半个世纪之久。而这半个世纪，正是清由单一民族文化向多民族文化融合转化，由奴隶制向封建制转化的文化转型时期，在“落后民族征服先进民族，最终被先进民族的先进文化所征服”的过程中，明君与贤将的相遇相知，使范文程在年轻时得以从九死一生中“活着”，在满汉两个民族落后与先进文化的拼杀转型中，寻求到了以传统儒家“拯救天下苍生为己任”“以德治国”的途径，主动推动了我国的民族大融合、民族大团结。从被掳为奴到开国元勋，从首倡入关到大业已成奠定清朝200多年的基业，范文程也未曾想自己的一生会这样度过吧。他对自己的评价是：“我大明骨，大清肉耳”，想必他对人们的争议早有准备，颖敏沉逸的他，内心深处也有难言的痛楚。历史的车轮滚滚向前，他能做的，就是用自己的谋略，“统一区夏，乂安百姓”，多出安民、利民、为民的政策，“用夏变夷”，使先进的中原文明成为清朝的立国之本，让百姓尽快过上安居乐业的生活。这对百姓，自是善莫大焉。

誓死不降，歌以见志的张春

在沈阳故宫大清门东侧，有一组红墙黄瓦的建筑群——太庙。这里原是明朝的一座道观，供奉天官、地官、水官，所以老百姓又名三官庙，曾经香

| 沈阳故宫 太庙 |

火很盛，清朝在入关前将其改成了祭拜祖宗的太庙。在这里曾关押过一位被誉为苏武、文天祥式的人物——张春，他的绝笔《不二歌》气势磅礴、正气凛然，激励了一代又一代仁人志士。

张春（1565—1641），字景和，号泰宇，别号见一，被俘羁留沈阳三官庙期间自号明夷子。年轻时就“以天下为己任”，但获取功名及仕较晚，36岁中举，49岁才被选授山东堂邑知县。

张春，是永远把国家安危放在第一位的人。即使遭遇谗言被贬，只要一声令下，仍会义无反顾。

崇祯三年（1630）正月，后金占领永平、遵化、迁安、滦州。四月，崇祯皇帝派张春以监军身份率部队去收复失地。张春火速驰援，率领旧时训练的义勇，赶到前线，一举收复永平等失地。因收复失地有功被授太仆少卿，统管监军。他虽立功，但为权奸所不容，被迫辞官归里。崇祯四年（1631）六月，他再次被起用。八月，皇太极亲率两万大军，在尚未完工的大凌河城（今辽宁省凌海市，锦州的前哨阵地）下集结，沿着城墙四周挖出一条巨大的壕沟，目的是如果遭遇重兵围困，将派兵扼守住大凌河城通往锦州的所有通道，围城打援。面对后金的包围，明朝几次派兵出击，企图撕开缺口，但都没有成功。当大凌河城被围的消息传来，明朝立刻组织援军，但始终突不进后金的包围圈，只好退回锦州城内。九月初，皇太极分兵来攻打锦州，明军战败，躲在城内，固守待援。

时年67岁的张春，见大凌河前线告急，立即“疏请援凌”，率领四万大军奔赴战场。在距离大凌河城七八公里时，与皇太极率领的两万后金军相遇。双方交战初始，明军坚守不动，火器齐发，后金军几次冲击都未能成功。眼见局势不利，皇太极下令将红衣大炮横于大道中间，待明军进入射程后，大炮集中猛轰。张春在重创之下，仍在激烈抵抗。当时正好刮起了大风，张春便下令纵火攻击后金的炮兵阵地。没想到的是，在纵火后不久，风向发生了逆转，反而扑向了明军阵地。一番混战之后，张春等33位明朝军官被俘，其中25人当即被杀掉。张春等8人被绑至皇太极大帐之前，其余7人立即匍匐跪拜求饶，只有张春挺立不跪。

生死面前，张春毫不慌张。他深深知道，以忠事君治民，国家和人民才会越来越好。所以，他选择忠于明朝誓死不降。

皇太极拉弓威胁要射死张春，一旁的皇兄代善劝说："他不怕死，想以死成名，你射死他不就遂了他的心愿吗？"皇太极这才放下弓箭，命令士兵将张春抬进大帐之中放下。皇太极正席地而坐，张春挺直胸膛坐在地上，对皇太极怒目而视、破口大骂。侍从见了大惊失色，把住张春的头强往地上按，叫他快跪下，张春坚决不跪。皇太极被张春的铮铮铁骨所吸引，于是下令给他松绑，希望他能投降后金。张春跳起夺下侍卫的胯下刀，大声疾呼"速杀我"，声震山野。皇太极见他不可屈服，决定不杀他，像匈奴对待苏武那样，把他软禁起来，安置在三官庙，令白喇嘛陪他同住。

张春求死不得，开始绝食。达海奉皇太极之命，"以珍馐赐张春"，表示关怀和慰问。张春仍然要求速死，并指责后金经常进行的战争杀掠行径。达海以诚恳的态度表明后金愿与明朝议和的愿望，真诚地希望张春为议和贡献力量。议和，是张春一直思考却从未敢说出口的一个重要问题，现在被达海说出，真是说中了张春的"心事"。经过了两天的思想斗争之后，张春终于作出"姑不死以待时"的决定，停止绝食，保全生命，在特殊的环境下再为明朝尽忠。但张春提出的条件是：不投降、不剃发，保持明朝衣冠，以明朝臣子身份联系后金与明朝议和之事。对此皇太极完全接受。

后金与明连年死战，两败俱伤。不仅皇太极，而且整个后金政权中的很多人，都认为与明朝议和是上策。但是，明朝普遍的舆论却认为，与后金议和就等于承认"乱臣贼子"后金犯上作乱，必然会重蹈宋金议和的覆辙，最终葬送国家，甚至达到了"谁谈议和就杀谁"的偏执状态。

大凌河战役后，明朝方面传说张春战死，急匆匆给他办理了后事，他的夫人翟氏也自缢“随夫而去”。不久，却传来张春不仅活着，还要联系议和的消息，当时朝野一片哗然，很多人认为他“不忠”。

张春虽然为皇太极向明朝上书言和，但完全是站在明朝的立场上，对后金没有一丝妥协和退让。无论从外在的着装还是内心，他的一言一行一举一动处处表现了对明朝的无限忠贞。

皇太极听说张春的夫人为他而死后，立即召见白喇嘛说：“难为他一家都是好人。你问问张春，是否愿意做法事？”张春听说，表示同意。但因荐亡文（悼词）没使用明朝年号，就拒绝了。皇太极听后，笑着说：“就依他。”

1636 年，皇太极将国号金改为清。此后，清军连获胜利，皇太极举办了盛大的庆功宴，派人多次邀请张春，张春却从只有皇帝才能行走的辇道上走来。大宴时，皇太极南向坐，张春却西向坐（即面向明朝皇帝所在的京师方向）。对这种大庭广众之下的不恭表现，皇太极不但不怪罪，还对他坚守节操的凛然正气非常钦佩。

由于崇祯皇帝在议和问题上放不下天朝大国的架子，一再拒绝清的议和要求，致使明清议和迟迟没有进展。张春的一次次努力均未能换得明朝方面的响应。张春苦等 10 年，等来了皇太极改国号为清，等来了盛京城的营建，等来了松锦大决战明军惨败的消息。在困境中坚定地活下去的信念轰然倒塌，死，已经成了他唯一的选择。清崇德六年（1641），76 岁的张春绝食殉国，衣领中藏着他的遗诗《不二歌》，其中写道：“心在人之内，丹诚哪可忘。”“之死矢靡他，苦节傲冰霜。”“富贵不可淫，威武甘锯汤。”“俯仰能不愧，至大而至刚。”这是他决定以死殉职在自尽前的绝笔，诗句直白真切，气势磅礴，贯穿了杀身成仁、忠贞不贰、视死如归的精神。张春死后，皇太极依其遗愿将他葬在离大明更近的辽阳。

从 1631 年被俘绝食誓死不降，到看到后金与明朝有议和的希望，恢复饮食以求为明尽忠；从坚守议和初心，不断推动议和，到明朝始终未将议和置于要务，只是有头无尾走过场；从明清战争升级，到明军惨败摆脱困境无望，明清议和无从谈起。张春，10 年的坚守，从满怀希望，到无奈失望，再到深陷绝望。张春生命的最后 10 年，是极不平凡的 10 年，他坚毅刚强，始终坚持节操，以高风亮节赢得人们的尊敬。虽然张春一再坚持三纲，具有鲜明的封建烙印，但他的精神气质具有巨大的感染力量，他是明清交替之际特殊历史现实造就的一位光彩夺目的士大夫。

『奉旨焚修』慈恩寺的流人函可

慈恩寺，作为“东北四大丛林”之首的佛教寺院，也是沈阳现存最知名和香火旺盛的寺院。慈恩寺最早建于唐代，清初重建，并因流人函可到此“奉旨焚修”而声名鹊起。

| 函可画像 |

函可，就是一个传奇。从著名诗人到辽海佛界的开宗鼻祖，从礼部尚书家的贵公子到“奉旨焚修”慈恩寺的流人，他的人生大起大落，他“以诗得罪，罪奇；以罪得诗，诗愈奇”，他是诗界的高僧，是高僧里的诗人；他“亦儒亦佛，能忠能孝”，他是背负着

心灵创伤的明朝遗民，他是因清朝第一例“文字狱”获罪而背井离乡的流人，他行走在明末清初的改朝换代之际，书写了别样的传奇人生。

函可（1612—1660），俗名韩宗騋，字犹龙，出生于广东博罗，是明代最后一位礼部尚书韩日缵的长子。他的父亲弱冠（20岁）即中进士，门下多名儒巨公，名将洪承畴、明末大儒黄道周都是他的学生，著名的东林党人黄尊素（黄宗羲之父）也礼尊韩日缵为“座上师”。韩宗騋自小深受其父“明道见性”的儒家教诲和儒家文化的熏陶，生而聪颖，16岁就考取了秀才，“弱冠名闻海内，名重一时。海内名人以不获交宗騋为耻。”他豪放慷慨，襟怀大度，有豪士之称。

明崇祯九年（1636），韩日缵积劳成疾不幸病逝于任上。韩宗騋以长子身份扶灵归里。护灵途中，抬灵柩的人不慎失足，以致灵柩入水。幸亏众人及时捞起，但韩宗騋羞愧交加，深感世事无常。后来他追忆此事时说：“先君谢逝（世），奔赴途中，见得人间世，半点也靠不住。遂决意向此门（即佛门）求个下落。”明崇祯十三年（1640），韩宗騋遁入空门，取法号函可，又字祖心，号剩人，为岭南禅宗曹洞宗第三十四代传人。出家以后，为缅怀亡父，函可曾刺臂以血书写佛经，为父祈福。

顺治二年（1645），函可以“请藏经”为名去南京，期待能为反清复明有所作为。在南京的日子里，正赶上清军南下，他滞留在当地，目睹了城破之时的人间百态。函可将这重大事变，撰成了一部实录，相对于崇祯王朝的“甲申之变”，弘光王朝的倾覆是明朝的又一次变故，所以定名为《再变记》。顺治四年（1647），函可携洪承畴所送印牌准备离开南京返广东，出城时因“私携逆书”而被捕。被捕后，函可经过数次拷打，多次昏死，也没有供出他人。在被押到京师受审的途中，函可项缠铁链，两足重伤，多次病危。次年被判流放盛京慈恩寺焚香修行，他是清朝身陷文字狱的第一人。出家人写私史，确实是个大事件。函可，不是简单的出家，他六根未净，他太关心政治，他是个政治和尚。

贵公子、流人、儒学大家、高僧，当这四种身份同时汇集在函可身上的时候，“白山黑水愁孤衲，国破家亡老逐臣”的悲惨命运，给他的诗歌融入了浓浓的乡国之情和深深的孤独飘零之感。他在《初入慈恩寺》诗中，描述了当时的生活：“膏（高）粱恣啖嚼，土榻任踟趺。半晌低头想，依然得故吾。”吃的是粗糙难咽的高粱米，睡的是冰冷的土坯炕，但他的精神世界是丰富的，他的“故吾”，是他对民族压迫的反抗，也是他的爱国气节，即便在拷打流放之后，依然坚定。

虽遭炼狱之难，但函可壮心不灭，常在困厄中寄情于诗词，出色的现实主义诗作得到了当时辽沈诗界的关注，他们与函可渐渐诗唱往来。顺治七年（1650），函可借拒不降清的左懋泰的生日，在沈阳组织了东北地区第一个

| 慈恩寺 |

诗社——冰天社。函可赞扬左“大雪自应持故节，高松宁肯受秦封”。函可不仅是结社的盟主，更是这些流人的精神支柱，他在《冰天社诗》序中明确，诗社的宗旨为“尽东西南北之冰魂，洒古往今来之热血”。冰天社初建时，有僧，有道，有士，有医，30 多人，他们多为流人，集体创伤记忆将他们在冰天雪地中集结到一起，他们相互唱和，互道珍重，重构精神依托，活跃了文坛气氛，加速了文化传播。

顺治八年（1651）春夏之交，函可骤然听到数年前全家人都死于清兵刀刃之下的噩耗。函可悲痛欲绝，在《沈阳杂诗二十首（其十七）》中写道：“几载望乡信，音来却畏真。举家数百口，一弟独为人。地下反相聚，天涯孰与邻？晚风连蟋蟀，木佛共含辛。”又在《泪》中痛言：“我有两行泪，十年不得干。洒天天户闭，洒地地骨寒。不如洒东海，随潮到虎门。”还在《辛卯寓普济作八歌》里感愤：“我歌我歌歌将歇，揽衣忽起增哽咽。我忧不独在乡国，我罪当诛复何说。笔尖有鬼石流血，天地无情难永诀。呜呼！木佛木佛能不哀？狞飙苦雨四面来，狞飙苦雨四面来，土床一尺魂徘徊。”这些诗，每一首每一句都强烈抒发了家破人亡的悲愤。

经历家国之变，他长歌当哭，其诗“绕塔高歌，正如风吹铃鸣塔”，所以诗集曾名《金塔铃》。函可的满腔血泪，伴着漫天冷雨，揉进满腔的家国情仇。他以诗抒怀，以诗言志，以诗反抗，他跳出三界外又秉笔直书纷杂世事。他把蛮荒之地写出了文风充沛。“天下人安我亦安”“肉身纵在肠应断，既哭苍生又哭僧”“父老岂长看昼锦，中原最苦是苍生”是他强烈的儒家现实关怀精神和悲天悯人情怀。“一坐柴关已十春，衲衣曾不惹纤尘。山空鸟寂无人到，独有予来不厌频”，则因他的释家情怀而增添了禅意、禅境和灵趣。函可将他独一无二的生命体验，融入了诗作，他的诗既是他的个人史诗，又是时代的缩影，他以岭南视角书写辽东风情的独特诗风，也使他成为诗界传奇。

他的佛学造诣是传奇。函可谙通佛教经典，具有渊博的知识底蕴。在沈阳各大寺院监院等众僧联名请求下，他陆续在普济寺、广慈寺、大宁寺、永安寺、慈航寺、接引寺、向阳寺等处宣扬佛法。函可的演讲对佛教教义的阐发深入浅出，析理透彻，他还将儒家思想融入佛教，不但吸引了众多僧尼，也深深吸引了广大群众，所以他被奉为辽沈地区弘扬佛法的“开宗鼻祖”，“亦儒亦佛，能忠能孝”是人们对他的高度评价。

顺治十六年十一月二十七日（1660 年 1 月 7 日）冬，函可从海城金塔寺返回沈阳途中在辽阳首山驻跸寺圆寂，肉身葬千山璎珞峰下。

函可生前著述颇丰，其弟子整理其诗名《千山诗集》，收诗 1500 多首，集中反映了东北地区的历史文化、风土人情。函可死后 100 多年，璎珞峰函可禅师塔及碑铭被拆毁，他的著述《千山诗集》《千山语录》也先后被查，被列为禁书。函可生前死后都难逃文字狱，可谓历史奇冤。

函可，这个广东游子，在辽沈大地度过了 12 个春秋，他无时无刻不在思念故国，盼望回归故里，但愿望终成泡影，圆寂前的遗言，只留一句：“吾思念岭南耳！”让人禁不住泪水涟涟。他含悲饮恨，不断与严寒、乡愁和疾病作斗争，在粗茶斋饭、暮鼓晨钟中，创造了一个味道醇厚的精神世界，使中原文化在辽沈大地薪火相传。

从军功走向诗书的曹雪芹曾祖曹玺

《红楼梦》第三回林黛玉进贾府，拜见完大舅舅贾赦之后，又被领着去拜见二舅舅贾政：“进入堂屋中，抬头迎面先看见一个赤金九龙青地大匾，匾上写着斗大的三个大字，是‘荣禧堂’，后有一行小字：‘某年月日，书赐荣国公贾源’，又有‘万几宸翰之宝’。”

荣国公贾源，荣国府的祖先、第一代，名字也暗示荣国府是有“源”头的，是小说中朝代的开国功臣，所以被封为“荣国公”。“万几宸翰之宝”即“皇帝的印文”。这里的荣国公贾源，原型是曹雪芹的曾祖曹玺，“荣禧堂”则暗隐当年康熙皇帝给曹寅之母、曹玺之妻孙氏赐书“萱瑞堂”。曹玺夫妇为曹雪芹家族开创了最初的财富与勋贵，也可以说是整部《红楼梦》的奠基人。从包衣走向军功，从军功走向诗书，曹

曹玺与妻子孙氏画像

玺走出的是一条人生逆袭之路。

人们无法选择出身，但可以选择出路。曹玺（约1620—1684），字完璧（取“完璧归赵”之典），原名曹尔玉，因康熙在写曹尔玉的名字时，从上往下把本名“尔玉”两个字连写在一起，故改名为曹玺。曹玺出生时，他的爷爷曹锡远任“沈阳中卫指挥”。天命六年（1621），努尔哈赤攻占沈阳，年仅两岁的曹玺，与祖父曹锡远、父亲曹振彦一起被俘，沦为后金国四贝勒皇太极府上的“包衣”（由满语“booi aha”汉译而来，意为奴婢、家仆、奴仆）。曹家归附了当时的后金，成了满洲正白旗的包衣奴才。曹振彦很有才干，文武兼通，被多尔衮提拔为旗鼓牛录章京（旗鼓牛录章京，即包衣汉人佐领），跟着多尔衮入关，在山海关大破李自成，因而有“从龙入关”的功劳。

顺治五年（1648）冬，归顺清朝的大同知府姜瓖起义反清，史称“姜瓖之乱”，又称“戊子之变”，是清入关以来遭遇的最大危机。曹振彦随同多尔衮入山西平定叛乱，曹玺也以侍卫身份跟随。清军入大同城后，进行了大规模的屠城，阿济格更是痛恨大同难破，将大同城墙削去五尺，其惨状比之前的“扬州十日”“嘉定三屠”有过之而无不及，是为大同史上最惨痛的一页。在这场戡乱中，曹振彦立下了沾满大同无辜百姓鲜血的“军功”。因此，曹振彦获得参加择其“文理优长者，准作贡士，以州县即用”的考试机会，通过考试后获得了“贡士”身份。顺治七年（1650），被任命为山西吉州知州，由此改变了身份，晋升为官员，其子曹玺也被安排为皇宫二等侍卫。

顺治八年（1651），多尔衮身故，顺治皇帝追罪多尔衮“阴谋篡逆”，将原属于多尔衮的正白旗收归自己名下，与原来的两黄旗并称为上三旗，顺序为：镶黄、正黄、正白，服务于皇帝本人，为“内务府属”，也称为内三旗包衣，属于皇帝的专属奴婢。正是这一变故，曹家从摄政王府的包衣变成了皇家内务府的包衣，曹玺也成了内廷二等侍卫。顺治十四年（1657）末，曹振彦死于两浙都转运盐使司盐运使（简称盐政官）任上。

战功，就这样改变了曹玺的人生轨迹。而曹玺和他的妻子孙氏自身的学识与忠心事主的品格，则为曹玺的逆袭装上了“飞毛腿”。曹玺“承其家学，读书洞彻古今，负经济才，兼艺能，射必贯札”，可谓文武双全，人才出众。曹玺之妻孙氏，娴熟文史，在皇太子玄烨（康熙）出生后，被选为玄烨的保姆。保姆需要和孩子朝夕不离，并且要教知识、礼仪以及道德、处众的法则，也被称作“教引嬷嬷”。由于天花肆虐京城，不满两周岁的玄烨也因出天花被抱到宫外抚养。在孙氏的悉心照料下，玄烨挺过了天花，而他的父亲顺治帝未能挺过，在24岁时驾崩。在众多皇子中，玄烨因祸得福，因得过天花有了免疫力而被立为太子，8岁时继承皇位。曹玺得到重用，由二等侍卫升任内务府营缮司郎中。

康熙的宠爱与眷顾，为曹玺的逆袭装上了“加速器”。康熙二年（1663），曹玺被任命为江宁织造，负责供应皇家及官府专用的绸缎、绢帛、布匹等纺织品，自此开启了曹氏的显赫家族史。江宁织造是内务府设在南京的机构，算不上真正的官员，官衔品级并不高，一般要求三年更换一次。但曹玺打破了这个惯例，他是以内务府郎中派任的，郎中是以三品或四品叙级，表面上是替皇家管理采办物资，实际上是钦差官员，充当皇帝的耳目，既可以专折奏闻，还负有监视官场、联络遗民等秘密使命。曹玺在江宁织造这个岗位上连任了二十余年。

曹玺就任江宁织造后，积极进取，锐意改革，大刀阔斧地进行了改革：买丝、购料等环节，都越过中间商以节约成本；同时，废除原来在工程量大时到民间强征工人的制度，改为从小自主培养，招收幼匠学艺，进而培养成养成工。曹玺为人低调，做事勤勉，凡康熙交办的事情，他都尽心尽力。当江南遇到灾荒时，他捐俸赈灾。曹玺改变了之前江宁织造遗留下的很多弊病，充分施展了才华，发挥了安乱的作用，也得到了百姓的拥戴。

康熙十六年（1677）、十七年（1678），曹玺两次回京述职。由于曹玺不辱使命，忠实地完成了皇帝交办的任务，康熙大悦，对他宠信有加，赐蟒服，加正一品，御书“敬慎”两字赠予曹玺。就这样，江宁织造府伴随着曹家得到的皇帝恩宠也进入了全盛时期。

曹玺在江宁织造府内建造了花园，并在园内亲手栽植楝树，这个花园也被称为楝亭，是曹玺督促曹寅、曹宣两兄弟读书之地，也是曹玺与文人名士把酒言欢、吟诗对谈之地。

曹玺的儿子曹寅（曹雪芹祖父），比康熙小 4 岁，喜欢读书，诗词经艺才华突出，在 15 岁时被召入宫，担任康熙的侍读，被叹为“神童”。他擅长骑射，16 岁时被选授御前侍卫，得以与康熙朝夕相处，建立起密切的私人关系。

康熙二十三年（1684），勤勤恳恳的曹玺积劳成疾，在江宁织造任上病故。康熙听闻十分悲痛，在巡行江南时，亲自到江宁织造府慰问曹玺的家属，并说曹玺“是朕荩臣，能为朕惠此一方人者也”，夸赞曹玺为忠心耿耿的大臣。曹玺过世后，为了纪念父亲，曹寅将自己的号从荔轩改为楝亭。此后，曹寅子承父业出任苏州织造，两年后又调任江宁织造。

曹玺，作为曹氏家族崛起的第一代掌门人，凭借皇帝的恩宠，加上自身文武传家、忠心事主的品格及不凡的才干和学识，由内务府包衣，逆袭为举足轻重的地方大员，为曹氏家族奠定了最初的功勋底色。同时孙氏的皇室保姆身份，也为曹氏家族三世四任江宁织造的连任罩上了政治保护伞。然而，这一切，更多地来源于康熙帝的感情和眷顾。随着康熙的离世，曹家与皇室的纽带被切断，曹家的衰落将不可避免，从殊恩异宠到薄情寡义，“好一似食尽鸟投林，落了片白茫茫大地真干净。”曹玺完成了从军功走向诗书的过渡，也恰是这个诗书大家，滋养了曹雪芹，进而成就了中国古典小说的巅峰之作《红楼梦》。

『三藩之乱』中殉职的封疆大吏甘文焜

位于浑河之阳的“甘园”，是云贵总督甘文焜在家乡沈阳的墓园。曹寅在《过甘园》诗中写道：“依然薜荔旧墙阴，再拜河阳松柏林。一二年间春更好，八千里外恨难沉。”“八千”句下自注：总制公死难滇南。总制公即甘文焜。甘文焜父子在吴三桂叛乱中，背水一战以身殉国的惊心动魄，谱写了豪气乾坤的忠贞赞歌，留下了名垂青史的忠烈故事。

位于镇远县吉祥寺遗址的甘文焜青石雕像

甘文焜（1632—1673），字仲明，一字炳如，从小就仰慕忠孝之事。明永乐年间（1403—1424），甘文焜先祖甘受和带兵征讨东北时，因军功被封为沈阳中卫指挥佥事世职，从此移居沈阳。因家族归降后金比较早，甘家成为清室的世臣与家仆，进入清朝八旗征服者集团。甘文焜的父亲甘应魁随清世祖福临入关，隶汉军正蓝旗，官至石匣副将。甘文焜生而魁伟，精于骑射，喜好读书，勤敏练达，他总叮咛儿子说："世臣与诸臣不同，家声不可坠，国恩不可忘。"

甘文焜饱读儒家经典，满怀报效祖国的壮志豪情，以"恪守忠孝，威望素著"而著称，深得康熙厚爱和器重。康熙七年（1668）十一月，云贵总督卞三元认为，权势和实力不断增长的吴三桂一定会叛乱，怕引火上身，于是上疏清廷"以终养请"。清廷准请，任命时任直隶巡抚、37 岁的甘文焜出任云贵总督。

甘文焜就任云贵总督后，治所在贵阳。他体察民情，如实向朝廷报告民间疾苦、地方治政积弊以及战事屡发民众深受其害的情形。吴三桂很快发现这位新总督不像前任卞三元那样胆小怕事，他有主见，有个性，对自己也不会曲意逢迎。于是，吴三桂谎称康东土寇入侵云南的同时，暗中唆使苗族酋长阿戎作乱，制造事端引发民族矛盾。令吴三桂意外的是，甘文焜对此镇静自若，亲率大军征讨阿戎，派兵从偏僻小道抄到据险死守的阿戎苗军之后，突然发起进攻，致使对方不战而溃。随后甘文焜乘胜追击，最终将阿戎擒获斩首。此次剪灭叛乱，显示了甘文焜威震四方的胆魄和卓越的才能。在甘文焜的治理下，云贵达到了前所未有的稳定。

康熙十年（1671），甘文焜因母亲去世，先后两次向朝廷疏请解任葬亲，康熙为了他能在云贵制约抗衡吴三桂，特命他"在任守制"，直到第三次请假，才批准了他的请求。在别人看来这是丧事，但在吴三桂看来却是喜事，他利用甘文焜回乡守孝的时间，散尽家财，从上到下收买人心，还将总督麾下的军队调往云南。在训练军队时，凡是服从他的就奖励提拔，凡是心随甘文焜的，就暗中抑制。

康熙十二年（1673）十一月，吴三桂以“兴明”为借口，自称“总理天下水陆大元帅兴明讨虏大将军”举旗叛清。吴三桂反叛之初，就先杀掉不肯附逆的云南巡抚朱国治，随后又东取贵州，北攻云南。此时的甘文焜刚刚官复原职，他一边派族弟甘文炯入京告变，一边又飞报川湖总督蔡毓荣，要求派部队援助平叛。与此同时，甘文焜下令贵州驻军李本深领军队扼守要道，阻击吴军。出乎意料的是，李本深早与吴三桂暗通，反而写信劝文琨降吴。甘文焜愤然严词驳复：“本部院任两省封疆，惟有效张巡、南霁云以身殉国，即无马革裹还，断不稍存携二也！”李本深接到甘文焜的通牒，并不理睬，竟在安顺献城示好，公开投靠了吴三桂。

洁身守道义为上，是甘文焜的道德选择。《晏子春秋·内篇问上》中说：“洁身守道；不与世陷乎邪。”洁身守道，是指一个人在污浊的世间，永远保持高洁的操守和正直的品德。孔子也主张“君子义为以上”，把人的思想、精神、气节列在首位。安顺沦陷后，甘文焜准备扼守贵阳抵抗叛军，无奈贵阳守军也早已被吴三桂收买，甘文焜不仅失去了对军队的控制和指挥权，更被叛军团团包围。

甘文焜见贵阳风雨飘摇，已不能守，退而想防镇远，希望能够守住贵州东大门不让叛军进入中原。临行前，为不使家室遭污辱，先命妻室盛氏妇女七人自缢而死，然后带着四子国城、书记官和善、随从雅良等十余人趁着星夜向镇远奔驰。殊不知，当他到达镇远时，危险也向他迎面袭来。原来镇远知府张维坚、副将江义也被吴三桂收买，此时正奉命阻止甘文焜东进，并劝降甘文焜。甘文焜不降，突围到府城大码头疾冲上浮桥时，只剩四骑。浮桥南端上游不远处即是面临㵲水、背靠吉祥山的吉祥寺。甘文焜四骑突进吉祥寺，将山门反抵。江义追兵随后赶到，把他们团团围住。江义叛军高声呼喊，逼迫甘文焜投降。

甘文焜突围无望，悲愤万分，怒吼道：“封疆大吏，当死封疆事，至此无可为矣！”说罢向北方皇宫方向拜了两拜，拔剑准备自刎。其子国城大呼请先死，冲上前夺过宝剑向脖子抹去，倒地而死，鲜血溅满甘文焜衣襟，洒向宁静的吉祥寺院墙。甘文焜浩叹：“此儿勇于我！”旋即自刎，血溅古柏而为国捐躯，时年42岁。跟随的笔帖式和善雅图也同时自戕身亡。甘文焜眦裂齿碎，誓死不降，以满腔热血和铮铮铁骨为吉祥寺留下了千古神话，寺中有数棵老柏树，志书载：“古柏翳日摩霄，坚如铁石，咸以为忠烈之气所结。”

甘文焜并不是非死不可的，作为封疆大吏，云贵第一军政长官，无论是吴三桂，还是李本深、江义都希望他能归附。况且，在三藩王谋反，乱者四应，半壁河山都树起反清大旗颇有推翻清朝统治之势的时候，甘文焜如若投降，既能保全性命又将继续享受荣华富贵。在昔日战友纷纷投降的围攻中，甘文焜逆风而起，“万一抵抗失利，就以身殉国，断然不可对朝廷存在二心”是他的生死抉择，他是“三藩之乱”中首位殉职的封疆大臣。

朝廷念其忠勇无畏，舍生取义，在平定“三藩之乱”后，追认甘文焜为兵部尚书，下旨封赐他“忠果”称号。何为“忠果”？在甘文焜的御赐墓碑上，康熙的解释为：“忠不避难，永为臣子之型；果以矢心，尚壮河山之气。”贵州巡抚阎兴邦顺应民意，疏请在贵阳建专祠，祭奠甘文焜，康熙帝亲笔书写“劲节”二字，以此表彰甘文焜的忠烈死节。

“封疆大吏，当死封疆事”是甘文焜的价值选择。孔子说：“志士仁人，无求生以害仁，有杀身以求仁。”当身与仁发生冲突时，为了崇高的价值追求而牺牲生命的做法，虽死犹荣。就如李大钊所说：“高尚的生活，常在壮烈的牺牲中。”甘文焜父子慷慨赴死的故事，直到今天还震撼人心，他们虽死犹生，那殷红的血，已深深浸润土壤，将维护国家统一的正气和忠义深扎在华夏大地，滋润了苍松翠柏，绚烂了碧柳丹枫。

清朝武器 天才戴梓

暮山衔落日，野色动高秋。
鸟下空林外，人来古渡头。
微风飘短发，纤月傍轻舟。
十里城南望，钟声咽戍楼。

|“盛京八景”之一的“浑河晚渡”|

这首名为《浑河晚渡》的诗，由清朝著名的火器制造家、书画家、诗人戴梓（1649—1726）所作，描写的是盛京八景中的第三景。一幅清新淡雅的黄昏山水画，让人的心灵恬淡自在，而盛京城里传来的低婉钟声，却敲动了戴梓心底的流放愁绪。诗中所绘浑河傍晚落日、码头岸边呼舟的场景，就发生在今天的和平区罗士圈生态公园。300 多年前，这里属于清代浑河八大渡口中最知名的十里码头。十里码头地域广阔，船来船往，异常繁忙。随着河道的南移，十里码头附近逐渐成为涝洼荒地，经过多次整修和改造，发展为今天的方型广场。

忠孝仁爱，是戴梓成长的精神底色。戴梓，字文开，浙江钱塘人，萍居扬州，自称耕烟老人，人称耕烟先生。因出生时其母在梓潼庙避难，所以取名为梓。其父戴苍，官至明监军道，“与海贼战，断肋破脑，不仆以勇”，年仅 4 岁的戴梓用小手轻轻地抚摸父亲的断肋说：“恨儿不生是时，以杀贼”。戴梓 12 岁时作诗“有能匡社稷，无计退饥寒”，报效国家的思想已经深深印在戴梓的心里。父亲的书画修养，也深深地影响了戴梓，他如饥似渴地读书钻研学问，从小就对军事火器研制感兴趣。少年时所制作的子母炮有七层，每震一声就破一层，射程可达百步之外。他懂兵法，擅长书画，精通天文历法、精算、勾股等。他慷慨仁慈，幼时见老人卖女，心生不忍，就将手中的金子都给了老人；结婚当夜，雨雪交加，眼见忍饥受冻的穷苦百姓在苦苦挣扎，他征得妻子同意后，将金银首饰悉数捐出。

赫赫战功，把戴梓带到了康熙身边。康熙十三年（1674），戴梓应聘从军。当年三月，耿精忠谋反。六月，康亲王杰书奉命前往督师。康亲王久闻戴梓大名，就礼聘他参谋军事。康熙十五年（1676），戴梓回乡奔父丧，因悲哀过度，哭瞎了左眼。由于战况紧急，康亲王实在等不及戴梓免丧归来，只能急令他回军研究战术。回到军幕后，戴梓以过人的胆略向康亲王建议，以军事进攻与政治招抚相结合，最终取得了胜利。从军期间，戴梓将自己设计的“连珠火铳”制造方法献给康亲王。火铳就是火枪，戴梓设计的“连珠火铳”，是一种使用燧石的自生火枪，外形像个琵琶，当第一发子弹打出去后，第二发子弹和火药就会自动落入枪筒，撞击火石发火点燃火药，一次可以连续发射二十八发子弹，被后人称为清代机关枪，比欧洲人发明的机关枪早了200多年，被纪晓岚称为“奇器”。

可惜的是，这个发明创造在当时并没有成果转化，只是“器藏于家”。康熙十九年（1680），戴梓随康亲王凯旋，得到康熙的召见。康熙听说戴梓能文，让他现场作《春日早朝诗》，非常赏识，于是授戴梓翰林院侍讲官位，在康熙读书的南书院任职，后又去养心殿，前后长达十年之久。

才思卓越，让戴梓成为高产的发明家。戴梓构思精巧、技巧绝伦，只有康熙想不到的，没有戴梓做不出的：荷兰进贡了蟠肠鸟枪，康熙让戴梓仿制，戴梓就造出了十支功能更高级的火枪，这也是我国最早的线膛鸟枪，康熙大悦，全部赏给荷兰来使；听说比利时的冲天炮威力无比，康熙让戴梓制作，结果很快就造出来了，也给后来被流放埋下了伏笔。他写的《治水十策》，被河道总督于成龙采用。

谗言陷害，使戴梓被流放盛京。康熙身边任用了很多欧美洋人为官，这些洋大人，自从才学卓越的戴梓来到了翰林院，就与戴梓产生了特殊的交集，并影响了戴梓的命运。在参与音乐著作《律吕正义》编纂时，精通音律的戴梓与徐日升观点不同，与其争论，导致徐日升心怀不满。“冲天炮，子在母腹，母送子去，从天而下。片片碎裂，锐不可当”，能在发射出去的过程中爆炸，类似于今天的迫击炮，南怀仁研究一年也未能造出，戴梓却只用了八天，康熙还命人将戴梓的名字刻于炮后，并称此炮为“威远大将军”，这碾压一切的高超技能和康熙的高调称赞，让火器专家南怀仁的声望急转直下。羞愧、不甘、委屈、愤恨，一齐涌上心头。之后，颜面尽失的南怀仁嫉贤妒能，

| 戴梓“威远大将军”冲天炮 |

开始联合朝中看不惯戴梓的人，很快就与徐日升一拍即合，合谋排挤戴梓。

更可怕的是，除了得罪洋大人外，戴梓因脾气秉直，还得罪了康熙帝的御前侍卫赵某和张献忠的养子陈宏勋。赵某深得康熙信赖，为人跋扈，因见戴梓直呼姓名而被戴梓斥责，于是他就在内廷大发雷霆，康熙对他说：“你应该把他当作老师。”赵某不得已，面红耳赤地称戴梓为师，行师礼，实则对戴梓怀恨在心。陈宏勋借故讹诈洗劫，倒打一耙诬陷戴梓欠钱不还。

康熙二十九年（1690），康熙亲征噶尔丹，在平定叛乱的战役中，戴梓研制的冲天炮大显神威，“以三炮堕其营”，帮助清军轻而易举地大获全胜。对戴梓素有怨恨的徐日升、南怀仁以及御前侍卫赵某，唯恐此次大捷又给戴梓带来奖赏，于是一起向康熙鼓噪，诬陷戴梓“私通东洋（日本）”。在陈宏勋一案未明的情况下，康熙竟轻信谗言，下旨将戴梓发配辽东。

康熙三十年（1691）三月，正是辽东冰天雪地严寒刺骨之际，43 岁的戴梓带着一家老小出关，四月抵达沈阳，之后又转到铁岭。此后 35 年间，戴梓主要生活在沈阳、铁岭。刚出关时，他的三子戴亨刚满 3 个月，因母亲饥寒交迫没有母乳喂养，戴亨体弱，好几次都要被弃于沟辙，还差点儿被送与他人，终究还是因父母不忍心而被留了下来。戴亨在贫寒的家境中成长，在康熙六十年（1721）中了进士，与李锴、陈景元一起被称为“辽东三老”。

赦免回京，是戴梓35年流人生活的遥想盼望。戴梓在辽东的生活极其困苦，没有生活来源，他就通过给人作画以换得米酒。沈阳故宫博物院藏有当时戴梓所绘人物肖像画，具有很高的艺术价值。戴梓所著《耕烟草堂诗钞》（四卷）更是丰富了辽沈大地的文化资源。但是，当时的辽东相对闭塞，找他作画的顾客很少，这项收入无法维持全家的生活，忍饥挨饿是生活常态。他在诗中称自己为“老饿夫”，断炊时，“常冬夜拥败絮卧冷炕，凌晨蹋冰入山拾榛子以疗饥”。由于长期戍边备受疾苦折磨，戴梓贫病交加，雍正四年（1726），死于获得赦免的返乡途中，时年78岁。

“陶圣”唐英

在灿烂的华夏文明发展中，各行各业都有杰出贡献的领军人物，往往被后人尊为“圣人”。比如：“文圣”孔子，春秋时鲁国陬邑（今山东曲阜）人；“医圣”张仲景，东汉南阳涅阳县（今河南省邓州市穰东镇张寨村）人；“诗圣”杜甫，唐朝河南巩县（今河南巩义）人；“茶圣”陆羽，唐朝复州竟陵（今湖北天门市）人；“书圣”王羲之，东晋琅琊（今山东临沂）人；“画圣”吴道子，唐代阳翟（今河南禹州）人……这些让人仰视的“圣人”多来自中原或江南，几乎没有来自东北的。直到清朝，东北才出了一个“圣人”——“陶圣”唐英，他是沈阳人。

| 唐英塑像 |

世袭包衣，是唐英永远的痛。唐英（1682—1756），字俊公（或作隽公），又字叔子，自号蜗寄老人，人称古柏先生，隶属汉军正白旗，世居沈阳。曾祖父唐应祖是汉军正白旗包衣鼓人。包衣是满语“包衣阿哈”的简称，包衣意为“家”，阿哈意为“奴隶”，其实就是皇家

清乾隆唐英制青花缠枝莲纹花觚

贵族的家奴，他们往往来源于罪犯、战俘或破产者的后代。

唐英6岁进私塾学习，16岁进内务府当差，在养心殿供职。他勤勉敬业，随康熙三下江南时，尽职尽责地完成帝王贵胄侍从卫队工作，保障康熙安全。勤奋好学、博闻强识的唐英，在励精图治、开疆拓土的“千古一帝”身边服务了24年，他受到良好的文化熏陶，也深深懂得皇家的审美品位。他做事尽职尽责，少言少语，没有侍卫常见的跋扈，相反却亲切温和、儒雅好学，在宫里接触到众多画界大家、贤士大夫后，也逐渐成长为能诗能画、富有艺术修养的人才。

但是按清朝的规制，像唐英这样出身的人，是没有资格参加科举考试的，虽然有顶戴花翎，但终究不是科举出身，这也成为唐英难以解开的沉重心结。虽然给皇室服务，且深得信任，但唐英秉性耿介，不愿攀附，所以迟迟得不到提拔。直到雍正元年（1723），42岁的唐英才升迁为内务府员外郎，成为清宫管理造办处的大臣之一。在这里工作的5年，他迎来了人生转型的实践机会，为他后来管理官窑提供了宝贵的经验。除了督察造办处各匠人的工作，他还协助烧造珐琅彩瓷，为皇帝画瓷器的样稿，雍正称赞他“画的款式甚好”。

雍正六年（1728），唐英迎来了人生的重要机遇，与皇帝关系密切的怡亲王胤祥口宣圣旨，任命唐英以内务府员外郎衔，驻景德镇御窑厂署，协助年希尧（年羹尧兄）办理皇家瓷器烧造事宜。这项工作变动，对于47岁的唐英而言，无异于二次创业。从一员在皇帝身边30年的骁勇武士转行到景德镇陶瓷佐理，这个转型，需要知识重构和管理升级。

来到景德镇后，虽为佐理，但年希尧不驻厂，唐英倒成了御窑厂的实际管理者。面对着一无所知的陶瓷生产，唐英开始感到惴惴不安，但他没有畏难，而是脱下了五品官服，穿上工匠衣服，与工匠们吃住在一起，一干就是3年。采石、练泥、拉坯、印坯、利坯、晒坯、刻花、施釉、烧窑、彩绘……制瓷的72道工序，每一道他都亲自实践，陶瓷配方、烧造技术，每一样他都潜心钻研，从对窑业一无所知的门外汉一跃而成精通陶瓷各种制造技艺的内行专家。为了把这些复杂的工序记录下来并长久保存，让更多的工匠可以看到，唐英立了一块石碑，碑文非常详尽地刻录了陶瓷工艺，取名为《陶成纪事碑记》，现珍藏于景德镇陶瓷考古研究所。

唐英的与众不同，在于他在躬身实践中对瓷器工艺了然于胸，同时他还有几十年的文化积累，精神世界异常丰富，对诗文、绘画、书法、戏剧、语言文字等，样样精通，颇有造诣，他还将自己在景德镇督陶期间编写的17个剧本编成《古柏堂传奇》。这种实践和文化的强劲结合，使得他有能力对景德镇瓷业的生产技艺进行科学总结，先后编写出《陶务叙略》《陶冶图说》《瓷务事宜谕稿》等著作。其中，《陶冶图说》由乾隆帝先命宫廷画师绘制了20幅《陶冶图》，记录御窑制瓷的工艺过程，然后让唐英为每张图画撰写说明，最后经皇帝下旨颁布。这是中国陶瓷史上对窑务的第一次科学记载和总结，是中国制瓷史上的权威著作。

因为对烧窑技术及釉、彩配方的熟练掌握，唐英可以随心所欲地全而又全地进行仿制,不仅使历代名窑的各式器型与釉色在景德镇御窑厂还魂复生，还在继承和发掘古代陶瓷遗产的过程中，在技术上不断创新、升华：对瓷质起到决定性作用的淘练泥土技术，被他规范为“箩绢袋淘练法”，所得胎土更加纯净结实；“吹釉法”的发明，使大型器物、薄胎及色釉制品内外着釉更加均匀一致，且不易在施釉中破裂；在颜色上，珐琅彩、粉彩、斗彩、釉上彩、釉下彩、颜色釉均有新突破，且进一步丰富，各种色彩瓷器，几乎都能烧制；他首开文人瓷画先河，将书画与陶艺结合在一起，并在自己的作品上标记一个防伪签——自己的签名；他创新的仿石纹釉瓷，似山水画般气象万千……在继承与创新中，唐英将自己的艺术理解，转化成三四十万件既仿古集成又采今创新的瓷器。拼尽全力的唐英，让雍乾时期的瓷器大放异彩。唐英在景德镇督窑 28 年，是景德镇御窑厂督窑时间最长、成绩最显著的督窑官。由他主持烧制的瓷器精美绝伦，由他主持的御窑厂被人们称为“唐窑”，他被誉为“陶圣”。

在燃烧了千年的窑火面前，唐英可以暂且把子孙世袭包衣的心结放下，在“泥”与“形”的设计中，表达着自己“陶人”精神的物质外化。他热爱这陶泥，也热爱这些陶人工匠，他真切地关心百姓疾苦，也换来了百姓对他的拥戴。唐英在景德镇的 20 多年间，曾有两次短暂的别处任职经历。每次重回景德镇时，百姓们都欢呼雀跃，集体迎接。在他 54 岁生日时，景德镇御窑厂所有的工匠和全镇百姓还为他送了仁寿碑，历数他实行仁政所做的好事，人们真心地把他当成救苦救难的菩萨。

乾隆二十一年（1756），唐英被乾隆下旨召见，被赏“奉宸苑卿”殊荣，这是给工匠艺人的很高褒奖，正三品。当他踌躇满志准备返回景德镇时，却因督陶职业病——痰火疾病加重，两个月后病逝。

在唐英几十年从皇宫到地方的经历中，他充分看到了官场的险恶与世态炎凉。为朝廷烧造瓷器更是困难重重，虽然唐英的瓷器已经达到空前的高峰，但无论怎样谨小慎微，还是免不了被责罚，让唐英自行赔偿的事件时有发生。在夹缝中求生存的唐英，灵魂已经脱离了官场的大染缸，纵情于火与土的完美交融之中，就像那瓷，曾经为卑微的泥土，在火的烧制下，脱颖而出，最终成为高贵的礼器。

翰林缪润绂

在沈河区中部、五爱市场南边，有条翰林路，这条路西起风雨坛街，东至小南街，中间部分在清末被称为缪翰林胡同，清代翰林缪润绂曾住在这里，故而得名。关于“翰林”的来历，最早见于汉赋——扬雄《长杨赋·序》：“聊因笔墨之成文章，故借翰林以为主人。”唐以后开始将皇帝的文学侍从官以翰林为官名，明清两代从进士中选拔。殿试分三甲，一甲有三名，直接授给翰林院的官职，状元为翰林院修撰，榜眼和探花为翰林院编修。从二甲、三甲中，选择年轻而才华出众者入翰林院任庶吉士。需要通过三年深造后根据成绩再次分配，最优秀的留在翰林院。

| 缪润绂 |

缪润绂（1851—1939），满族，原名裕绂，字麟甫，号东霖，别署钓寒渔人、吟溪钓叟、太素生、含光堂主人，沈阳人，属汉军正白旗。当年的翰林府很是气派，

东西一百多米，南北三四百米，四进院落，前有门房，后有花园，左边是家庙，右边是月亮门通道，东西还有厢房，共计 20 多间。

20 世纪 80 年代，因城建需要，翰林府故居和缪翰林老胡同一并消失了，直到 1989 年，经全市街路名称和门牌号码整顿之后，原缪翰林故居地路北被正式命名为翰林路。然而，今天除了门牌号上蓝底白字的“翰林路”三个字外，已经找不到任何与缪翰林有关的遗迹了。翰林府原来的位置，大概就在沈阳市妇女会馆北侧偏西不远的地方，据说早些年是五爱市场批发纽扣的地方。现在的“五爱客运站”，大致就是当年那个让人景仰的书香大院。

缪润绂的曾祖父缪公恩是嘉庆、道光年间东北地区的盛京名士，是当时最负盛誉的东北诗坛泰斗，有“留都多少能吟客，总让公才一著先”的美誉。缪公恩是缪氏家族第一代参加科举考试的，他获得生员功名后，乡试多次落第，但他并不气馁，而是把主要精力都放在教育上，50 岁时考取了盛京礼部右翼官学助教官，后主讲沈阳萃升书院，培养了一批知名文人，这其中有很多朝鲜学生，他们学成归国后，仍念念不忘缪公恩的教诲之恩。缪公恩虽然没有中举，但他重视科举，创造了“一门三进士”的辉煌。缪氏第一个进士是缪公恩最小的弟弟缪德喜，他于嘉庆十八年（1813）考中举人，二十五年（1820）考中进士。第二位进士是缪公恩的五世嫡孙缪延祺，于光绪十五年（1889）中举，第二年考中进士。第三位进士是缪润绂。缪润绂在光绪元年（1875）24 岁中举之后，曾多次赴京参加会考，但都名落孙山。后来，他在沈阳八王寺内潜心攻读，终于在光绪十八年（1892）42 岁时高中进士，被皇帝钦点为翰林院庶吉士，故称缪翰林。

缪润绂 14 岁便开始创作，年轻时就表现出极高的才华，参与创建了著名的“荟兰诗社”，与韩小窗和喜晓峰并称为“沈阳三才子”。27 岁写《沈阳百咏》和《陪京杂述》。《沈阳百咏》是用 103 首七言四句的竹枝词形式，来记录沈阳的民俗风物，内容涵盖了当时沈城居民的衣食住行、婚丧嫁娶、风俗信仰等。对于所描写的每件事，缪润绂都加一小段按语，配一首竹枝词。比如《元宵秧歌》：“元宵节近起秧歌，取笑群推江老婆。谁是主人谁是客，团团听打凤阳锣”，按曰：“俗每于元宵节日，商贾等杂扮男女装束，演唱凤阳鼓，谓之秧歌。沿街围听者人以千百计，呕哑嘲哳，听之令人倦。”把风俗的来龙去脉都交代清楚，而且充满了人间烟火气。他还写了糊窗渍菜、柴烘暖炕等习俗，尽显关东情韵，一时间被争相传诵。《陪京杂述》则是一本地方见闻杂录，记载了沈阳盛典、胜境、地方古迹、旧闻等，其中的名胜古迹与风俗，与《沈阳百咏》相互印证。沈阳流传最广的“盛京八景”，就出自《陪京杂述》。缪润绂选取的“八景”为天柱排青、辉山映雪、浑河晚

盛京八景之天柱排青，最早载于《陪京杂述》

渡、塔湾夕照、柳塘避暑、花泊观莲、万泉垂钓、皇寺钟声。直到今天，这八景也是沈阳的标志性景点。这两部作品堪称是清末沈阳地区的民俗百科，具有很高的文献价值和学术价值。

缪翰林在出仕前，一直居住在位于今天翰林路上的翰林府。考中进士后，缪润绂曾任户部主事，后赴任山东，先后主政日照县、宁海州、阳信县、临清直隶州，在山东十余年，颇有政声。光绪三十年（1904），清政府实行新政，一时间，“废私塾，兴学堂”在全国兴起。主政阳信县的缪润绂深受鼓舞，创建了高初两等小学堂和朗邱公学，并为前者亲笔题写了石匾“阳信官学”，保留至今。与过去的私塾和书院相比，最大的区别是，这两所学校是官办学校，特别是阳信官学还附设有师范传习所，实行班级授课制，是阳信现代教育制度的雏形。阳信官学建成后，县里经费拮据，人工费、教材教具费、师生生活用品费都没有着落，百姓负担已经很是沉重，不可再行摊派。缪润绂索性把自己积攒的3000两养廉银捐了出来。当时，山东正七品知县的“养廉银”标准是每年1000至1200两。缪润绂在阳信任知县不到两年，非但没有赚到钱，还赔了一年的薪酬。但缪润绂赔钱也高兴，因为这是他富民强国理想的一部分。此后，阳信官学逐步演变成为阳信县第一高级中学，并演变出了博兴师范（1951年7月）和阳信县实验中学（1992年9月）两所地方名校。由于在任上积极办学，缪润绂深得民心，被亲切地称为“缪官”。

缪润绂爱好山水，也爱好写诗。他在《除夕杂诗》中写道：“经年游屐未曾闲，齐鲁征轮数往还。清境两俱抛不得，济南泉与泰安山。”他在山东为官，在济南寓居，之后又幽居泰山。辛亥革命后，缪润绂辞官归隐泰山。后来受北伐战争的困扰，他避居济南潜园。民国十七年（1928），缪润绂的儿子缪延禔46岁因病英年早逝。加之济南局势动荡，缪润绂于民国二十年（1931）回到沈阳老家，以图落叶归根。那一年八月，缪润绂80岁。为表彰他为地方文化所做的贡献，省政府向他颁赠了“重游泮水”匾额，也是对他考取秀才后满 60 年的隆重庆祝。谁知，1 个多月后，九一八事变爆发，缪润绂不得已辗转返回济南。可是这一走，就再没有回来，他的归乡梦就这样被日本侵略者的铁蹄踏碎了——民国二十八年（1939），88 岁的缪翰林在济南潜园中谢世。

昔日的翰林府故居，已被如今的热闹喧嚣淹没了，难觅踪迹。在流淌的时间与变换的空间里，缪润绂生活过的故居已烟消云散，但他记录沈阳生活的诗篇却历久弥新，串联起了沈阳城的过去与现在。他在山东创办的阳信官学，从历史中走来，仍在为国育才。他的诗文创作，他的风骨气度，永远镌刻在了城市的文化基因里。

中国电影创始人任庆泰

1895年12月，法国人卢米埃尔兄弟用他们的“活动影戏机”放映了人类历史上第一批电影短片《火车进站》《工厂大门》等，一个鲜活的采用影像手段记录历史的电影时代由此揭幕。电影出现8个月之后，伴随着列强侵华的脚步传入中国。10年之后，中国的第一部电影《定军山》问世，导演任庆泰被誉为中国电影的创始人。今天，我们在北京大栅栏的大观楼前，还能看到他的雕像。

| 任庆泰雕像 |

勤劳聪颖的任庆泰，以木匠起家。任庆泰（1850—1932），字景丰，又作觐风，沈阳法库县四台子村人，祖籍山东蓬莱，只读过三年私塾，后随父亲学木匠手艺。任庆泰生性颖悟，所雕刻的花卉人物惟妙惟肖，各式房屋建筑、农具，没有他做不出来的。加上他为人谦和、吃苦耐劳、处事练达、热心助人，青年时代就已经享有

很高的声望，找他干活的人家络绎不绝。

在做木匠时，任庆泰遇到了两个改变他命运的人物。一个是京城来的御用木匠金福长，另一个是法库富贾于子扬。

清朝著名战将、蒙古族亲王僧格林沁，在山东同农民起义军捻军作战时遇伏身亡，咸丰皇帝痛心不已，降旨在其世袭领地今法库四家子蒙古族乡公主陵村修建陵寝厚葬。16 岁的任庆泰应召前往，结识了许多京都工匠，尤其是刀工精湛、手艺超群的领头木匠金福堂。在金福堂染上痢疾病情严重之际，任庆泰昼夜守护。病愈后，金福堂主动收任庆泰为徒，任庆泰的手艺日益精进，很快成为法库一带独一无二的器作木匠。

僧格林沁陵寝工程结束之后，陵寝工程的负责人之一、法库富户豪绅于子扬，准备在法库老家修建豪华住宅，他选择任庆泰做雕刻木匠。不久，年纪轻轻的任庆泰就成为工匠总头领。在豪宅建成后，任庆泰凭借精湛的建筑技艺和精明强干的工作能力，得到于家赏识，被留用并升为管事，统管于家内外事务。不久，任庆泰又被于子扬请到北京，负责于子扬北京宅邸的装饰维修工程。正是这次经历，改变了任庆泰的一生。

与人为善的任庆泰，以经营照相馆立身。一日，赶时髦的于子扬从上海带回来一个德国制造的洋货，叫照相机。任庆泰很快就弄明白了照相机这个新奇物件的工作原理，并熟练地掌握了操作方法。于子扬喜出望外，随即出资在奉天（沈阳）开设了一家照相馆，任庆泰顺理成章地当上了伙计。那一年，任庆泰正好 20 岁。在照相馆，他如鱼得水，不仅懂得照相的硬技艺，还有制作带有雕刻花鸟饰物相框的软审美，相片在他的手里凭空增添了艺术的美感。照相馆的生意越来越火，于子扬吸纳任庆泰做了股东。

一次，英籍天主教会罗牧师来取照片，指出质量欠佳是药力过期所致，此药仅上海有售，恰好近期要去上海公干。任庆泰听后，当即出巨资委托他代购。这一举动让于子扬和照相馆的其他人感到不安，唯恐人财两失。时隔不久，药品如期邮到。至此，于子扬发现任庆泰不仅年富力强，而且有胆有识，干脆把照相馆转让给了他。

随着洋务运动的兴起，任庆泰与胞兄一起自费去日本学习照相技术，可惜胞兄水土不服，客死东瀛。几年后，任庆泰回国，他不仅提高了照相技艺，还带回了东瀛先进的经商理念。也正是这次经历，将他原本平淡的人生引入了一个崭新的光影世界。

1879 年，任庆泰在北京开办了丰泰照相馆。当时新闻记载，过年期间，每天有上千人来拍合影或戏装照，土地祠西院的小夹道内总是熙熙攘攘。渐渐地，任庆泰在当时北京的社会贤达、贵戚商贾中名气大增，宫里的庆亲王奕劻也经常去照相。不久，任庆泰就成了慈禧太后的御用摄影师，深得慈禧太后欢心，高兴之余，赏任庆泰二品顶戴花翎。虽然只是虚衔，但也把任庆泰的声名推到了顶峰，丰泰照相馆的生意也越来越红火。

|《定军山》剧照 |

敏聪好学的任庆泰，以电影《定军山》走红。慈禧太后 70 大寿时，英国公使放映电影祝寿，结果发电机炸裂。慈禧就此认为电影不吉祥，严禁在皇宫里放映。正是这次意外，给了任庆泰一次机会。当时的电影都是舶来的，“尺寸甚短，除滑稽片外，仅有戏法与外洋风景”，任庆泰萌生了自己摄制影片的念头。由于多年拍摄戏曲演出剧照，且国粹京剧深受大众喜爱，于是，任庆泰把镜头对准了京剧。1905 年，他力邀伶界大王谭鑫培拍摄了中国第一部电影《定军山》。谭鑫培之所以选择这个剧目，既是帮助老朋友任庆泰实现中国电影梦的创举，也是为自己即将到来的 60 岁寿诞做个纪念。

最初的电影处于默片时代，无法录音，电影《定军山》选择偏重于做打的三场精彩戏份“请缨”“舞刀”“交锋”进行拍摄。摄影师由丰泰照相馆技术最好的刘仲伦担任，任庆泰则成了中国电影史上的第一位导演。拍摄场地选择在丰泰照相馆中院的天庭里，在两根大红柱之间，挂一块白色布幔。锣鼓响过之后，谭鑫培身着戏装，就从布幔后边闪出。同时，任庆泰急喊“快摇”，刘仲伦就摇动木壳摄影机，摄影机“嗤嗤”作响，但是录几个动作就不动了，刘仲伦紧张得大汗淋漓，结果发现是胶卷用完了，引得大家哄堂大笑。当时的胶片一卷只有二百尺，加上露天拍摄受自然光影响极大，三本影片、时长三十分钟的《定军山》，拍摄了三天得以完成。片子随后拿到了大观楼放映，结果万人空巷。虽是默片，而且还停留在给戏曲演出“照相”的初始状态，但观影期间，就有票友根据动作齐声高唱，那阵势，不亚于现在演唱会上的万人大合唱。中国的第一部电影一经问世，就与国粹京剧密切结合，把传统文化用最新、最时髦的表达方式进行记录、复现，刻上了鲜明的民族特色。遗憾的是，1909 年，丰泰照相馆和大观楼等发生大火，任庆泰元气大伤。

深谙经营之道的任庆泰，以多元产业兴业。除了摄影，任庆泰还经营了庆丰木厂，投资创办了“保和堂”“庆馀堂”“老德记”中西大药房、木器店、汽水厂、番菜（西餐的旧称）馆，经营了“东安市场”，他还去帮助朝廷修颐和园，并留下了自己的雕刻遗迹。晚年的他致力于教育，回家乡法库捐资兴学。1932 年，任庆泰患肝腹水，在京城病逝。

作为中国影业的肇始者，任庆泰用 100 多年前映照在中国大地上的光，纪录了中国国粹的影像，第一次将那个时代的瞬间捕捉下来，开启了中国电影的先河，给我们展现了属于他的异彩纷呈的光影。作为个体而言，他传奇而辉煌的生命光影结束了。但有着常人所不及的眼界和见识的他，所开创的中国光影世界却在民族化和具有中国特色的道路上不断前行，他与他所拍摄的中国第一部电影《定军山》，已经载入中国电影的史册。

东北第一所新式大学创办者孙百斛

1898年，持续103天的戊戌变法宣告失败，二百余项变法举措大多被废止，只有兴办学堂的举措被保留下来，并有了后来的京师大学堂（今北京大学）。而在京师大学堂创办后第四年，即1902年，沈阳也创立了东北第一所新式大学——奉天大学堂，创办者是孙百斛。

孙百斛（1861—1920），字鼎臣，土生土长的沈阳人，原籍天津，幼年随父亲迁居沈阳小南关。清光绪十六年（1890）庚寅恩科二甲进士，授翰林院编修，位列社会名流。八国联军攻占北京后，孙百斛目睹了清廷的腐败与无能，心灰意冷之下辞官回沈。1900年后，他就一直在沈阳工作、生活。当时正值清政府要求各省设立小、中、高三级学堂，统一由中央学部管理，并通过对省会大书院的整合及新建，逐步建立各省的高等学堂。于是，他就跟着盛京将军增祺操办沈阳教育改革。

曾经的祠堂庙宇、旧营房，成了沈阳首家大学的校址。光绪二十七年（1901）十一月，增祺负责筹备建立奉天大学堂。当时没有专门的校舍，增祺便将外攘门（小西门）外依公祠、左公祠、三贤祠、练兵公所等处，分别设为教室、办公室、藏书室。这最初的校址，就在今天的沈阳市府广场西北。

后来，又在内治门（小东门）外获批数间八旗军营营房，通过改建、扩建，补充为校舍。奉天大学堂于 1902 年 9 月正式开学，孙百斛被聘为总办。

孙百斛对于大学堂的每一件事都竭尽心力，他与人宽、自持严，引进的人才都是道义之士。总办孙百斛、谈国楫均为进士出身，担任过总教习的屠寄也是进士出身，翰林院庶吉士，还担任过京师大学堂正教习；“辽东三才子”之一、曾任萃升书院院长的刘春烺也担任过总教习。这些怀济世之才、负济世之学的当世名家学者对大学堂工作无不尽心尽力。奉天大学堂通过开设国文、满文、诸子、历史等课，使学生心术归于纯正。同时，孙百斛还特别聘请西文教员讲授英文、地理、数学、体操等课程，以开放的心态接受外来文化。教员们都严格按照课程表上课，总教习还会随时听课，以考核教员。因新学刚刚兴起，相应的教育管理机关尚未建立，所以，作为东北第一学府的大

| 奉天大学堂最初校址之一依公祠 |

学堂，还兼有管理奉天省教育行政的职能。当时核办各属小学、入筹设省城之蒙养学堂、考选北京师范馆学生等，都由大学堂主持。孙百斛还制定奉天大学堂的各项规章制度，并负责指导全东北各地的办学。作为沈阳第一次举办的高等学校，奉天大学堂对生源有严格的要求。招生采取选送加考核的办法。名额分配，由各属举人、贡生及高等生加倍选送，再由校方考试录取。奉天大学堂有 200 人的招生能力。每年朝廷给调拨经费 5 万两白银，学生享受官费待遇，学制三年。1903 年，奉天大学堂改称盛京省学堂，改总办为总理，总理仍由孙百斛担任。

1904 年 1 月 13 日，清政府颁布《奏定学堂章程》，这是近代中国由国家颁布的第一个在全国范围内推行的系统学制，因制定颁布于旧历癸卯年，所以又称为“癸卯学制”。这个学制明确规定，学堂的立学宗旨是“以忠孝为本，以中国经史文学为基，俾学生心术壹归于纯正，而后以西学瀹其知识，练其艺能，务期他日成才，各适实用”。这个学制还规定了各级各类学堂的性质任务、入学条件、修业年限及相互衔接和关系。正当奉天准备按“癸卯学制”对新学大范围推广时，日俄战争爆发，东北近代教育的重要机遇就这样被无情地打断了。

1904 年至 1905 年，为了争夺中国辽东半岛和朝鲜半岛的控制权，进而争夺亚洲及整个太平洋地区的霸权，日本与俄罗斯在中国东北进行了一场帝国主义列强之间的战争。清政府宣布“局外中立”，无辜的东北人民陷入了无妄之灾。盛京省学堂也未能幸免，在 1905 年 6 月被波及，校内的仪器、书籍被洗劫一空，校舍成为沙俄侵略军的临时军营，学堂被迫关闭。为了恢复学堂，孙百斛几经奔走，学生也多次请愿，但当局始终以时局动荡、学校破坏严重无钱修缮为由而停办。

虽然奉天大学堂仅仅存在了三年，却开了东北新学的先河，也培养了一批优秀的毕业生——有资料记载的著名东北将领王树常，就是奉天大学堂的毕业生。他因学习成绩优异，被东三省总督徐世昌赏识，选派进入日本陆军士官学校中国学生队学习，从此步入军界。他的儿子王冀曾在美国乔治城大学教书，是很多政界名人的老师，中英文著作甚多。1923 年成立的东北大学，其理、工两科是以奉天高等师范学校为基础开办的，其前身正是奉天大学堂。

此后，孙百斛又任奉天省议会议长兼东三省银号总办、奉天兴业银行总办、谘议局省议会议长、省总商会会长等要职。

创办奉天大学堂推动了沈阳教育的发展。作为清王朝的龙兴之地，东北地区在入关之前就实行了严格的封禁政策。虽然赢得了稳定，却也使东北相对封闭，经济文化教育等方面远远落后于关内。而奉天大学堂的开办，推动东北教育在几年时间内飞速变革，教育事业从此发展得愈加蓬勃而有生机。

当年，孙百斛面对日俄战争被迫停办只开办了三年的奉天大学堂时，一定倍感无力、无奈、无助。如今，沈阳地区的高等教育，历经 120 余年的发展，年招生数已由孙百斛创办奉天大学堂时的 200 人发展为今天的 21 万余人，高等教育机构由原来唯一一所奉天大学堂发展为现在的高等教育机构 75 所，教职工由原来的十余人发展为现在的 42000 余人。多所高校成为“211”“985”“双一流”名校。100 多年过去了，现在的中国高等教育正从教育大国向教育强国迈进，开创了辽沈近代高等教育先河的孙百斛，定会倍感欣慰。

领导家族共办《醒时报》的张兆麟

短视频、自媒体、即时通信工具……在当今信息爆炸的时代，新闻媒体的角色愈发重要，它们不仅是公众获取信息的窗口，也是塑造社会观念、推动社会进步的重要力量。在纸媒时代，沈阳最早报纸之一《醒时报》，原名《醒时白话报》，又名《奉天醒时白话报》，由张兆麟创办。它是近代辽宁报刊史上第一家民营报纸，也是办刊时间最长的报纸，与当时的《东三省民报》《东三省公报》一起被称为沈阳报界“三老”。其影响力足可以与《盛京时报》相抗衡，在报刊史上的地位举足轻重。

张兆麟（1865—1938），字子岐，回族，河北省通县（今北京市通州区）常营村人。受家族习武的影响，祖父与叔祖父是道光年间同科武士，父亲30岁后也入清廷当差。清政府日渐衰亡，张兆麟的家族也难逃没落的命运。16岁时，因年景连年不佳，村中的学塾也随之解散了。辍学回家的张兆麟，每日都读书学习，没有间断。19岁时，他听说在北京曾有自家股本的杂货铺子“合兴公”，年久无人问津，现在是李掌柜代办铺事。他就向父亲请示去那工作。在杂货铺工作期间，张兆麟虽然依旧穷困潦倒，但他一边学营业，一边求学问。他看《春秋》《史记》《今古奇观》《聊斋志异》《西游

醒時報
黃郛到滬會見宋子文
對日政策之意見

｜《醒时报》｜

營口醒世彙報
營口開平礦務局

｜《营口醒世汇报》｜

记》等书，每天都寻章摘句，不明之处见人便问，在坚持不懈的自学中积累了很多学问。1900年八国联军入侵北京，张家父子做米面生意仍食不果腹，在动荡与混乱的时局中不得不另谋生路。

1906年，42岁的张兆麟，东挪西借了十几元路费，离开京城，投奔在营口的三叔。到了营口后，因一时难以谋得好差，张兆麟常到清真寺帮忙，为了给清真寺取定制的琉璃鼎，他再次回到北京。在此期间，张兆麟聆听了名人演说，了解了更多有关时局的知识，深受资产阶级维新派新思想影响。离京之前，他特意在北京订阅了《京话日报》和《女报》，接收地址为营口。回到营口后，他参加了万国演说会，担当宣讲员，轰动了全市。为了启发民智，造就回民青年，张兆麟还创办了营口清真学堂，这在东北乃至全国回民居住地区都是创举。1907年7月，张兆麟在营口创办了《营口醒世汇报》。内容是从北京几份白话报中选择精华进行转登，后因遭人妒忌等原因被迫停刊，继而在1908年辗转到奉天城（沈阳）继续筹备恢复报业工作。

当时省城中，除了日本人办的中文《盛京时报》外，还有谢荫昌主办的官报《东三省日报》，但没有报馆。为了传递时讯，唤醒民众，张兆麟决心要开办报馆。经过四五个月的奔波，张兆麟被批准办报后，先租了3间房子作为报社，随后又与在小南门里的奉天习艺所印刷厂（由奉天监狱所属）谈妥，由其代为印刷。1909年正月二十一日，一张四开小报《醒时白话报》终于与读者见面了。因张兆麟与其二弟张兆龄是回族，所以《醒时白话报》除了报道政治、经济、时事等新闻，还不时地登载回族习俗和伊斯兰教教义等，并在报刊发刊词中提出“以言论济世，以教义济人”。文章用的是白话文，雅俗共赏，内容丰富，深受百姓和商家的欢迎，但是，普通百姓识字者不多，很多连生计都难以维持，所以长期订阅的并不多。早期的报馆没有自己的印刷机，经常连印刷费都交不起。2000张报纸经常卖不出去而大部分堆在报馆里，印刷厂见他们积欠太多，改每月结算为每天结算。一次，张兆麟实在没钱交印刷费，就脱下了身穿的大衫作为抵押，才将报纸取走。后来传为“押衣取报”的美谈，其中的辛酸，只有张兆麟内心最清楚吧！因交不起房租，报社还被房主催促搬家。

异地销售实属无奈，但却因此开辟了连锁经营的新局面。为了摆脱困境，张兆麟紧急到营口推广报纸，《营口醒世汇报》报馆作为奉天《醒时白话报》营口分馆，负责经销报纸，这是外地报馆在营口开设的第一个分馆。后来，由于经营得法和良好的口碑，报纸销量逐渐增加，在营口、铁岭、开原等地开辟了销售点，在大连、锦州、长春等地设立了代办处。

1912年，奉天《醒时白话报》改名为《醒时报》。因资金紧张，无法外聘编辑、记者及营销人员，报社职员基本都来自张氏家族。1914年春，由于主笔孙笙谱和副主笔张兆龄相继去世，张兆麟的大儿媳王维祺继任主笔，长子张友兰、小儿子张友竹、二儿媳杨宪英（这也是沈阳报界最早的女编辑）也相继加入办报队伍。张兆麟的小儿子张友竹，每天放学之后都会到街头巷尾卖报，以增加收入。这种“家族办报”形式，遂成为《醒时报》一大特色。

《醒时报》发展迅速。1917年，“日销售约五千余份”。1926年以后，报馆先后在东北各地发展了40余家分社。发行范围扩展到东北三省，远销到北京，日销量达7000多份，在九一八事变之前达到鼎盛。九一八事变后，日本侵略者占领沈阳，开始进行舆论控制，大部分报纸停刊。因《醒时报》为少数民族创办被“破格”保留，不过在日本人的管制下只能勉强维持，已不似从前。受时局影响，为了生存，该报由“排日先锋”沦落成世俗小报，不仅是张兆麟的悲哀，也是时代的悲哀。

1934年，张兆麟在70岁时用一首诗描述了自己的经历：

半世飘零感叹频，出关千里备艰辛。
营川设学遭人妒，沈水发刊救我贫。
六十余年名利淡，七旬祝寿岁华新。
于今又话从前事，不尽凄怆泪沾巾。

七十寿辰之后，张兆麟将报纸交给儿子管理。1938年夏，张兆麟去世。1944年9月，在日本法西斯对新闻“一统天下”的管制下，《醒时报》解体停刊。

张兆麟，42岁才开始正式创办报纸，他和他的二弟张兆龄因家道中落都只念过私塾，但严格自律的他们，自学不辍，去光明正大的地方寻找出路。于是，历经半世飘零后，在建设报馆的探索中，不断被打倒，又不断爬起。在艰难困苦中，为世人留下了东北近代新闻事业史上的精彩演绎——《醒时报》。虽然最初的办报是为了谋生，在一穷二白的情况下白手起家，但《醒时报》先后经营36年，是奉天“第一家民间报刊”“第一家有女主编的报刊”“第一家‘家庭报馆’”，成为近代东北新闻史上民间报人的成功探索，实现了促进民智觉醒、改良社会的初衷。每个人都是自己人生的创业者，无论从多少岁开始，只要想干事，就要脚踏实地去奋斗，在攻坚克难中破解难题，就一定能干成事，张兆麟为创业者们树立了一座丰碑。

东北大学首任校长王永江

2023年是东北大学建校百年。东北大学在建校之初就是既有大楼又有大师的“土豪大学”，这与它的首任校长，号称“奉系财神爷”的王永江不畏险阻、精心统筹密不可分。东北大学成立之时，王永江还身兼奉天省财政厅厅长和省长的职务。

王永江（1872—1927），字岷源，号铁龛，出生于奉天省金县（今大连市金州区）。祖籍山东登州府蓬莱县，世代经商为贾。早年因山东连年灾荒，被迫闯关东，流落到奉天金州。父亲王克谦在金州城曹家“又兴货栈”当学徒，因为忠厚老实，又读过几年私塾，颇受东家赏识，做到了账房先生，是王永江最早的“金融导师”。后来由曹家资助，在城南街开设了“永庆和”杂货店，由于经营有方，生意日渐兴隆起来。

| 王永江 |

王永江勤奋好学，却又四处碰壁。童年拜宿儒李德尚先生为师，读四书五经，受李先生

影响，酷爱陆游诗集，14 岁初露才华，写得一手好文章。弟弟候补知县无果而英年早逝，带给王永江巨大的悲痛。而饱读诗书的王永江苦于无处施展，弃儒学医反遭日本人排挤。1900 年，王永江考取“金州厅学岁贡”。初任本城南金书院小学堂监理。后因父母年迈，弃儒学医，随本城名医采真学艺，专攻岐黄经典，与姐夫李景周合资在大连旅顺开了一家中药铺，以经营药材为主。1903 年，以“采真游”为堂号，正式挂牌行医。正当他医术日益精进，远近求治者不绝于门时，日俄战争爆发，无奈停业。受日本商人排挤，采真游药堂被迫倒闭，王永江返回老家金州。不久，日本人在金州创办了“南金”书院，王永江被聘为汉文教员。因校方实行奴化教育，不准中国学生读四书五经，王永江与日本人校长发生了矛盾，而后辞职闲居家中。

1907 年，几近绝望的王永江，突然接到学友辽阳警务提调袁金铠的一封信，请他帮助考察旅顺、大连等地的日本警察制度。36 岁的王永江不负老友委托，提交了一份高质量调查报告。袁金铠读后大为赞赏，推荐他去辽阳警务学堂当老师。不久，王永江就被提拔为辽阳警务所长。1913 年，王永江得到赵尔巽的推举成为道尹的候补。

从被人轻视到高人一等，王永江在警界崭露头角。赵尔巽非常欣赏王永江，在 1914 年又向张作霖推荐他担任奉天民政司使（即民政局长），无果。直到 1916 年，张作霖当上奉天督军兼省长后，开始四处网罗治世人才。谈了一整天后，张作霖非常满意，认为王永江正是他求之不得的人才，于是，任命他为奉天省警务处处长兼奉天市警察厅厅长。“王永江进帅府——高人一等”的歇后语，从此就在奉天城流传开来。但是，奉天的社会治安却是个烂摊子，王永江秉公执法，得罪了张作霖的结拜兄弟汤玉麟。最终汤玉麟率部去了新民，王永江的职务被调整为财政厅厅长兼烟酒专卖局局长。

1920 年 3 月，奉天省的财政状况明显好转，不但偿还了一千多万的巨额债务，弥补了每年两三百万的亏空，还有一千多万的结余。这个成绩，是张作霖做梦也想不到的，他惊呼这是一个“奇迹”。

从“财神爷”到省长，王永江发展生产，广开税源。第一次直奉战争结束后，张作霖自任东三省保安总司令，宣布东三省“联省自治”，东北独立，并任命王永江为奉天省省长。为了和控制市场十年之久的日本纺织工业一争高下，王永江在1923年创办了奉天纺织厂——纺纱机、织布机和电机都从美国购进，大半资金由省库支付，其余由私人集股，成为奉天民族工业规模最大的工厂。1923年获纯利奉天大洋30万元，到1926年获纯利竟达奉天大洋1665万余元。一时间，奉天经济得以恢复并强盛发展起来。

1923年4月26日，顶着日本方面的不断施压，承载着御侮兴邦的办学使命，东北大学正式成立。作为东北大学首任校长，王永江苦心经营，竭力筹划。王永江精书法，东北大学校训“知行合一”的匾额就是他的手笔。硬件上，他不惜重金从德国采购物理、化学的各种实验仪器设备，动植物标本和图书教材都极为丰富。软件上，他请到的都是一流的人才前来教学，开出的月薪可以达到每月360元，远超南开大学的240元，北大和清华的300元，甚至还给章士钊这样的大师开出过800元的天价月薪，几乎创下了民国大学教授薪酬的最高纪录。学成归国的梁思成、林徽因夫妇，也在东北大学成立了我国现代教育史上第一个建筑学系，林徽因还亲手设计了东北大学的校徽。东北大学在创办之初，就是一所综合性的优秀大学，它的教育水准远远高于日本在东北开办的任何一所高等教育院校。这所新生的学校，生机勃勃，前途无量。

看到了结局，尽力去扭转，却无能为力，是王永江最后的挣扎。王永江是工作狂，为了民生殚精竭虑——因为长期呕心沥血，再加上着急上火，左眼近乎失明。1924年，张作霖在第二次直奉战争中大获全胜，但他并未见好收兵，而是乘胜穷追，陆军经费支出高达一亿多元，占全年总支出的89%，导致东北地区货币贬值、物价飞涨，人民怨声载道。这与王永江反对穷兵黩武，让一方百姓安享太平的经世济国理想渐行渐远。王永江这一次彻底失望了，1926 年，他离开了省府，再也没有回来。1927 年 11 月 1 日，他于金州病逝，享年 56 岁。

王永江是理财高手，却清正廉洁，不畏权贵，两袖清风。他不仅对财政收支精打细算、开源节流，而且严格限制贪污腐化。对于自己，除应得的薪俸外，如官银、兴业两行，年终应分给财政厅厅长兼两行督办的提成“个人花红”，他都拨归公账里。民国时期北大校长、著名史学家傅斯年生前曾准备撰写一部民国史，在《循良传》一节中，开出的目录里仅仅收录 3 个尽职办事的好官，王永江位列第一。

王永江一生厚积薄发，几经煎熬和波折之后，他在 44 岁开始了人生的第一次加速，也带领着东北经济实现了第一次加速。张学良更是用历史上著名的管仲、晏婴、萧何、曹参几人来比喻王永江的作用。王永江是学以致用、知行合一的楷模。人们用“文有王永江，武有杨宇霆”来评价对奉军贡献最大的两个人，只可惜“出师未捷身先死，长使英雄泪满襟”。

把酒看剑的民国省长王树翰

静寂的夜，远离尘世的喧嚣，点燃一炉香，无论徜徉于青灯黄卷修身养性，还是把酒看剑去浊存清，都是静处独处超然物外的选择。这样的意境，多为能文能武之人所青睐。张学良倚重的高官王树翰，就十分欣赏“焚香读书，把酒看剑”的格调。

王树翰（1882—1955），字维宇，号惕庵，沈阳北郊大洼村人。儿时家境贫寒，父亲王儒英年早逝，他和母亲康氏相依为命。王树翰的爷爷经营一家店铺，家境得以缓解，8岁的王树翰被送到学校读书。王树翰天赋异禀，同学刚学《三字经》，他就开始学习四书了，而且对于诗文过目不忘。或许因为父亲早亡的缘故，王树翰自小就非常自律，意志坚定。他的随堂作文俨然成人之作，老师嗟赞不已，爷爷更是高兴不已。1894年，清末国库空乏，卖官鬻爵成规，眼看店铺日

| 王树翰 |

益兴隆，爷爷就做主为王树翰出资捐官，13 岁的王树翰以廪生资格待职。18 岁任奉天府衙署内习吏职时，因文笔畅达、言辞贴切，被赞“英年可畏，仕途无量，弗可等闲相觑也”。27 岁按资格考入吏部学治馆（清政府废除科举制后在京成立的机构，用来培养官吏以推行新政）深造，31 岁擢升为奉天南路观察使（相当于清正四品知府衔）。

为民众办事的王树翰，被誉为“平民省长”。张作霖秉政奉天省之初，王树翰与袁金铠、杨宇霆、王永江等关外名人均得重用。1924 年。王树翰任吉林省省长。当年夏，桦甸发生洪灾，王树翰在洪水中指挥抗灾。灾后开仓放粟，赈济灾民，还为民建庐舍，助春耕粮种。百姓“感其德，念其政”，更感动于他出身寒苦，肯为平民大众办事，赞誉他为“平民省长”。1927 年，人们为已经不在吉林任职的王树翰勒石造碑，以颂其德。至今，碑碣仍立在吉林北山之上。

1928 年，张作霖被炸身亡后，奉天群龙无首，莫衷一是。关键时刻，王树翰说：“当前的要务，并不在日本人的策划如何，关键不是对外，而是我们内部稳固的团结。”他的观点得到同窗旧友、奉天省长刘尚清的认同，最后决定“秘不发丧”，佯称张作霖身受微伤，等待张学良归来。此时的张学良，正在滦州指挥作战。为了掩人耳目，张府上演了病榻乔装的悲喜剧：张作霖的五姨太寿懿每日打扮得花枝招展，与日本领事夫人谈笑风生，下人们按时进张作霖房间送饭，医官也要日日进府诊治，张作霖房间还时不时传出咳嗽声……13 天后，化装成士兵的张学良，搭乘兵车回到沈阳，这才对外宣布张作霖死去的消息，直到此时，日本人才意识到上当了，但为时已晚。王树翰的建议，为张学良返回东北赢得了时间。

王树翰力主南北统一，这与张学良不谋而合。张学良 11 岁丧母、27 岁丧父的经历，让王树翰感同身受，令他想起自己幼年丧父的不易。王树翰很尊重张学良，也赢得了张学良的尊重。张学良说：“我年轻时完全凭我自己，没跟人家商量什么。我除了有时很大很大的事，有一两次我跟王树翰商量，我对他相当尊重，他是我秘书长，其他全凭我自己。”张学良主政东北后，任命王树翰为东三省保安司令部秘书长，掌枢要之重任。在东三省易帜、南北统一的问题上，奉系要人各怀心事，张学良面临的各种阻力接踵而至：外有日本人的干扰、威胁、利诱，内有亲日的老派奉系将领从中作梗。在这艰难的过程中，王树翰始终陪在张学良左右，为他出谋划策。有“小诸葛”之称的杨宇霆在张作霖去世后，以东北元老自居，时常管教张学良，在很多公开场合，让张学良下不来台。在东北易帜典礼当天，杨宇霆拒不参加集体合影，明确反对东北易帜。同样得到张作霖赏识的常荫槐，在杨宇霆的举荐下，成为黑龙江省省长，他也拒绝悬挂青天白日旗，还开始私结武装，秘密购

| 王树翰寓所旧址　詹振宁摄 |

枪。1929 年 1 月 10 日，杨宇霆与常荫槐向张学良提出成立东北铁路督办公署的要求，见张学良略有迟疑，竟将事先拟好的文件拿出，让张学良签字，张学良推说晚餐再说。两小时后，当杨宇霆与常荫槐再次回到帅府时，被处死于“老虎厅”，罪名是阻碍国家统一，是为“杨常事件”。张学良说：“杀杨、常，事前我只与王树翰商量过。我说我要放炮，他说万万不可。”犹豫不决的张学良，从盒子里拿出一枚硬币，如果硬币是正面，自己就杀杨宇霆，如果是反面，就放过他。张学良掷了三次硬币，结果都是正面朝上。张学良不忍心，于是改口说：“背面杀，正面放。”但三次都是背面。最终，张学良还是杀了杨宇霆与常荫槐。虽然不同意杀杨、常，但木已成舟，王树翰就想方设法帮助张学良做好善后事宜。晚年的张学良或许后悔了，没有听从王树翰的建议，但当时的他认为，这就是天意。

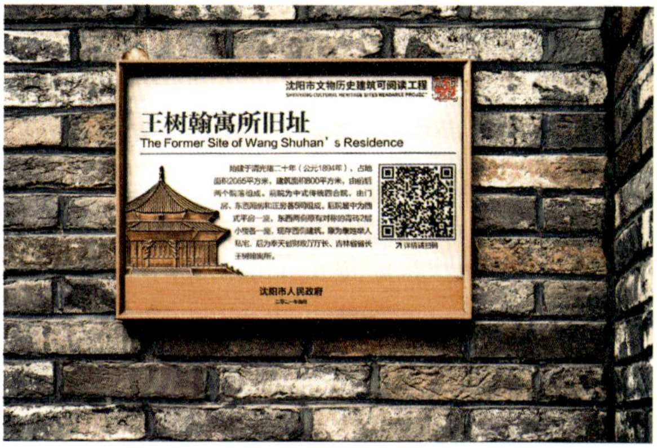

| 王树翰寓所旧址　詹振宁摄 |

在王树翰的政治履历中，最负盛名的就是他作为东北易帜谈判的代表之一，与国民党谈判。谈判期间，蒋介石询问东北政治、经济、军事、榷税情况，王树翰做了详细回答后，蒋介石视王树翰非等闲之辈。1928 年 12 月 29 日，东三省正式易帜。在整个东北易帜的过程中，王树翰除了担当智囊，还是张学良身边最关键的执行者。这一点，蒋介石也看到了，他非常欣赏王树翰，千方百计想让王树翰为己出力。他先是委任王树翰为国民党政府委员，

继而在未征求王树翰同意的情况下，又任他为国民党中央监察委员及国民党政府文官长，对此高位，王树翰坚辞不就。

九一八事变前，日本制造了“万宝山惨案”。日本唆使朝鲜浪人在万宝山强占民田，开渠筑坝，当地农民奋起反抗，遭到日本军警枪击，死伤数十人，被捉走受刑的十多人。东北当局应对迟缓，反应非常软弱，王树翰对此非常忧虑。他建议张学良速派人去南京请命，并要求国民党政府出面，通过外交途径进行交涉。但张学良轻信英美依靠国联牵制日本，日本未必敢于发难。结果，九一八事变日本发难，张学良才意识到王树翰的先见之明，可惜为时已晚。

无论是后来的中原大战还是西安事变的和平解决，背后都有王树翰的影子。东北沦陷期间，王树翰不为日本人利诱，出走天津，始终未在伪满政府任职。1949 年之后，王树翰任中央文史馆馆员。1955 年，王树翰病逝于天津。

中年以后，王树翰喜欢收藏书籍，积书数百箱，不乏稀版、孤版、绝版书（宋代绢书）。九一八事变后，他开始书写不辍，翰墨飘香。王树翰坚持写日记，共写了 80 余本，寓居天津时存在银行。日本侵略者侵占天津（华北）后，王树翰怕这些日记落入日本人之手，于是把它们全部取出付之一炬，甚是可惜。

点一炷香，品一壶茶，在读书泼墨时，聆听心的声音。或许，这就是王树翰最快乐的时刻吧。

教泽八方的谢荫昌

他是将“图书馆学”引入中国的第一人，是中国社会教育的开山启林之人，是奉天省首任教育厅厅长，他创办了奉天近代第一份报纸和第一本刊物，建议创建了东北地区第一所由中国人自办的大学——东北大学，他，就是近代东北著名教育家——谢荫昌。

谢荫昌（1877—1929），号演苍，生于江苏常州府武进县一个塾师家庭，家教甚严，读书通博。1894年，参加书院应考，获得第一名。后来，接受维新思想，较为激进。1901年，参加吴稚辉、蔡元培创设的爱国学社，办《苏报》，主张革命。1903年，随李宗棠东渡日本并入明治大学学习经济科，广泛接触西式文明。

| 谢荫昌 |

1904年，盛京将军赵尔巽“伯乐慧眼识千里马”，特召谢荫昌到奉天，任省公署教务处编辑。1905年12月21日，谢荫昌主持创办奉天近代第一份报纸《东三省公报》，

从此沈阳报业进入了发展新车道。该报办报宗旨在于普及，所以使用白话文。报纸是隔日刊，共八版，竖排印刷，没有标点，采取清末时所特有的“脚对脚”的形式编排，即报纸的上半部分和下半部分的字体完全颠倒。报纸内容非常丰富，包括特别新闻、京津新闻、本省新闻、大连新闻、吉黑新闻、各国新闻。该报还有一个特点，就是广告特别多，甚至很多版通版都是广告。报纸定价为每年三两纹银。当时一两纹银的购买力，相当于现在三百五十多元。后来，东三省改制，赵尔巽调离东北，《东三省公报》也随之停刊，并在 1907 年 2 月 28 日，改为商办《东三省日报》。《东三省公报》历时 14 个月，发行 200 多期。

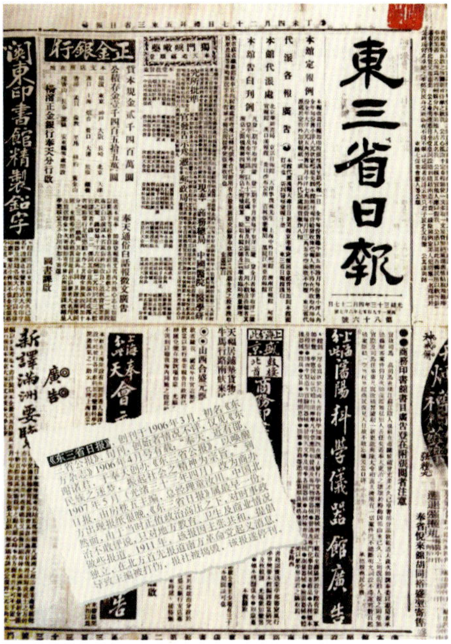
東三省日報

《东三省日报》，创刊于1906年3月，初名《东三省公报》，旬刊，创始者情况不详。仅见《东方杂志》1906年4月号有载：“奉天，近有邵朗诸君，于奉天创办《东三省公报》，以唤醒民族之迷梦，振起社会之精神为宗旨。”1907年5月（光绪三十三年四月）改为商办日报，由房秩五主编，总经理童汝川。中国北方出现报纸很晚，《东三省日报》属最早一份。然而，由于当时正值政治高压之下，对时事政治不敢评说，只对地方教育、卫生及商业情况做些报道。1911年，该报因主张共和，提倡独立，在北方首先报道南方革命党起义消息，导致主编被打伤，报社被捣毁，该报遂停刊。

|《东三省日报》|

1907 年下半年，谢荫昌参与创办了《奉天教育杂志》。《奉天教育杂志》又名《奉天教育官报》，封面上有“大清邮政局特准挂号作为新闻纸类”字样，采用竖排版，也没有标点符号，是辽宁境内最早出现的刊物之一，也是辽宁最早的教育刊物。杂志内容包罗万象，根据教育实况，采用适当学说，供中小学教员研究，以促进普通教育改进；一直出版到 1928 年，是全省官报中唯一一家延续到民国年间的期刊。

1909 年，谢荫昌任奉天学务公所图书科科长兼奉天图书馆馆长。作为沈阳市图书馆第二任馆长，谢荫昌将“图书馆学”一词第一次引入中国。

1910年，奉天图书发行所印行谢荫昌翻译的《图书馆教育》一书（作者为日本的户野周二郎），这是我国出版的第一部图书馆教育译作，“图书馆学”在这部译作中首次出现。在翻译的基础上，谢荫昌还研究图书馆教育。他认为，我国图书馆教育应分为培养学者型和教育国民型两种类型。1912年，他在《图书馆改组系统办法议》中，谈及全省县乡图书馆普及问题。1913年，金陵大学文科开设了图书馆学课程，成为中国图书馆学教育的开端。

1914年，谢荫昌就任奉天教育司社会教育科科长，负责奉省社会教育，并自著《社会教育》一书，探索中国教育的发展方针和具体措施。这是中国最早的社会教育著作，“社会教育”一词第一次出现在中国公开印行的书籍中。

1915年，谢荫昌任奉天教育科主任，从此担负起了全省教育发展的重任。他主张改革旧学制，发展职业教育、义务教育、社会教育，培养各方面人才。1919年8月，在奉天省财政厅厅长王永江的举荐下，谢荫昌任奉天省教育厅厅长。辽宁教育突飞猛进，大有一日千里之势。1922年，他建议创立东北大学，东北第一所综合性大学由此诞生；全省建立中学34所，占当时中学总数的61%；建立师范学校25所，占当时师范学校总数的52%；建立职业学校20所，占当时职业学校总数的44%；小学数量近8000所。到九一八事变之前，东北地区高等学校发展到10所，学生4056人，其中东北大学在全国高校的综合排名中名列前茅，一直是东北地区第一名；师范学校（含师范讲习所）140所，学生10267人，师范教育在全国最为先进；中学和实业学校258所，学生34671人，接受中等教育的人数是清朝末年的26倍多，东北四省（辽宁、吉林. 黑龙江、热河）接受中等教育人数每万人中为17人；小学14331所，学生794050人，接受初等教育的人数是清末的8倍多，小学义务教育普及率在全国居前6位，仅次于江浙京畿地区，与阎锡山统治下的山西并称为“教育模范区”。

谢荫昌就职后明确提出对儿童进行国民教育、收回“满铁附属地”教育权的想法。当时，日本以“南满”地区为势力范围，采用多种方式渗透——利用“满铁附属地”攫取中国教育权，推行奴化教育，就是重要手段之一。1919 年 12 月，日本关东州教育会企图在金州设立师范学校，成为奉天省收回“满铁附属地”教育权运动的导火索。谢荫昌向日本驻奉总领事赤塚提出抗议，痛陈日本推行奴化教育的侵略本质。谢荫昌的行动得到了王永江的支持。鉴于奉天省人民的强烈反对，日本不得不做出一些无关紧要的让步，用来缓和矛盾。王永江认为，处于那样的时局下，得到这样的结果已属不易，要求谢荫昌达成协约。但谢荫昌认为，此时的中国并没有从根本上收回教育权，他说：“立国三要素土地政治人民，地可忘也，政治可失也，人民亡且失则不可复也……国民教育之事业不能有丝毫迁就。”1924 年 6 月 7 日，奉天省政府宣布，奉天省教育厅厅长谢荫昌因病辞职。这里的“因病辞职”只是一个借口，收回“满铁附属地”教育权的运动功败垂成是主因，但奉天收回教育权运动还是取得了一些成果，在全国也产生了积极影响。

辞去奉天省教育厅厅长之后，谢荫昌到哈尔滨任交通银行经理。1928 年，52 岁的谢荫昌辞去交行职务，回到沈阳，在二经路及五经路的小屋居住。胃癌晚期的他，已不可治疗。当他感到死亡正一步步向他逼近时，“回思少而壮，壮而老，老而死，一生之事业在教育，历史在辽宁，辽盖吾第二故乡，三十年心力所瘁之地，吾死后魂魄犹恋此而遗命埋骨于是者也。”

生命将至，他没有选择安魂故里，而是选择回到工作生活 30 年的第二故乡沈阳，选择与他的事业共眠。他晚年自编年谱《演苍年史》，记录了自己的身世、求学经历和从政经历。书中有大段叙述与当时的辽宁教育有关，“以供异日编辽宁省教育史及地方史者之参考”，拳拳之心跃然纸上。谢荫昌选一行、爱一行、钻一行、精一行，用忠贞爱国的精神、敢为人先的实践、兼容并蓄的视野，在辽宁文化教育史上留下了浓墨重彩的一笔。

『辽东文人之冠』金毓黻

癸卯暮春重返母校东北师大，日知（林志纯）先生手书“困学勉行，止于至善”石刻仍静静屹立史苑一侧，先生音容笑貌宛若眼前。史学研究确实需要有坐冷板凳的毅力，只有在具备相当的视野和积累之后，方能从历史的流沙中淘出真金。日知先生不惑之年转行世界古代史，半个世纪矢志不渝，填补国内空白，引领学界先锋。司马光从 47 岁开始编写《资治通鉴》，历时 19 年，才完成在史学史上堪称鸿篇巨著的伟大工程。在沈阳求学、工作多年的金毓黻就是厚积薄发的史坛名家，他是中国史学界治东北史最有成就的大师级人物，其著作《中国史学史》被收入《二十世纪中国史学名著》，被于右任誉为“辽东文人之冠”。

| 金毓黻 |

金毓黻（1887—1962），字静庵，生于辽阳县（今灯塔县单庄子乡）后八家子村，全家靠祖传下来的两垧多地勉强维持生活。其父金德元，为乡间塾师，重视教育。金毓

黻 6 岁入本乡私塾识字、写字、习经史、学六艺，修炼了日后学术研究的童子功。他苦读 10 年，终因家资不济，辍学习商。他忙里偷闲，遍读《三鱼堂集》《困勉录》《松阳讲义》等书，渐受宋明理学思想的影响。辽阳县立启化高等小学堂招生，他连续三年名列第一，却负担不起学费。1906 年，校长白永贞十分赏识他的才华，准予他享受官费读书。两年后，金毓黻考入设在沈阳北关的名校奉天省立中学堂。

贫贱没有动摇金毓黻求学的信心，威武没有让他屈服，更没有在学术上为虎作伥。在奉天省立中学堂读书时正值辛亥革命，金毓黻为促议救亡御侮，在谘议局议长吴景濂面前，抽刀断指，鲜血淋漓，其爱国之心，壮士豪情，感人至深。

1913 年秋，金毓黻考上北京大学文科，师从黄侃，专研文字训诂之学。他还精读《史记》《十三经》。孜孜以求，必有所获。步入中年时，"理文小史"四学功力已臻深厚，为他成为史学大家打下了牢固的基础。

1916 年，29 岁的他从北京大学毕业后，在沈阳文学专门学校等校任教。在 1920 年到九一八事变前，金毓黻辗转东北任职，做到辽宁省政府秘书长兼教育厅长，并受聘东北大学委员会委员。

九一八事变爆发后，金毓黻想效法王羲之，辞官以"誓墓归隐，潜心著述"，却遭软禁。日寇因其影响力极力争取他，被他断然拒绝。独处樊笼的金毓黻萌发了撰写《渤海国志长编》的想法。此前，他有意识地搜集有关渤海的遗文轶事、古迹金石、参考文献已近 7 年。他平均每天坚持写两三千字，获释前，《渤海国志长编》已粗略草成，后又不断加以完善。该书填补了渤海史研究的空白，其中的很多见解具有权威性。比如，他以确凿的史实说明渤海是唐的藩属，阐述了渤海与日本的关系是国与国而非朝与国的关系，驳斥了日本史官对日本与渤海交往的随意曲笔。

金毓黻虽获保释，却仍无自由。迫于形势，金毓黻先后担任伪奉天公署

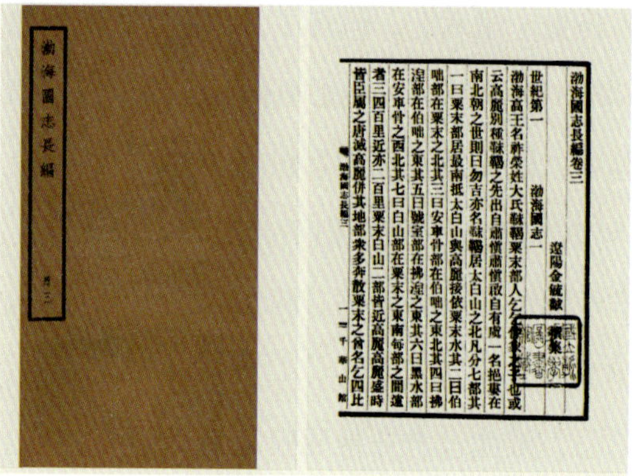

|《渤海国志长编》卷三|

参事官、伪奉天图书馆馆长、伪奉天通志馆主纂。这期间，他一心致力于东北地方文献、史料的收集整理工作。他整理出版了《渤海国志长编要删》《渤海国志长编》20 卷、《奉天通志 · 山川志 · 艺文志》《辽海丛书》10 集，编辑《文溯阁四库全书原本提要》114 卷，著有《辽海丛书附录》等。后来，金毓黻以“余于罹难之日，不能以死报国，而欲委曲求全，终觉外惭清议，内咎神明”自责。事实上，他的这些著作，不但是他专心治史的丰硕成果，更是他出于忧乡、爱国之心，以笔为枪以史为据，向日本侵略者展开的最有力的斗争。

为摆脱日伪控制，1936 年 4 月，金毓黻在第三次赴日搜访材料之机，以私人考察日本历史文物为由，化名从日本逃到上海。全民族抗战开始后，金毓黻随中央大学、东北大学流亡四川。他除了在高校任职，还更加努力钻研东北史料，并在教学中逐渐形成了《中国史学史》《东北通史》《宋辽金史》等代表性著作。抗战胜利后，他在大学任教，筹建沈阳博物馆，整理东北图书馆明清内阁档案，编成《明清内阁大库史料》。新中国成立后，金毓黻在北京大学、辅仁大学任教，先后编辑了多辑《太平天国史料》；收集地震史料编辑《中国地震年表》两册；为配合抗美援朝、保家卫国的正义战争，他还主编了《五千年来中朝友好关系》。

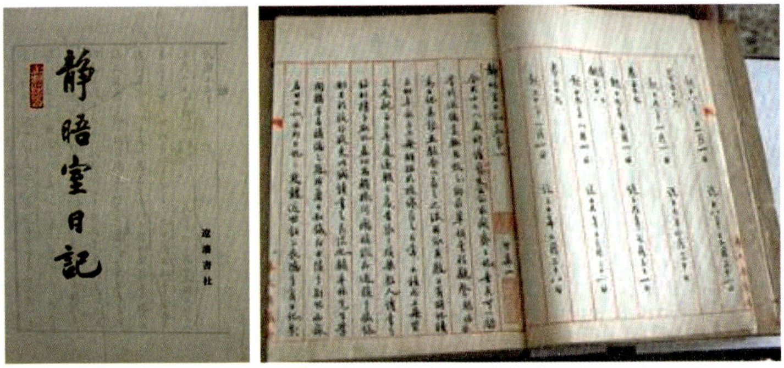

|《静晤室日记》|

值得一提的是，金毓黻从1920年3月6日到1960年4月30日坚持写日记，历40年不辍，取名《静晤室日记》。这部日记是一部大型札记，共17函，每函10册，约500余万字，史料价值甚高。

金毓黻在历史学、文学、文献学、古文字学、考古学、金石学等都造诣颇深。他终生刻苦钻研，博览群书，光打基础就用了20余年，治史近40年。他读书写作常至深宵，著述浩繁，16部史学专著、8部丛书与资料集，近百篇史学论文，总计1400余万字的著述，体大思精，包罗宏富，很多著述填补了我国史学空白，奠定了东北史地学的基础。国难当头，他凭一已之力，完成了《渤海国志长编》《东北通史》《东北文献征略》《奉天通志》《辽海丛书》这几部他研究东北史的重要著作，他把赤诚的爱国之心转化为强烈的学术报国之情，用大量的史实证明，中国自古以来就是统一的多民族国家，东北地区是中国领土不可分割的部分，在学术上捍卫了国家安全。他撰写的《中国史学史》一版再版，直到今天，我们仍在阅读，并且奉为史学史上的权威。他嗜书如命，自称“人世间事，惟治学问最极有味”。在史学研究中，他秉持学问要为现实服务的经世致用治学旨趣，展现了中国传统知识分子的风骨。

著名古文字学家于省吾

2022年10月末，有网友发文《出大事了我们这个时空的时间线似乎被人动了》。文章称，《孟子·生于忧患死于安乐》在其记忆中，早年学的是“故天将降大任于斯人也”，但如今的课本里成了“故天将降大任于是人也”，由此引发全网热议。无论探讨“曼德拉效应”还是研究所谓的“时空线被扰动”，都不如多翻翻书、多做做训诂，避免以讹传讹。训诂，两字本身的读音——xùn gǔ 也是值得注意的。汉代已有的训诂之学往往有臆断之谬误，而肇端于明代中叶的考据之学则讲求实证，要求言之有据、据必可靠、推理严密，不用孤证。“甲骨四老”之一，曾在沈阳就读、工作多年的于省吾，是把训诂考据紧密结合的代表人物。

| 于省吾 |

于省吾（1896—1984），出生在辽宁海城，是我国著名的古文字学家、考古学家、古籍整理专家。因收藏了“吴王夫差剑”“少虞错金剑”而将书斋命名为双剑誃，又因勤奋治学，常常凌晨3点秉烛夜读，自号“夙兴叟”。

他7岁入私塾，23岁毕业于沈阳国立高等师范学校（位于今沈河区科学家花园小区）。此后，他历任安东县志编辑、西北筹边使署文牍委员、奉天省教育厅科员兼临时省视学等职。1928年被张学良、杨宇霆聘为奉天萃升书院院监。九一八事变前他移居北平，在辅仁大学、燕京大学一面著述，一面教学。新中国成立后他被聘为故宫博物院专门委员，1955年到东北人民大学（后改为吉林大学）任教，培养了大批研究生。于省吾著作等身，著有《双剑誃吉金文选》《商周金文录遗》《甲骨文字释林》等14部专著，《四国多方考》《从甲骨文看商代社会性质》《释从天从大从人的一些古文字》等论文86篇，另有《国语新证》等未出版著作7部。

于省吾近40岁才开始研究古文字，《双剑誃殷契骈枝》初编、续编、三编使他暂露头角。他凭借知难而进的精神、深厚的古典文学功底和古文字基础后来居上。他删订“三编”加以新释，汇成《甲骨文字释林》总结了40年研究成果。他采用“分析偏旁以定形，声韵通假以定音，援据典籍以训诂贯通形与音”等科学方法新释、纠正或阐明前人已释而不知其造字本义的，近300字。如释气、释虹、释小王为孝己、羌甲为沃甲、膏鱼为高鱼等。“具有部分表音的独体象形字”“附划因声指事字”等观点，更是发展和突破了传统文字学“六书”理论，开辟了考释文字的新路。

于省吾从字形发端，注重借助考古学、民族学等研究方法，使甲骨学研究更为规范。如，他从字形“上为手爪、下为小儿”，又结合原始民族在战争中杀死敌方成年人，而俘虏儿童作为养子的史实，说明“孚”字本义是俘虏儿童，从而解开千古之谜；同时，他注意甲骨文和典籍训释的对照，国学大师饶宗颐评价他：“决定一切学问关键在两点，一是材料，一是方法。于先生在利用典籍训释甲骨文字字义上的贡献，一点也不比他在字形考释上的贡献小。”

他在金文、战国文字和汉隶“古文”等方面也卓有成就，甚至在80多岁时，

| 青年时期的于省吾 |

还制定了编纂《吉金文字释林》的宏伟计划，预计考释200左右个字。虽未成书，但众多论文可窥梗概，如，对武王克商时期利簋“岁贞克闻”的解释。

中国传统知识分子的民族气节、书生意气在于省吾身上体现尤为明显。他之所以选择辅仁大学任教，就是因为该校由德国人实际控制，辅仁大学是唯一不挂日伪旗帜、不用奴化教材的学校。他严词拒绝担任伪职的故旧邀请出山，呵斥请他兼课的日伪接管学校，甚至断绝了一切与日伪有关的人际关系；听闻我国青铜器流失欧美，清华大学筹建文物陈列室，于省吾“物有所归，我心泰然”，不但介绍古董藏家、店铺，还将自己珍藏的重要文物转让给清华大学。

于省吾治学严谨、诲人不倦堪称楷模。他主张“谨严”，无证不信。与众多文物鉴赏家和文物收藏家不同的是，于省吾热衷于对所藏文物进行研究考证，强调文物与古文字资料比文献更可信。如，《楚辞·大招》有“小腰秀颈，若鲜卑只”。他对照出土的带钩，释疑该句“是以带钩之形制比拟女人之腰颈”，“小腰”指带钩中间，“秀颈”指带钩左端弯曲处；他主张“阙疑”“叫不准的不说”，要求资料精确可靠、文章严丝合缝、不能一时定论，这正是他不断迭代补订著作论文，甚至多部著作未及出版的重要原因；他利用古文字研究成果校订古籍、研究商周历史。如，通过辨析甲骨文中的“黍、稷、菽、麦、稻”等，证明商代已有“五谷”。

新中国成立后，他学习马列理论用于指导教学和研究，在我国古代图腾制度、成文历史的开端、商周时期的阶级斗争、农业生产和土地制度等方面都有很多创见；由于他师宗桐城派古文，40岁前所做论文多为文言。为更

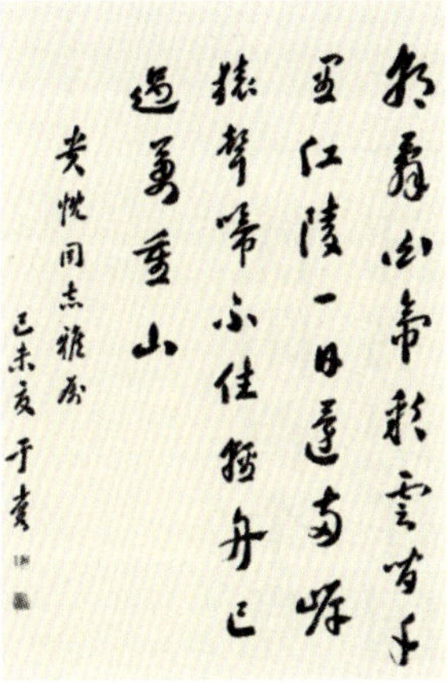

| 于省吾先生书法 |

好开展学术交流，他努力学用白话文，读书看报时将好的词句工工整整抄录在笔记上，下足了改换文体的“笨功夫”。一如他搞古文字时要记三种笔记：随时记录新资料并不断释录、以单字偏旁为单位记录字形变体辞例、专门抄录通假实例；他对学生倾囊相授，学术探讨交底，不搞“留一手”，真心希望学生超过自己。他教导有方，通过原始资料讲解、定期聊天式教学、小型论文训练，带出了实力雄厚的学术梯队；晚年他与衰老博弈，抱病出席国际研讨会舟车劳顿还认真备课、坚持授课，直至住院仍关心博士生论文选题和研究计划。生命垂危之际，他还用手指比画字形教导学生……

斯人已逝，风骨犹存。文化关乎国本、国运。中华文明突出连续、创新、统一、包容、和平，坚持文化自信、开放包容、守正创新，续写中华文明现代华章，我辈当自强！

沈阳首个党支部书记任国桢

林语堂说：“幸福无非四件事：一是睡在家的床上；二是吃父母做的饭菜；三是听爱人给你说情话；四是跟孩子做游戏。”这充满烟火气的场景，安静平和，温馨惬意，却是很多烈士为之奋斗的目标。他们为了成就更多人的幸福，离开了父母、爱人、孩子，舍弃了自己的小家的幸福。沈阳的首个党支部书记任国桢就是这样的人。

任国桢（1898—1931），原名任鸿锡，字子卿，生于安东（今丹东）西郊的一个农民之家，他的私塾先生王育川在任国桢幼小的心灵里种下了忧国忧民的种子。任国桢在作文中写道：“少年不知有为，而老始悔悟，又何异枯木无枝而欲望发荣兹也……愤发而有为都正在英年雄壮之日也。”1918 年，任国桢考入北京大学文科外语系，主攻俄语兼学德语。五四运动爆发时，他上街游行并参加了火烧赵家楼行动；在天安门讲演时，被反动军警逮捕关押。重返课堂后，他开始阅读马列

| 任国桢 |

著作原著，研究俄国的经验。1920年冬，鲁迅到北大兼课，讲授《中国小说史略》。在鲁迅的影响下，任国桢非常关注苏俄的文艺发展，从苏俄报刊发表的有关文艺论战的文章中选出三篇，全面译完，辑成《苏俄的文艺论战》一书。1924年秋，任国桢光荣地加入中国共产党，此后开始了艰难险恶条件下的秘密工作，四海为家。此后多年，任国桢一直和鲁迅保持着书信往来。

1925年6月，任国桢来到形势复杂的沈阳。任国桢的住处离奉天基督教青年会很近，在这里他认识了高子升、苏子元等进步青年。在任国桢的组

| 奉天基督教青年会旧址 |

织和指导下，进步青年到各学校的学生中广泛宣传，组织成立学生联合会，声援五卅运动，得到学生们的积极响应。6月10日，沈阳十几所大中学校的学生近两千人汇集到奉天省公署门前进行请愿和示威游行，很多群众也参与了进来。奉天省公署迫于压力，答应了学生的部分条件。学生返校后，奉天当局害怕学生将事态扩大，将各个学校封锁，并决定提前1个月放暑假。在任国桢的帮助下，奉天学生联合会于6月中旬成立，并发表了《英国惨杀同胞泣告东三省同胞书》，号召各界爱国人士联合起来与英、日侵略者斗争，推动学生反帝爱国运动。7月中旬，任国桢决定以青年会的名义办暑期学校，进一步把进步学生组织起来提高政治觉悟。校长由阎宝航担任，任国桢亲自讲授唯物史观和唯物辩证法等课程。为期两个月的暑期学习结束后，任国桢又组织成立了“同志会”，发展了苏子元、高子升等一批进步青年入党。

1925年9月，中国共产党在沈阳的第一个地方组织——中共奉天支部成立，任国桢任第一任支部书记。

1925年11月，原奉军第三军副军长郭松龄主张停止内战，举起了反奉大旗，带兵杀向奉天。已经被调往哈尔滨的任国桢，往返奉天党支部声援郭松龄。郭松龄失败后被张作霖杀害，暴尸于小河沿，很多共产党员身份暴露被抓，已经返回哈尔滨的任国桢被捕后关押在吉林监狱。一年后，任国桢得以出狱。1927年3月，任国桢重新组建了中共奉天特别支部，并任特支书记。他和同志们经常接触工人，在奉天兵工厂、满蒙毛织株式会社、奉天纺纱厂、大连机械制作所奉天支店和奉天制麻株式会社的工人群众中开展活动。其中，奉天制麻株式会社600多名工人举行的大罢工，坚持了27天，是奉天党组织领导的第一次工人大罢工。同年6月中旬，中共奉天市委成立，任国桢任市委书记。市委机关地址设在任国桢当时的住处——奉天老精华眼镜公司。任国桢准备将罢工斗争扩大到其他日本企业时，被日本人察觉。1927年6月29日傍晚，“老精华”被日本人团团包围起来。当任国桢发现情况异常时，已无法脱身。随后，任国桢和经理仲肇发及全部伙计也被捕，奉天市委遭到严重破坏，被迫停止活动。

任国桢被捕后遭到敌人严刑拷打，他对党的机密不肯吐露半字，后被关押在奉天第一监狱。正在北京的张作霖，闻讯发来电报：若查有实据，处以死刑。一年后，张作霖在皇姑屯被日本人炸死，张学良释放政治犯，任国桢得以出狱。但此时的任国桢与组织失联了，他回到老家安东一边养伤一边寻找组织。通过中共安东地下工作组织，任国桢终于与上级党组织取得了联系，准备返回奉天。两次入狱，都事出奉天，即便家人竭力劝阻，任国桢还是毅然前往。淳朴的母亲扶着门框对他说：“儿呀，早点回家，娘想你啊！”任国桢含泪挥别，可这一走，就再也没有回来，那是1928年的秋天。

1930年2月，中共中央派任国桢到山东任临时省委书记，着手恢复党的组织。为了更好地掩护任国桢，组织派来一位可靠的女同志陈少敏与他假扮夫妻。后来，经组织批准，这对假夫妻最终喜结良缘，并且生下一个女儿。九一八事变爆发后，任国桢被派往山西去帮助恢复和健全党组织。重任面前，任国桢没有半点迟疑，只身一人毅然踏上了西去的列车。

由于叛徒出卖，任国桢于1931年10月21日被阎锡山逮捕。在敌人监狱审讯室里，任国桢受尽种种酷刑，用香火烧，坐老虎凳，一次次被折磨得昏死过去，又用凉水浇醒过来。他始终严守党的机密，一直用化名王六卿，声称是跑买卖的，以此来对付敌人。一次，敌人用烧红的铁链盘在他的腰间进行逼讯，他咬牙忍痛，一言不发。敌人大为震惊："共产党人真是铁汉子呀！"当那些残酷的法西斯刑具和套供、诱供、劝降等圈套，对任国桢都无济于事时，敌人再无计可施了。1931年11月13日，33岁的任国桢被敌人杀害。任国桢牺牲后不久，他的小女儿不幸夭折。妻子陈少敏将对任国桢的思念化作革命的动力。在经历过革命战争的老一代共产党员中，人称"陈大姐"的陈少敏享有很高的威信，毛泽东曾称赞她是"白区的红心女战士，无产阶级的贤妻良母"。在抗日战争和解放战争的沙场上，她又是一员杰出的女将。这位女革命家的高风亮节，多年来一直被人们怀念和称赞。

"慷慨就死易，从容赴义难。"在战场上厮杀以至牺牲，与被押赴刑场处死相比，无论从生理还是心理而言，后者对人性都是极端考验。任国桢的从容就义，是他为了人民幸福的坚贞选择。作为北大的高才生、鲁迅的爱徒，任国桢可以非常容易地找到一份安稳的好工作，但他把个人前途同国家的命运联系在一起，毅然选择了最为艰难的职业革命家道路。在7年的革命生涯中，他当过支部书记、县委书记、市委书记、省委书记，在沈阳、哈尔滨、上海、青岛、北京、唐山、太原等地都留下了坚实的足迹。他与万万千千个革命先烈一样，把为人民谋幸福的信仰火炬点燃，牺牲了小我的幸福，点亮了我们今天的幸福生活。

中共满洲省委第一任书记陈为人

“爱你孤身走暗巷，爱你不跪的模样，爱你对峙过绝望，不肯哭一场……”这首《孤勇者》，是每个孤独的英雄，在攻坚克难时的呐喊，是为梦想而战的“神曲”。在党的历史中，有这样一位只身赴俄探路的“孤勇者”，历经两个多月的艰难旅程，横跨西伯利亚，成为十月革命后最早赴苏俄学习的中国先进青年。他就是用生命守护中央“一号机密”，曾任中共满洲省委第一任书记的陈为人。

| 陈为人 |

陈为人（1899—1937），原名陈蔚英，出生于湖南省江华县（今江华瑶族自治县）一个贫农家庭，从小聪明好学。1918 年入湖南衡阳省立第三师范学习，结识了夏明翰等进步青年，接受了革命思想。五四运动时期，加入湘南学联，演出《自由血》《哀台湾》等时事新剧，声援北京爱国学生，结果被学校开除。

1920年夏，陈为人在上海结识了共产主义小组成员、湖南同乡李启汉。在李启汉的介绍下，他又结识了李汉俊、李达、林伯渠等，参加了上海共产主义小组领导下的各项活动和斗争。不久，他与李启汉、张太雷、刘少奇、罗亦农等一起筹备组织中国社会主义青年团，并成为第一批团员。1920年9月末，上海共产主义小组举办了外国语学社，陈为人与刘少奇、任弼时、李启汉、罗亦农等，一起学习俄语和有关无产阶级革命的常识。

1921年2月，在共产国际代表华俄通讯社负责人维经斯基和外国语学社负责人杨明斋的介绍下，陈为人等30多人被确定为中国第一批赴莫斯科东方大学学习的留学生。1921年新春后，为了试探路线，陈为人孤身一人登上北去的火车。到满洲里时，他已身无分文，只剩下一条破棉被。到达边境后，万般无奈的他，与车夫不辞而别，悄悄地留下被子充当路费。在苏俄赤塔，他被当作东方间谍逮捕了，当他从贴身内衣里取出杨明斋的特别介绍信时，才被苏俄视为同志，送上开往莫斯科的载货闷罐火车。一路上，陈为人喝着冰水，啃着黑面包，时不时还要停下来参与抢修铁路，顶风冒雪搬运木柴，遇到残余的白匪袭扰就即刻投入战斗……两个多月后，陈为人终于到达向往已久的"赤都"莫斯科。他曾在学习杂记中回忆道："自有我身，受尽艰难，几因环境压迫，痛哭伤神。然不牺牲奋斗，何以能解决本身问题，何以能战胜黑暗社会？今敢先自誓：此今惟愿以乐为苦，以苦为乐，若因困难思退，不待他人谴责，则自当愧死矣生！"他与刘少奇、任弼时、萧劲光等成为莫斯科东方大学中国班的第一届学员，也在这里加入了中国共产党。

1921年底，陈为人奉调回国，到北京铁路工会工作，任中共北方职工运动委员会书记。1922年，李大钊利用军阀派系之间的矛盾，选派6名共产党员，到6条铁路上担任"密查员"，陈为人就是其一。在交通部和各铁路段，"密查员"秘密选择铁路上工人最痛恨的职员，搜集他们营私舞弊的罪行，写成报告呈给交通部，除掉了不少祸害。陈为人当时每个月的薪金高达百余元，他却将省吃俭用节约下来的薪金都交给党组织，做“养党费”。

1927 年陈为人与妻子韩惠英（原名韩惠芝）来到奉天。在东北地区第一次党代会上，陈为人当选为中共满洲省委第一届临时委员会书记兼宣传部部长、秘书长。在此后两次党代会上继续当选书记。陈为人在“奉天的十里洋场”北市场，租了一处坐北朝南的四间青砖瓦房（现为中共满洲省委旧址纪念馆），以烟草公司“帮办”身份作掩护，每天光明正大地拎着皮包传递机要文件材料，秘密接洽组织关系。为了使广大群众了解党的方针政策，1927年年底，陈为人主持创办了中共满洲省临委机关刊物《满洲通讯》。此外，陈为人还帮助奉天兵工厂党组织发动了全厂工人反稽查压迫的罢工斗争。周恩来参加中共六大后回国途经奉天。当陈为人谈到奉天兵工厂的党、团组织领导工人群众开展多次斗争时，周恩来非常高兴，亲自到兵工厂看望了部分工人党员。经过一年多的努力，全东北的党组织得到了恢复和发展。

1928 年 12 月 24 日，陈为人等 14 人在沈阳大东边门外黄土坑中共地下党员牛思玉家里召开中共满洲省委扩大会议时，被敌人发现，除一人侥幸逃走外，其余 13 人被捕入狱。在长达七个多月的监狱生活中，陈为人遭受了敌人数次审讯和严刑拷打，但他始终坚贞不屈，保守秘密。后经党组织营救，得以出狱。陈为人出狱后，见到了前来接任中共满洲省委书记的刘少奇，奉调中央机关赴上海继续工作。1931 年春，陈为人被当作政治嫌疑犯被捕入狱，因在狱里受刑过重，年底被营救出狱时，双腿麻木，且患上了严重的肺病。

1932 年下半年，白色恐怖极为严重，中共中央领导机关不得不从上海迁往中央苏区。陈为人和妻子韩慧英（党的地下交通员）奉党中央派遣，留在上海，负责“一号机密”——中央文库的管理工作。他改造阁楼在夹层中藏匿文件。为了方便转移，他还仔细用小字、薄纸誊写，去掉文稿白边，把 20 箱、共两万份文件压缩成 6 箱。他白天佯装富商，夜里忍着剧烈的咳嗽整理文件，将文件整理为 6 类 13 个部分。手书的《开箱必读》清晰干净，

陈为人在上海小沙渡路（今西康路）合兴坊15号二楼亭子间保藏中央文库

目录详尽。妻子遇险被捕，他没有设法营救妻子，而是果断搬家，及时转移保护中央文库。按党的保密规定，档案必须在独栋房子保存，与组织断绝联系期间，他变卖家产，硬着头皮租下二层小楼，每月 30 元的房租压得他喘不过气，年幼的三个孩子只能以水代奶，穿抽了棉花的破背心。他常用一条咸鱼盖住菜篮里的红薯掩人耳目。恢复与组织联系后，为不引起怀疑，患有严重肺病的他只住院几天就匆匆出院，病逝时年仅 38 岁。

作为莫斯科东方大学中国班的第一届学员，陈为人孤身一人独闯边境，用“以苦为乐、以乐为苦”的革命乐观主义精神，应对一切艰难困苦；作为月薪上百元的铁路“密查员”，陈为人用高薪作为“养党费”；陈为人本可以过得很好，但为了信仰，他两次被捕入狱，身体受到重创；从统领东北党组织的中共满洲省委第一任书记，到深居简出、节衣缩食、通宵达旦整理档案的中央文库保管员，他用生命诠释了什么是“对党忠诚”。

情报家 阎宝航

在14年艰苦卓绝的抗战中，既有硝烟战场上的炮火厮杀，也有隐蔽战线上的特殊搏杀。于无声处听惊雷，“无名英雄”隐姓埋名，深入龙潭虎穴，在虎狼环伺的敌营，获取重要情报，配合显性战场的谋略。

1995年，时任俄罗斯总统叶利钦签署命令，追授阎宝航“卫国战争胜利五十周年纪念章”，以表彰他提前向苏联提供了德国进攻准确日期（1941年6月22日）的情报，以及在苏联出兵中国东北对日作战前提供了日本关东军在东北的全部详细军事部署资料。这两个准确情报，扭转了二战局势，并载入世界反法西斯战争史册。2015年9月，为了表彰阎宝航的卓越贡献，中共中央、国务院、中央军委追授他“中国人民抗日战争胜利70周年纪念章”。阎宝航，被誉为中国的“佐尔格”，是中国共产党优秀的战略情报家。

| 阎宝航 |

阎宝航（1895—1968），字玉衡，出生于辽宁省海城市望台乡小高丽房村。自幼家境

贫寒，12 岁时还是个猪倌儿，经常跑到私塾窗下听课，先生发现他天资聪颖，便免费让其入学听课。1913 年，18 岁的阎宝航考上当时东三省的最高学府——奉天两级师范学校预科。他成绩优异，身高一米八，足球、篮球都很擅长。

1918 年，阎宝航以全优成绩毕业。崇尚“教育救国”的他谢绝多方聘任，借用奉天基督教青年会的一间空房子，创办了奉天贫儿学校。其办学宗旨是“专收无力就学之贫苦儿童，授以生活必需之知识技能，并注重道德教育，以完全其人格”。贫儿学校不收学费，学习用品也免费提供。至 1928 年，该校已发展为拥有几所分校和一个试验工厂的完善的教育机构，在校生也由最初的 7 人发展到千余人。正是这一善举，获得了郭松龄、程砚秋等人的支持。著名教育家黄炎培视察贫儿学校后不吝赞赏：“当年北洋大员熊希龄先生，以国务总理的地位与声望，费很大力气才办成香山慈幼院。你一个师范生，无权无势，竟凭一种志愿，白手起家，创造出如此业绩，确实难能可贵。”

阎宝航因创办贫儿学校，与奉天基督教青年会产生联系，并在其中任职。他发起了“星期三研究会”，即：在每星期三晚上，青年会干事和骨干会员都要开个业务碰头会，后来逐渐演变为探索新思想的讨论会，讨论关于民生、救国等问题。常来青年会的会员巩天民、高子升、吴竹邨等也陆续加入。因为青年会是外国人开办的机构，所以当局对邮件不予检查，《唯物史观》《中国青年》《共产党宣言》《列宁传》《社会主义史》《社会科学概论》等也开始在会上交流，沈阳第一批坚信马克思主义的人在这里完成了思想转变。在日本侵略者施行奴化教育的 14 年间，奉天基督教青年会始终提倡用补习中国传统文化教育来抢救青年。九一八事变后，日本人开出 5 万元的高价悬赏通缉阎宝航。阎宝航乔装成牧师，由英国工程师泰尔斯送出了奉天城。

阎宝航还是把日本侵华秘密文件《田中奏折》翻译成英文并公之于众的第一人。他曾经在日记中这样写道：“吾之最大悲痛，莫过于民族同胞惨重牺牲；吾之最大欢悦，莫过于同胞骨肉彻底解放。”张学良特别欣赏阎宝航，虽然阎宝航年长几岁，但并不妨碍二人成为挚友。在张学良的帮助下，阎宝航相继组织起“辽宁省国民外交协会”“辽宁省国民常识促进会”“辽宁省拒毒联合会”等反日群众团体，开展抵制日货、平民教育、销毁日本烟毒的爱国群众运动。张学良曾跟阎宝航的儿子说：“你爸爸和我的命都是蒋夫人保的，有人检举你爸爸，蒋夫人说阎宝航是虔诚的基督教徒，他怎么会是坏人呢，你们不能动他！”

1934 年，阎宝航出任蒋介石发起的新生活运动总干事，和蒋介石共用一个办公室，一举成为蒋宋身边的红人。接下来的 3 年间，阎宝航常跟随蒋介石夫妇到各地宣讲“新生活”，建立分会。当时的达官贵人想要见蒋介石，都要先给阎宝航打电话、登记预约，然后，阎宝航请示宋美龄来安排，阎宝航由此结识了一大批国民党党政军各界高官。

1925 年夏，以阎宝航为校长的“奉天暑期学校”开学，他聘请共产党员任国桢、吴晓天等任教，为奉天的中共党、团组织作了思想和组织上的准备。1927 年，阎宝航作为奉天基督教青年会的干事，被介绍去英国留学。当时正值四一二反革命政变，革命处于白色恐怖的低潮，阎宝航却毅然通过苏子元向中共满洲省委组织部部长吴立石同志申请加入共产党，但由于苏子元奉命离沈，阎宝航出国手续已办完，不得不启程出国，他的入党要求未得实现。回国后，组织已经接续不上。西安事变后，为了解救张学良，阎宝航来到西安，先后四次请求蒋介石，希望能够与张学良面谈，但未能如愿。在西安，阎宝航第一次见到了周恩来，二人探讨了抗战形势、国共合作、张学良恢复自由等问题，一直聊到深夜。1937 年，由周恩来、刘澜波作为介绍人，阎宝航在南京梅园新村八路军办事处秘密入党。

入党后，阎宝航受周恩来、李克农嘱托，举家迁移重庆，住在重庆村 17 号。这个家，是东北流亡者的临时收容所，许多爱国人士都住过，被同志们戏称

阎宝航夫人高素在“阎家老店”——重庆村 17 号

为“阎家老店”。这个家，也是周恩来指示组建的“东北救亡总会”总部。周恩来经常在二楼小客厅或顶楼召集会议，布置工作。1945 年毛泽东到重庆与国民党谈判前夕，周恩来就在这里主持重要会议，研究毛泽东的安全以及到重庆后召开爱国民主人士会议等问题。有一次，周恩来刚从后门进屋，特务就从前门进来了，阎宝航的妻子赶紧出去，谎称阎宝航不在家，把特务给应付走了。多年后，在重庆档案馆查到一份国民党时期的文件赫然写着“阎宝航”，其活动被特务详细记录。

凭着卓越的情报悟性，阎宝航获取了反法西斯战争中的三份举世公认的最有价值的情报。除了篇首提到的两份外，还有一份是 1941 年 11 月下旬截取日军即将偷袭珍珠港的情报，可惜未被重视。

阎宝航是周恩来亲自单线指挥的“特殊人物”。虽然他是党员，但由于工作需要，他一直以“党外人士”“民主人士”的身份从事抗日救亡及统一战线工作。阎宝航的中国共产党党员身份直到 1952 年才正式公开。他在风雨如晦的岁月里，凭借高度的共产主义思想觉悟和革命者的博大胸怀，一直在静默无声处运筹帷幄，向着光明，迎接光明，守望光明。

巩天民 革命者

志诚银行在二十世纪二三十年代，是沈阳赫赫有名的金字招牌，也是东北地区最具影响力的大银行之一。其创始人之一巩天民，与荣毅仁一道被誉为“南荣北巩”，是沈阳地区第一批入党的共产党员；长期以金融界名流的身份为掩护，开展了富有传奇色彩的革命活动，更是近年才被人们所熟悉的用生命捍卫日本帝国主义侵华真相的“沈阳九人爱国小组”的重要成员。

巩天民（1900—1978），出生于河北省临榆县，曾在山海关英文专门学校读书；16 岁辍学后，到奉天公济平市钱号当练习生。巩天民在这期间经常阅读梁启超的《饮冰室文集》，萌发了追求进步的思想；在读完《新民说》后，立志要做新民，于是把自己原名殿魁改为甸奎，号天民，以示追求民主。1920 年，巩天民开始从事工商业放款业务。他深感知识不足，所以不断学习英文、博览群书。1921 年，他参加了奉天基督教青年会，在那里教授

| 巩天民 |

初级英文，与爱国知识分子一起阅读书报，讨论国家命运。1924 年，巩天民参加了马克思主义研究小组。1925 年春，任国桢被中共北方区委负责人李大钊派到东北开展工作。巩天民敬佩任国桢的学识和为人，积极支持他的工作，并把他安置在离青年会很近的大南门文华阁纸庄居住。随着任国桢等组织的沈阳"六十"学生运动蓬勃开展，巩天民看到了革命的力量，并在 1925 年 9 月，成为沈阳的第一批党员。二十八九岁时，巩天民就已经成为奉天的金融界精英。入党后，他被编入中共银行小组，一直在隐蔽战线工作。

九一八事变后，巩天民与银行家邵信普、大学教授刘仲明、李宝实、于光元、张查理、毕天民，社会活动家张韵泠、医学家刘仲宜组成了一个"沈阳九人爱国小组"。每次聚会时，小组成员都各饮苦水一杯，以示报国之志。

信仰，是冒死秘密收集日本侵略东北罪证的执着。九一八事变后，国联准备派出以英国人李顿为团长的调查团到中国东北做实地调查。为了伸张正义，巩天民立即组织"沈阳九人爱国小组"开会，决定搜集各类有关日本侵略东北的证据，以期国际社会能正视日本的侵略行为，声援中国。他们决定将证据直指日本对外散布的三个弥天大谎：日本发动九一八事变纯属"自卫"；日军占领东北，是因中国无法维持秩序，由日本驻兵帮助"维持"秩序；建立"满洲国"是东北人民自愿。

当时的沈阳早已笼罩在日军的阴霾下，日本把所有资料和现场都予以销毁和封锁，想掌握第一手证据，可谓难上加难。巩天民绞尽脑汁、日夜兼程：利用自己是商会负责人的身份，深夜冒险潜入商会，取出奉天伪市政府为函谢商会派人参加庆祝"建国"游行并送赏金千元的原函；趁夜色掩护偷揭布告，密拍机要军事据点照片，取得了一批日本侵华的最直接证据；做通伪省政府负责管卷的爱国人士工作，秘密携带出文件和密令用以拍照……就这样，冒死搜集证据 300 余件。在短短 40 余天内，"沈阳九人爱国小组"完成了对材料的整理，最终形成一份 400 多页、图文并茂的英汉双语汇编文件，

|TRUTH（真相）及其封皮正面|

将其命名为“TRUTH”（真相）。

根据国际法庭的法律原则，提供材料者必须在文件上签字，才有法律效力。当“沈阳九人爱国小组”签上自己真实姓名的时候，他们就已经知道了后果。生死面前，他们高声吟唱《满江红》。为了以防不测，巩天民又复制了一个副本，深埋地下。医学教授张查理夫人还特意为文件赶做一个蓝布封皮，一针一线地绣上英文：TRUTH。最终，这份“TRUTH”冲破千难万险，几经辗转，终于递交到国联调查团的手中。1933 年 2 月 24 日，国联特别大会以 42 票赞成，日本 1 票反对，通过了关于接受《国联调查团报告书》的决议。这是国际上第一个对“九一八”作正式定性结论的文献。日伪当局也因此对“沈阳九人爱国小组”进行迫害。巩天民被抓后，被不断动用酷刑。日伪当局提出只要承认“TRUTH”里的材料不是真实的，就可以释放他，巩天民不为所动，始终以沉默作答。被关押的 49 天里，受尽酷刑的巩天民始终没有承认自己的真实身份。在各方营救下，巩天民被保释出狱。2008 年，巩天民的孙女巩捷在联合国日内瓦办事处图书馆找到了“TRUTH”原件，同时被发现的还有《国联调查团报告书》。如今在“九·一八”历史博物馆还能看到“TRUTH”的影印资料。

1935年，5家钱庄老板在沈阳成立志城银行，行名取“众志成城”之意，坚决抵制日本侵略者的渗透，巩天民为常务董事长兼总经理。巩天民在资助义勇军、发展抗日组织、营救爱国人士等方面做了大量工作，并获取了大量政治、军事、经济战略性情报。更为重要的是，巩天民以银行家身份为掩护，聚集了一批中共党员及爱国进步人士，形成了志城银行情报线。在志城银行里，不仅总经理巩天民是中共党员，中层领导多人也都是老资格的中共党员，还有部分“富二代”加入这条情报线。如民族资本家张惠霖的儿子张为先，1932年在伦敦留学时加入中国共产党。也有部分伪满“官二代”加入这情报线，比如伪满总理张景惠的小儿子张绍纪1938年赴日本早稻田大学读书时参加了“东京留日青年救亡会”，回国后，直接把情报站安插在了伪满总理府后院。张绍纪在张景惠办公室发现了“山下奉文辞职回国”“日军精锐南下集结”两份重要情报，这一情报与苏联特工佐尔格从东京发回的“日本御前会议暂缓与苏开战”的决策相呼应。于是，斯大林果断打响了扭转欧洲战局的莫斯科保卫战。

自25岁加入中国共产党后，巩天民就一直凭赤诚的信仰坚守在沈阳。在沈阳解放前夜，他被叛徒出卖，但他严守秘密，并协助一狱友成功越狱。在蒋介石亲自审办的重案“中共北方情报网”案中，他的名字被列入其中，将被送往南京处理，多亏沈阳解放，才得以获救出狱。周恩来说：“巩天民是大革命时的老党员，在不同时期起到了重要作用，他的作用无人可代替。”他用一生践行了自己的座右铭：“正其义不谋其利，明其道不计其功。”

张学良 『千古功臣』

| 张学良 |

2023 年 9 月 16 日，“自成立以来，始终以育人兴邦为使命，形成了鲜明办学特色，培养了大批优秀人才，为国家、为民族作出了积极贡献”，具有爱国主义光荣传统的东北大学迎来了百年校庆。东北大学见证了中华民族的凤凰涅槃，也见证了一位老校长的跌宕人生。从 1928 年兼任东北大学校长，到 1993 年出任东北大学名誉校长，张学良感慨地说：“我的军队没了，我的军衔没了，

我只有东北大学、老朋友和过去的事了。”如今，叱咤风云的爱国将领已经走远，留下历史由世人评说。

张学良（1901—2001），字汉卿，号毅庵，辽宁海城人。出生时，恰逢其父张作霖打了胜仗，故取乳名“双喜”。他是长子，却被叫作“小六子”，是因为他年幼体弱，一次家人烧香拜佛求保佑后听到有人喊“小六子”，又因为“六”谐音“留”，就叫开了。

纵观张学良的成长，离不开良师益友。

张学良6岁时，其父选聘举人崔名耀担任家庭教师，为他启蒙。张学良楷行草篆，样样信手拈来正得益于白永贞、金梁、林汝助等书法名家、名流宿儒的悉心指教。1915年，张学良随父进入奉天（现沈阳），其父在家设专馆，聘请名师教张学良国文和英文。学习之余，张学良经常出入家附近的奉天基督教青年会，除了学会打网球、驾飞机等新技能，还和阎宝航建立了深厚的友谊。

1916年10月，张伯苓来到青年会做演讲“中国之希望”。爱国情怀和国家统一的信念，在张学良心底深深扎根。此后，张学良与张伯苓结下忘年交。在拨地、捐款方面，张学良为张伯苓创办南开大学提供了很多帮助。而当张学良在主持东北大学遇到困难时，张伯苓也义不容辞出手相助。

1919年，张学良入东三省陆军讲武堂学习，成为第一期学员，开始了戎马生涯。张学良在讲武堂学习刻苦，从不搞特殊，无论怎样打乱顺序抽考，每次考试都是第一名。军校毕业后，张学良长期掌管东北讲武堂。随着奉军的不断扩军，大量东北讲武堂的毕业生被充实到奉军各级部队当中去。张学良对这些官兵的才能和人品了如指掌，与黄显声、吕正操、郭松龄等人都建立了浓浓的战友情、师生情。他自己也开始成长为一名青年领袖，逐渐建立了自己接班团队的基础。

1928年6月4日，日本关东军制造了“皇姑屯事件”，张作霖被炸死。

张作相说服老派们支持张学良子承父业，以维护奉系团结。28 岁的张学良在复杂的局势中主政东北。当年 8 月，张学良兼任东北大学校长，向社会发表声明，不继承遗产，从中结算出 1000 万元，作为东北大学教育事业经费；自己也先后捐出 180 万元，把东大办得有“大楼”更有“大师”。一批批唱着“惟知行合一方为贵，惟自强不息方登高”成长起来的东大人，怀揣着“爱校、爱乡、爱国、爱人类”的大爱情怀，奔向四面八方。

谈及张学良的爱国，离不开三件事。

“孽子孤臣一稚儒，填膺大义抗强胡。丰功岂在尊明朔，确保台湾入版图。”这是 1962 年张学良游延平郡王祠时所做。为维护国家统一，从 1928 年到 1936 年，在 8 年的人生政治舞台上，张学良完成了东北易帜、武装调停中原大战、发动西安事变三件大事，赢得千古功臣、民族英雄和伟大爱国者的美誉。

1928 年 12 月 29 日，张学良顶住内外压力，下令改悬国民政府青天白日满地红旗，宣布东三省接受国民政府管辖，史称“东北易帜”。至此，南京国民党政府完成了形式上的国家统一。不久，奉天省改为辽宁省，省城奉天改称沈阳。

1930 年，蒋介石率 50 万大军与阎锡山、冯玉祥、李宗仁 60 万联军，在河南、山东、安徽等地厮杀，战火燃遍了中原地区。经过四个多月的焦灼酣战，胜负难分。张学良中立研判后“出兵关内，调停内战”。持续半年多的战争，由于张学良的介入而迅速停息，实现了和平。

1936 年的“双十二”，为挽救民族危亡，劝谏蒋介石停止内战一致抗日，与红军保持联系的张学良、杨虎城毅然“兵谏”。西安事变的和平解决标志着十年内战基本结束和抗日民族统一战线初步形成。但张学良置自己的荣辱、生死于不顾，断然送蒋介石回南京。而这一送，他遭到蒋介石的软禁，失去人身自由长达 54 年之久。

| 张学良和赵一荻 |

感受张学良的痛苦，绕不过国仇家恨和不抵抗骂名。

1928 年张学良生日却成了父亲的忌日，这是家恨，也是国仇。他曾在 1990 年接受日本电视台采访时说，“过去很多人说我九一八事变是卖国，我不服，我的内心还是热爱国家的，比很多人都要热爱！”但是，无论出于什么考虑，九一八事变爆发时，张学良的“不抵抗”确实导致沈阳一夜之间落入日寇手中，东北三省也迅速沦陷，张学良也由此被国人怒称为“不抵抗将军”。甚至在他下野出国后，林语堂写了一首打油诗挖苦他：“赞助革命丢爸爸，维护统一失老家。”但张学良的不抵抗有其自身的原因，更有当时国民党政府和蒋介石的决策原因，历史是非，自有后人评说。

回顾张学良的一生，绕不过“赵四小姐”赵一荻。

赵一荻出身官宦之家，父亲赵庆华官至北洋政府交通部次长。之所以被称为赵四小姐，是因为在姐妹中排行第四。16 岁的赵一荻在天津舞会初识张学良，之后到沈阳以秘书的身份陪伴张学良。为避政治、家风之嫌，赵家还上演了登报断亲之举。于凤至也接纳了这个“小妹”。西安事变张学良被软禁后，赵一荻曾因照顾幼子张闾琳短暂离开。但因于凤至生病，她接到张学良的电报后，毅然决然放弃优越安定的生活，把孩子寄养在美国朋友身边，回到爱人身边，再未离开。

1964 年 7 月 4 日，张学良与赵一荻在台北按照严格的宗教仪式举行了婚礼，35 年的爱情长跑修成正果。张学良 90 岁大寿，他终于恢复了全面自由。5 年后，张学良、赵一荻侨居夏威夷。2000 年 6 月 22 日，88 岁的赵一荻在陪伴张学良 72 年后走了。2001 年 10 月 14 日，张学良也走了，享年 101 岁。如赵一荻所愿，他们最终合葬在一起。

张学良说：“我的事情是到 36 岁，以后就没有了，真是 36 岁，从 21 岁到 36 岁，这就是我的生命。”在这 36 年的“生命”中，他立下了彪炳千秋的伟业。他用大半生的自由诠释了自己晚年写的那首诗：

不怕死，不爱钱，丈夫决不受人怜。

顶天立地男儿汉，磊落光明度余年。

百岁人生，百年回首，很多话怕是在百年后也没说出口，但他维护国家统一的爱国精神，却深深印刻在了百年丰碑之上。

工业兴国育人才的冯庸

在张学良旧居陈列馆门口，有两座汉白玉石狮子，底座刻有“冯庸大学校成立纪念”字样。1927 年，张学良专门从北京挑选上好的汉白玉石料，雕刻了这对狮子，送给刚刚落成的冯庸大学。九一八事变后，日本关东军占领并毁掉了冯庸大学，只剩下这对石狮子散落在废墟上。这对石狮子在抗日战火中几经辗转保留至今，又回到了最初制造它们的主人故居门前。

| 冯庸 |

冯庸（1901—1981），生于奉天海城。其父冯德麟出身绿林，后被清廷招抚，任巡防营统带、统领，是奉系元老，与张作霖分别任奉军二十八师和二十七师师长。冯庸与张学良同庚，因两家当时的关系十分亲密，他们从小就在一起玩耍、读书，并效仿父辈结拜为兄弟。冯庸是冯德麟长子，乳名“小五”；张学良是张作霖长子，乳名“小六子”。因张比冯大三个多月，

所以二人以五弟、六哥相称，还取了同一个字——汉卿。1917 年，冯庸入北平中央陆军第二讲武堂读书，张学良则在 1919 年进了东三省陆军讲武堂。1920 年，冯庸毕业后回到奉天，出任东北空军少校参谋，此后又成为少将空军司令和装甲军司令。空闲之余，冯庸勤习飞行技术，飞机驾驶本领娴熟，经常单独飞行，或展翅高飞或低空盘旋，惹得日军一阵阵恐慌。同时，他也为东北空军培养了众多人才，抗战时期著名的空军英雄高志航，就是冯庸选派到法国留学所造就的出色人物。在第二次直奉战争中，冯庸所率装甲车部队全军覆没，只身逃出，按律当死。在张学良的极力斡旋下，他被撤职免死。

冯庸不服输的人生选择源于 17 岁时，其父冯德麟因受张勋复辟事件牵连，被北京政府解职，此后淡出军界兴办工商，渐成巨贾。眼见冯庸败走麦城，站在人生十字路口，冯德麟用亲身经历劝导儿子早日离开军界。冯庸的同乡阎宝航，在奉天兴办贫儿学校的义举和公益办学理念，也深深触动了他。冯庸从此立志走工业救国、教育救国之路。

1923 年，冯庸在奉天小西边门外与张学良等合资开办了冶铁厂，以生产飞机零部件、手榴弹和炸弹为主，来弥补东三省兵工厂生产不足问题。1924 年，为解决技术和人才问题，他在厂内成立了大冶工科学校。学校不仅开设各类专业技术课程，还向学员们讲授基础物理知识，培养了一批专业人才和业务骨干，大冶工科学校被誉为“冯庸大学的产母”。

“教育救国，先育人才”，冯庸以冶铁厂和工科学校为基础，创建了中国首个以个人名字命名的、东北地区第一所私立大学——冯庸大学。1926 年，冯德麟临终时默许了冯庸办学的举动。由于大冶工科依附铁厂，不具备扩建校舍的基本条件，1927 年，冯庸变卖了几乎全部的私产，投资 310 多万元，在沈阳市郊汪家河子（今沈阳市铁西区滑翔小区一带）筹建冯庸大学。时年 26 岁的冯庸亲自担任了校长兼训练总监，他曾经表述自己的办学初衷：“造成新中国的青年”，着眼于培养道德纯正、体魄健康、懂军事、会技术、具有新思想、传统的卫国与建国能力的新青年。

1927年8月8日，冯庸大学正式挂牌，按计划招满了5个班共计180余名学员。10月1日，学校正式上课。现代化校舍落成后，他将冶铁厂也迁到汪家河子改为大学实习工厂，把大冶工科学校归并于冯庸大学，高级班变为大学本科一年级，中级班则为大学预科一年级。

冯庸大学占地约三十余万平方米，四周筑有围墙，拥有二百余间校舍。进入校园后，以“中庸楼”（大礼堂）为中心，左侧为“忠楼”（教学楼），右侧为“仁楼”（宿舍楼）的主体楼。这些楼宇均由冯庸亲自命名，呈“工”字型分布，楼宇之间有走廊贯通。各类实习工厂（机械试验工厂、材料强弱试验工厂、原动力工厂、电气试验工厂和大学工厂）、图书馆、理化实验室以及游泳池、滑冰场等各种体育设备应有尽有。冯庸大学课程以工科为主，仿照美国大学设置，很多教授用英语授课。考试制度也极其严格，期中和期末都会在学校礼堂举行会考，冯庸亲自监考，考试三门不及格者必须降级。

虽然是私立大学，但大学的公益性体现在冯庸大学不仅不收学费，吃住也都免费。为了维持学校日常经费开支，冯庸还将通辽县所有的私产土地10万余亩、商号三四处捐作校产。家中几处缎庄和药店也归校产管委会管理，每年收入的20万元都用在了学生身上。即使家里用钱，也不可以随便去取。

行伍出身的冯庸还对学生进行严格的军事管理——师生每天早晨5时起床，无论严寒酷暑，都是冷水浴，然后集合跑步，即便是严冬积雪，学生也要坐卧雪地反复苦练。当年因日本阻挠，未能与中国奥运第一人刘长春一起参加奥运会的于希渭，就是冯庸大学的学生。学校内还建了一个小型飞机场，拥有3架世界上最先进的飞机，这样的配置当时在全世界也实属罕见。冯庸每天起得很早，先骑马围着操场跑几圈，然后驾驶飞机，在沈阳上空盘旋，以督促学生早起。1931年，冯庸大学达到全盛，已经可以与张学良主持的东北大学并驾齐驱。

虽然淡出军界，但军人的使命始终在召唤，奔赴前线是义无反顾的选择。南满铁路位于冯庸大学正南方，每当看到日本人的火车驶过，冯庸就会不断对学生们讲，要奋发图强，收回主权。学校经常开展野外训练，操演中的攻击对象多为日本车站和南满铁路。学生在精神面貌和体魄上有别于其他院校学生的“文弱”形象。冯庸大学被当时的沈阳人称为“西大营”，与“北大营”和“东大营”并肩。九一八事变后，日本侵略者逮捕了冯庸，并押解到日本，逼迫他不许抗日。逃回北平后，冯庸将逃难北平的冯庸大学学生重新组织起来复校，并在 1931 年 11 月 1 日，誓师成立冯庸大学抗日义勇军。1932 年 1 月 28 日，日军进攻上海，十九路军奋起抵抗，冯庸大学抗日义勇军立即奔赴上海参战。其中，女子抗日义勇中队队长龙文彬的头像被刊登在画报上面，轰动全国。后来，龙文彬也成了冯庸的第二任妻子。当日军进攻热河后，冯

| 龙文彬在抗战前线 |

| 2013 年迁回沈阳的冯庸墓 |

庸又组织 200 余名学生北上参加抗日义勇军，开往朝阳、凌源、承德等地，浴血奋战。日军见冯庸在北平继续抗日，恼羞成怒地放火损毁了冯庸大学校舍。1933 年，由于兵荒马乱，再加上财力不足，冯庸大学难以为继，在义务办学 6 年后，不得不宣布解散。

1981 年，冯庸在台北病逝，至死都没有自己的房产，一直租房，没有私车，出门都是公交。他散尽亿万家财，去追求救国强国之路，引领一大批爱国青年走上了抗日救亡的征程。这份大舍、大爱与不世俗、不服输的性格，成就了“冯汉卿”这位爱国的东北汉子。2013 年，冯庸骨灰从台湾回到沈阳，落葬龙泉古园。魂归故里，汉卿夙愿，终得实现。

实业救国的英烈杜重远

九一八事变后，面对日本的侵略，如何拯救苦难的国家？有人做实业、有人办报纸、有人搞革命、有人办教育。哪一条路才是通往独立自主的路？甘愿为公众牺牲的杜重远，用他卓越的实业救国业绩和高超的工作能力，谱写了一个自发的爱国人士成长为自觉的民主战士的故事。

| 杜重远 |

杜重远（1898—1944），原名杜乾学，生于吉林怀德（今公主岭市）一户贫苦农民之家。14 岁时考入奉天省立两级师范附属中学，因成绩优异，享受官费待遇。毕业时正值袁世凯称帝复辟，参加学生爱国运动，取任重而道远之意，改名重远。他抱着师夷长技以制夷的想法，在 1917 年考取了官费留日生，进入东京藏前高等工业学校窑业科，主攻陶瓷制造。

杜重远的实业救国梦，是从创办肇新窑业开始的。1923 年，杜重远学成回国。

位于沈阳惠工广场的
当年肇新窑业办公楼

亲朋好友都希望他能去做官，他却用同学筹集的6000元为资本，在奉天城北，创办了我国第一家机器制陶工厂——肇新窑业公司。“肇新”意即“始新”，谓新的开始。他建的德国式哈夫曼大轮窑，初期以生产砖瓦为主。3年时间，从日本人手中争回20万元的砖瓦市场份额，成为沈阳民族工业抵御日本经济侵略的先驱。1927年，杜重远又借资30万元，准备扩建。恰逢张学良到厂视察，从边业银行拨出12万元，作为个人股本，从而使肇新窑业公司资本力量逐渐雄厚。经过不断摸索，肇新窑业公司由机制砖瓦转向机器制瓷，在生产的陶瓷日用品中融入了东北民俗文化及爱国主义文化元素。在1928年上海中华国货展览会上，肇新窑业公司的瓷器被评为优良，很快就把日本大华瓷厂的产品挤出了中国市场。远在上海的《生活》周刊以《最切实的贡献》为题，对杜重远实业救国的实干精神给予了高度赞扬。杜重远也因此声名鹊起，不到30岁就成为奉天总商会副会长、奉天工会会长及张学良“东北边防军司令长官公署”秘书，襄助处理对日交往事务。从此，杜重远成为实业界有影响的爱国人士。九一八事变前，肇新窑业公司一度超过瓷都景德镇，成为辽宁省规模最大、中国北方最知名的陶瓷企业、中国工业制瓷的领军企业，被实业界誉为“东北之模范工厂”“东北工业界之福音”。

九一八事变后，日本关东军认定杜重远是东北抗日首领，到处搜捕他。杜重远来到北平后，参加了东北民众抗日救国会，被推选为常务理事兼政治部副部长并派驻上海。其间，他与《生活》周刊的主编邹韬奋一见如故，还结识了夏衍，并通过夏衍第一次见到了周恩来，开始了长期的联系和友谊。为了坚守抗日刊物这块阵地，杜重远在《生活》周刊被查封、邹韬奋被迫流亡海外的情况下，在上海注册了《新生》周刊，“新生”即为“生活重生”之意。1935年5月4日，《新生》周刊登载了艾寒松以易水为笔名写的《闲话皇帝》，日本驻上海领事以“侮辱天皇，妨害邦交”为由，胁迫上海市市长必须封闭新生周刊社，必须严惩编者和作者。最终，杜重远被判处徒刑一年零两个月，《新生》周刊被勒令停业，这次事件被称为“《新生》事件”。杜重远在《告别读者诸君》一文中说：“本刊虽然被迫停刊了，我们虽然生活在一团黑漆的时代，但是我们的前途是光明的，胜利的。”“让后代的人们知道，最后胜利不是属于帝国主义者，到底是属于被压迫人民啊。”

迫于舆论压力，监狱在后面空地上建造了三间平房，作为杜重远的特别囚室，允许杜重远专门请一名厨师给他做饭，探监人数和探监时间都不受限制。中共地下工作者孙达生经常去狱中看他，并给他送去马列主义著作和进步书籍，他如饥似渴地汲取精神食粮，思想发生了重大转变。东北军的军官到沪、宁开会或办事，总要到监狱去探望他，沈钧儒、邹韬奋、胡愈之等爱国人士也总去探望他，他们在监狱里讨论时事。

1935年7月中旬，高崇民带着张学良的亲笔信去探望杜重远。10月9日，高崇民与阎宝航、卢广绩等5人再次去看望杜重远。杜重远主张，张学良应利用在西北的机会，与杨虎城联络，搞西北大联合，停止内战。同时，他还让高崇民带着自己写的信去和杨虎城联系。张学良借到南京开会之机，去探视杜重远。杜重远向张学良分析了走联合抗日、共同抗日的有利条件，张学良十分欣赏杜重远的看法，精神很振奋。1936年4月和8月杜重远在上海分别见张学良、杨虎城，一起商讨抗日救国大计。杜重远还将沈钧儒等人介绍给杨虎城，在沟通张学良和杨虎城进一步合作方面，起了关键作用。1936年9月，杜重远刑满出狱。11月29日，他冒着被国民党特务严密监视的危险，来到西安，再度做张学良的工作，坚定其联共抗日的决心。

1939年1月，杜重远来到了新疆，希望能够帮助他的留日同学、新疆督办盛世才，为国家开辟一片“后方抗日和民族复兴的根据地”。接任新疆学院院长后，他把学校当作培养人才、训练抗日干部的基地，办得有声有色，遭到盛世才的嫉恨。在希特勒向苏联发动进攻之后，盛世才认为共产党大势已去，为向国民党表忠心，盛世才在秘密杀害了陈潭秋、毛泽民、林基路等同志后，将魔爪伸向了杜重远。他先在杜重远的食物中投毒，又命军医给他注射两支烈性毒针，最后拉到东花园高墙上，从墙头推下杀害，并毁尸灭迹。人们至今未确定他牺牲的准确时间。杜重远被迫害致死的消息，直到1945年盛世才在新疆的反动统治倒台以后，才传到重庆。1952年，党中央委托沈钧儒、南汉宸、高崇民、胡愈之、萨空了等同志率代表团去新疆慰问之机，寻找杜重远遗骨，终无着落。

杜重远办过实业、印过报纸、管过学校，是实业家，也是革命家，《新华日报》称他为“最热忱的爱国主义者和最坚决的民主战士”。作为实业家，他以首创精神开辟了多个沈阳第一、东北第一、全国第一。九一八事变后，在江西和重庆都有实业，抵制了日本的经济侵略。虽然不断遭到日寇通缉、追杀，很多国际友人也纷纷劝他去美国创办实业，但他舍不得抛下苦难的中国。作为革命者，杜重远是“《新生》事件”当事人，更是西安事变的最初推动者。邹韬奋说：“我把杜先生视为我的最好的一个朋友，就因为他是一个血性男子。因为他是一个血性男子，所以他对于救国运动能始终不懈地向前干去；因为他是一个血性男子，所以他不但自己能那样干，并且能吸动许多人一同干去。”“我受他这样感动，倒不是仅由于我们友谊的笃厚，却是由于他的为公众牺牲的精神。”为公众牺牲的精神，是最令人动容的精神，这精神除却所有的私利，绽放出的是崇高与伟大。

“东北人的榜样”高崇民

9月18日，是很多人绕不过去的日子，张学良把这一天当作每个新年的第一天，朱庆澜在每年的这一天绝食以示抗日，车向忱带着学生以高唱《松花江上》作为九一八纪念会的前奏。东北人是最早被卷入第二次世界大战的，也是最早吹响抗日战争号角的。在抗战的十四年间，高崇民“未作过官吏，未作过商人，始终在团结救亡工作上”，被周恩来总理誉为“东北人的榜样”。一生加入四个党派，不变的是他不屈不挠的东北魂。

| 高崇民 |

高崇民（1891—1971），原名高恩浚，出生于奉天省古黄龙府（今辽宁省开原市）柴河沟靠山屯。他自幼聪明，父亲高景芳是他第一位启蒙老师，受父亲影响，高崇民从小就严于律己、刚正不阿。高景芳对于世俗的功名利禄极为漠视，常向他和学生们讲述帝国主义的侵略暴行。一次，高

崇民和伙伴们玩打糖吃的游戏时，他把三块糖分别当作“俄国毛子”“小日本”“法国佬”，结果，他把这三个“洋鬼子”都打倒了。

1909 年，18 岁的高崇民以优异的成绩考入奉天省立甲种学校（农林学堂）。在奉天，他秘密加入孙中山领导的中国同盟会辽东支部，参与推翻清政府的活动。从农林学堂毕业后，又考取了开原县公费留学生，东渡日本，入东京明治大学政治经济系。留学期间积极参加倒袁（世凯）运动，重返日本时，对祖国奋然有图强之志，于是，改名为“建国”，把自己的号定为“崇民”（崇尚人民）。1919 年，学成回国的高崇民，谢绝了朋友让他到省府工作的规劝。他先是前往北京在官办报纸《正言报》当编辑，后自办报纸《正俗报》。因第一次直奉战争奉军失败，由东北三省出资支持的《正俗报》遭到排挤，高崇民无奈随奉军退到关内。回沈阳后，高崇民参与并发起了东三省“民治俱进会”。1923 年，他参与成立宣传三民主义的“启明学社”，因有共产党人的加入，高崇民在这里读到了《新青年》等进步刊物。日本“续租”旅大事件发生后，高崇民以个人名义发表了《告全国父老书》表示抗议，并印成传单广泛散发于各机关学校。奉天当局屈从日本的压力，将高崇民驱逐出奉天省境。高崇民被迫前往哈尔滨。

在哈尔滨中东铁路特区从事教育工作期间，高崇民深感孙中山谋略过人，决心追随孙中山，于是加入了中国国民党。1927 年，高崇民被状告为共产党人，因查无实据，被押回原籍奉天释放。

为取消警捐组织罢市，高崇民与张学良面谈后成为其秘书。1928 年，奉天省政府为了提高警察的待遇，决定由商民负担警捐。作为商会副会长，高崇民和杜重远一起发动沈阳市十几万商民罢市并游行示威。张学良认为高崇民很有骨气，于是亲自接见了他。面谈后，张学良不仅取消了商民的警捐，还邀请高崇民出任自己的秘书，此后，高崇民成了张学良的挚友、诤友。九一八事变后第七天，高崇民前往北平，找到张学良，辞去秘书职务，立志专门从事救亡工作。张学良表示同意，每月还提供300元作为生活和活动费用。

逃亡途中，高崇民和陈先舟组建了抗日救国会，流亡北平的东北人也分别组织了东北同学抗日救国会、东北同乡反日救国会等抗日团体。在高崇民夜以继日的奔走下，东北流亡各界群众所成立的团体联合起来，组成东北民众抗日救国会（简称救国会）。救国会被迫解散后，高崇民与救国会原负责人又秘密组织了“复东会”，继续抗日。

1935 年 7 月，被国民党政府通缉的高崇民感到前途渺茫，他怀着复杂的心情来到上海。在这里，他与故交杜重远重逢，杜重远将中共地下工作者孙达生介绍给他。在孙达生的影响下，高崇民开始研读马列著作，在彻底认清蒋介石的反动本质后，高崇民撕毁他的国民党党证，决定跟共产党走。

1936 年 4 月，在高崇民的穿针引线下，张学良与杨虎城在洛川秘密会谈，确定了不打内战、与红军合作的方针。为提高东北军的思想觉悟，经张学良默许，高崇民等人还油印小册子《活路》散发到东北军中，后来还曾经被红军总政治部翻印。《活路》第一次以文字的形式提出了“三位一体——东北军、西北军、红军依托大西北为基地联合抗日”的口号，深得人心。西安事变前夜，高崇民应张学良之请，参与研究扣蒋后的各项措施，并起草了著名的“八项主张”电文。事变爆发后，高崇民担任设计委员会主任委员，被誉为“西安事变和平解决的功臣”。

1941 年 4 月，为了去新疆营救好友杜重远，高崇民被掌握飞机批准权的戴笠骗至重庆，从此遭国民党特务软禁长达 5 年之久。而这 5 年，也成为他与在国统区中心重庆主持中共中央南方局工作的周恩来密切接触的 5 年。二人自西安事变时结识，此后，高崇民就把周恩来当成了自己学习马列主义的“大学老师”。1941 年 6 月，当东北救亡总会被国民党查封后，高崇民就在自己门前挂起了《反攻》半月刊的牌子。即便有特务监视，年过半百的高崇民还是爬山越岭，渡江踏水，每天往返六七十里，去与民主人士约稿。

因为没有经费，高崇民甚至把妻子的首饰都变卖一空。戴笠趁机以“设计委员”职务拉拢他，被他婉言谢绝了。在重庆被软禁的日子里，高崇民并未放弃抗日，在周恩来的帮助下，秘密成立了东北民主政治协会，成为东北救亡总会的继续，继而又以东北民主政治协会的名义集体加入了中国民主同盟，继续为抗日奔走呼号。

1945 年 8 月，抗日战争取得最后胜利。11 月，中共中央任命高崇民为安东省人民政府主席。为了从戴笠手中逃脱，周恩来巧施调包计，使得高崇民在军统特务的眼皮下，虎口脱险，回到东北。1946 年 10 月，在张学思的介绍下，高崇民光荣地加入中国共产党，实现了多年的夙愿。此后，高崇民为东北的建设做出了巨大贡献。

高崇民在《东北魂》中写道：“东北有魂，东北不亡。”“东北收复之日，即中华民族复兴之时。”“或曰：东北之魂何所寄？曰：寄于知识分子有志之士，此种知识分子有志之士，已蔚然而生，形成集团，此集团无以名之，名曰：东北魂。”

高崇民一生先后加入了四个党派——中国同盟会、中国国民党、中国民主同盟、中国共产党。他从一个爱国的民主主义者成长为一个坚定的共产主义者，经历了一个中国爱国知识分子艰辛坎坷的历程，他是东北魂的杰出代表。今天，东北魂的传承必将推动东北全面和全方位振兴，推动强国建设和民族复兴的早日实现。

『东北甘地』车向忱

一个独立的民族，必须有独立的精神。一旦失去独立的精神，将沦为行尸走肉，被人牵着鼻子走。很多殖民国家为了长期占领殖民地，往往采取奴化政策，让人们在潜移默化的文化认同中，丢掉本土文化，成为俯首称臣的奴才。在 14 年抗战中，很多教育家通过教育救国来挽救民族危机。“唤醒一个是一个，救得一人是一人”的车向忱，在平民教育的实践中，培养了一批优秀的革命青年。

| 车向忱 |

车向忱（1898—1971），原名车庆和，出生于辽宁省法库县顾家房村一个读书人家庭。1918 年进北京大学高等补习班学习。1919 年，五四运动爆发，他因参加火烧赵家楼的壮举而被捕，后因群众的强烈抗议而被释放。高等补习班学习结束后，他又考入了孙中山创办的中国大学。为实现救民报国的宏愿，车向忱不到一年便由法科

改考本校哲学系。他学习了教育哲学，并将平民教育认定为他的终身事业。学习期间，车向忱就办起了中国大学平民夜校，招收本校的工人、职员、家属和附近的居民，开始了平民教育活动。1923 年，他写成 3.7 万字的《打破迷信》一书，阐述民主、科学主张。

1925 年，车向忱从中国大学毕业回到家乡，父亲建议他找人谋个县长职务，被他拒绝了。在阎宝航的帮助下，车向忱在小南门内的第一监狱为关押儿童创办了第一所平民学校，开展免费的平民教育。他把自己在沈阳省立第三中学、第一中学和东北大学附属中学任教的月薪90元，都用于平民教育。他说："办平民教育是为了唤醒民众，反对日本侵略。"张学良听后很高兴，鼓励他继续办下去，还捐助了 5000 元。到 1929 年，车向忱先后在全省 20 多个县办起城市平民学校 40 多所，农村平民学校 200 多所，学生共 7000 余人。他还创办了奉天学生平民服务团、奉天平民教育促进会（后改为辽宁国民简易教育协进会），编写了《辽宁国民简易教育概况》。由于"穷干、苦干、实干"，再加上长得和甘地有几分相像，车向忱被誉为"东北甘地"。

1929 年，车向忱同阎宝航、张希尧等发起组织"以灌输常识、造就健全国民"为宗旨的群众性爱国反日团体辽宁省国民常识促进会，并被推选为主任。每逢节假日，他都带领学生分赴街头、剧院进行讲演，控诉日本侵略罪行，向民众宣传抵制日货、拒毒禁烟。车向忱还创办了《常识半月刊》，揭露日本帝国主义的侵华罪行，进行爱国反日宣传活动。

1931 年 9 月 27 日，车向忱与高崇民、阎宝航等在北平建立了东北民众抗日救国会（简称救国会），担任该会执委、常委，兼任政治宣传部副部长，并参加军事部工作。跟随救国会赴南京找蒋介石请愿未果后，车向忱下定决心自己去干。他自告奋勇，把救国会和张学良用白绫子写给义勇军的委任状和密信藏在贴身棉衣里，化名杨秀东，扮作去关外讨账的卖药先生，与扮作徒弟的宋黎、李述全一同潜回东北，联络敌后抗日义勇军将领共同抗战。出生入死中，他寻见了邓铁梅、唐聚五，慰问了李杜；他还化装成农民，忍饥受冻，穿过人迹罕至的大森林，历尽千辛万苦，找到了马占山，联络上了杨靖宇，并帮助队伍募集到了钱款和武器。

为安置东北流浪儿童，辗转来到西安的车向忱，在西安创办了东北竞存小学。1935 年 10 月，车向忱把 20 多个流亡儿童领到家中，办起了东北竞存小学，家中的挂钟梁上是他亲笔写的校训“回家”。随着孩子越来越多，车向忱又借了一家停业倒闭的火柴厂作为校址。车向忱用儿子过年时得到的两块钱压岁钱，买来了粉笔、墨汁等。这所用两元钱办起来的学校，尽管条件很差，但目标很明确：“读书为了救国，救国必须抗日，抗日必须坚决”，同学们要念好书，打回老家去。这所学校凡是东北子弟均可免费入学，免费发放教科书。林伯渠得知后，让西安八路军办事处每月秘密补助学校 300 元，还派去多名中共地下工作者任教，以解燃眉之急。周恩来得知后，又接济了 5000 元。张学良、杨虎城得知后，也带头捐款。于是，东北竞存小学办起了分校，又增办了中学。即便这样，竞存学校的生活还是异常艰苦，最困难的时候，每人每顿只能喝一碗面条汤，但大家很乐观。《松花江上》的作者张寒晖也在这里任教。他写过许多歌曲，但从不用自己的名字发表，经常署个“佚名”。学校里整天歌声不断，他还带着学生们演出《黄河大合唱》《生产大合唱》，歌声冲走了流亡的悲怆和身上的饥寒，抗日救亡的信念与日俱增。战火严重的时候，车向忱曾带着 70 多名师生住在两座破庙里。他们以佛殿为宿舍，用麦草当床铺，在大树下上课，在露天地里吃饭。车向忱主持和执笔了《加紧实现扩大的国难教育》，提出了一系列适应战时体制的新主张。1938 年底，车向忱还办起了农民夜校，很快就有了 200 多名学生。

为了革命，对国民党失去信心的车向忱，把竞存学校办成了中共地下组织的联络站，输送干部的中转站。参加一二・九运动一周年纪念活动时，东北竞存小学的学生被国民党军警开枪打伤。车向忱闻讯后，向张学良控诉军

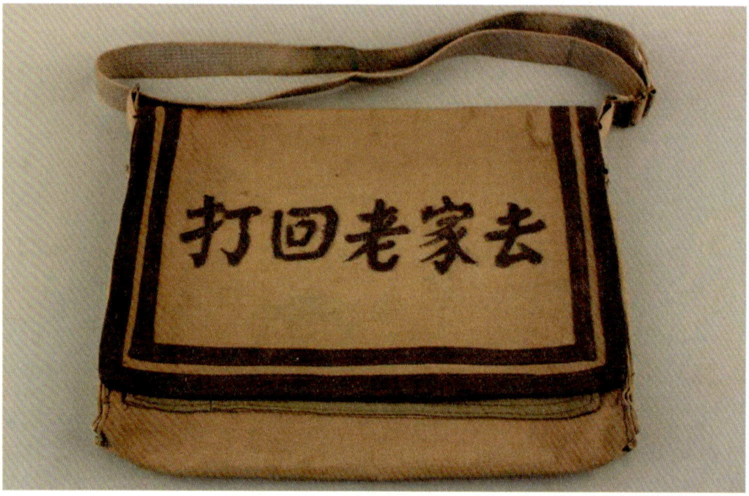

| 抗日战争时期车向忱给儿子缝制的书包 |

警的暴行。张学良对国民党不打日本打学生的暴行非常不满，此事也直接推动了西安事变的发生。西安事变时，车向忱见到了周恩来，他看到了中共的可靠性。此后，竞存学校建立了中共特别支部，到 1945 年，学校共培养学生千余名，其中百余名奔赴延安，数十名参加了八路军。

作为中央直接领导的秘密党员，车向忱建立了东北地区第一个民进地方组织。抗战胜利后，车向忱越过封锁线，来到了延安，受到毛泽东的接见。1946 年 10 月，车向忱加入中国共产党。1952 年，车向忱在沈阳建立了民进在东北地区的第一个地方组织——民进沈阳市分会筹备委员会，并作为民进中央联系辽宁乃至东北地区其他地方组织的重要枢纽，指导和帮助辽宁及东北地区民进各级组织有序发展。1959 年，他撰写了《怎样教育新的一代》一书，提出“正面教育”“耐心说服启发”“家庭、社会、学校密切配合”等教育主张。由于工作需要，车向忱中共党员身份始终没有公开。直到他去世后8年多的1979年6月，才由中共辽宁省委组织部、统战部公开。

车向忱一生没有任何享受和安逸，有的只是在穷困、奔波和磨难中的责任与担当。为了革命，他背井离乡，在出生入死中传递抗日信念，在教书育人中树立中国精神。这种不屈不挠的斗争意志和高度忘我的实干精神，激励了一代又一代人。只要精神不倒，这个民族就会始终独立、坚挺。

『九一八』自救 东北大学的 宁恩承

在东北大学校史上，有两位百岁名人，一位是老校长张学良，另一位就是代张学良校长主持校务、与东北大学共克时艰的秘书长、代校长宁恩承。至今，他起草的税法仍被广为参照，他曾主持的东北大学已经成为国家“双一流”大学。

| 宁恩承 |

宁恩承（1901—2000），出生于沈阳市辽中县（今辽中区）的一个农民家庭。7 岁养猪，10 岁发蒙，17 岁考入奉天两级师范学校。在生命的关键节点，他遇到了 3 位贵人：阎宝航、张伯苓和张学良，助力他成为牛津大学毕业的第一位南开学生。

1920 年，日军武力强占了珲春后，奉天各校学生向省议会请愿，主张强力交涉。张作霖下令通缉学生领袖。在被通缉的学生中，宁恩承名列第一。奉天两级师范学校的学长阎宝航设法联络到爱国教育家张伯苓，介绍宁恩承去南开读书。经过严格的考试，宁恩承得以在 1921 至 1922 年就读南开中学，1922 年至 1925 年就读南开大学经济系。

1925 年，张学良为培养人才，准备选送优秀毕业生去英国留学。回来赶考的宁恩承名列榜首，但主事者为推荐自己的亲近，便以宁恩承用白话答卷而且使用标点为由，使其未能入选。张学良得知真相时，木已成舟，深感惋惜。在张学良的帮助下，1925 年秋，宁恩承进入伦敦大学经济学院学习，并在读书期间得到英国米兰银行兼职机会，全面熟悉了银行的各项业务。3 年后，宁恩承又考入牛津大学，攻读经济财政银行学，并获得博士学位。

宁恩承学有所成术业专攻，但没有忘记报答恩人，而是投身教育救国，他带领东北大学走向鼎盛。

1929 年，宁恩承学成归国后，很快就成为银行界翘楚，他历任沈阳边业银行总稽核、华北四省税务局局长、财政部顾问、中国农业银行总稽核、沈阳世和公银行总经理等要职。

而他与张学良、张伯苓的缘分，因东北大学的管理问题进一步加深。东北大学创建于 1923 年。1928 年起，张学良兼任校长，但不直接负责校务。1930 年底东大管理不善、人事复杂，时任边业银行总稽核的宁恩承临危受命，出任东北大学秘书长，代行校长职权。宁恩承在他的回忆录《百年回首》中写道：“我只是 30 岁的人，入世未久，不合充任大学校长……（但）处世之道不是为自己，而是为人承担责任，为人解决问题……人家（张学良）既然有了困难，咱应硬着头皮为人解决，不可顾虑自己。”宁恩承亲赴天津听取张伯苓意见，并赢得支持：张伯苓义务担任东北大学委员会常务委员，还派出南开“四大金刚”之一的孟琴襄，到东大襄助校务。

宁恩承提出“教育是百年树人，大学是千年的事业”，要办千年的事业，就要征得社会各界的广泛支持。于是，他倡导成立校董会，这也是他在东北大学施行新政的重大举措之一。

由于国内官办大学尚无校董会的组织，东北大学首届校董会叫作东北大学委员会（以下简称委员会），张学良亲任委员长，章士钊、张伯苓、罗文干、汤尔和、宁恩承、臧式毅、金毓黻、肖纯锦、王树翰、王卓然等为委员。其中既有办学经验丰富的名人，又有学贯中西、学识渊博的学者，还有本地手握重权的官员，是一个“知识与权力配合”的大学委员会。委员会共同制定了《东北大学行政管理委员会章程》。学校的重大决策和重要事务都要经过委员会民主商讨，委员会成为东北大学的议事核心。此举无论是在当时还是现在，都具有十分重要的借鉴意义。此外，宁恩承还制定了《东北大学发展五年计划》，短短半年多时间，就让东北大学发生了翻天覆地的变化，“无论以言建筑之雄伟，以言设备之完善，以言师资之一流，以言体育之发展，以言经费之充盈，俱可称全国之最”。

然而，东北之大，已放不下一张安静的书桌。九一八的炮声，炸碎了所有的梦想。宁恩承给当时的省政府主席臧士毅打电话，只得到简单的回复：“日本人攻打北大营，学生不要闹事。”东北大学邻近北大营，一旦打起来，后果不堪设想。到半夜 12 点，宁恩承已给帅府、省政府、教育厅不停地打了许多电话，但已经没人接电话了。他突然发现，学校孤立无援了。于是，他开启了全方位的自救。他首先指令将校内 200 多名女学生转移到用钢筋水泥建筑的体育更衣室。

沈阳城一夜之间落入敌手。9 月 19 日清晨 6 时，理工大楼已挤满了惊恐失措的教授和学生。面对他们，宁恩承当众表示：如果遇上危险，逃生的次序是：妇孺最先，其次是教授、学生，再次是职工，而他自己则是最后一人。

为了保护好校内女学生，宁恩承联系了位于小河沿的盛京施医院（今辽宁省肿瘤医院坐落于此），作为中立地带暂行避难。他让刘长春的教练德国人布奇，找到一条安全路线，将女生护送离校。随后，宁恩承令会计主任把学生的伙食费返还，把所有的铁柜都清空且永久开着，以断绝强盗抢劫的念想。他又命令看守人员，立刻将学校里的易燃易爆危险品，特别是化学实验室里的可爆炸物品，快速地封闭隔离或转移到安全地带。

9 月 23 日，日军派人来到东北大学，提出学校要照常上课，并承诺提供更多的办学经费，但宁恩承未被利诱，反而加快了转移学生的步伐。他找到南开大学同学、北宁铁路局车务处长胡顺忱，特批了几节车厢。9 月 24 日，所有愿意离开的师生，均坐上赴津京的火车，撤离了沈阳。至此，东北大学数千名师生员工紧急疏散完毕无一人伤亡。

9 月 25 日，9 平方公里的东北大学校园人去楼空，宁恩承如释重负地离开了校园。他不仅是东北大学秘书长，还身兼边业银行总稽核。当时哈尔滨、长春等地还没被日本占领，沈阳的中国银行、交通银行照旧能够调拨款项。宁恩承从总经理手中拿到调款密码，凭密码发出电报，将长春、哈尔滨等处分行余款 300 万元票据，全部由中国银行和交通银行调拨到手中。1931 年

| 东北大学宁恩承图书馆 |

| 宁恩承铜像 |

10月初，宁恩承由大连乘船经天津到北平，把300万元现洋票据交付张学良。后来，张家生活全靠这笔现洋维持。

1933年3月，宁恩承辞去东北大学秘书长、代校长职务，离开了东北大学。在任华北四省税务局局长期间，他创办了中国所得税制，起草了中国第一部所得税法二十三条，广为后世参考沿用。

但宁恩承与东大的情缘并没有就此结束。1993年4月22日，92岁高龄的宁恩承受张学良的委托，专程从美国飞赴沈阳为张学良亲笔题写的“东北大学”校牌揭幕。他代表张学良参加东北大学复校庆典，东北工学院由此更名为“东北大学”。宁恩承百年之后，他的6个女儿捐资60万美元，用以改善东北大学图书馆设施。学校在80周年校庆之际将图书馆命名为“宁恩承图书馆”，并在图书馆广场上竖立了宁恩承铜像。

宁恩承，中国第一部所得税法起草者，东北大学危难时刻的掌舵人，在九一八的炮火中，以一己之力拯救了东北大学数千名师生。他临危不乱的大气凛然和从容不迫，他“处世之道不是为自己，而是为人承担责任，为人解决问题”的责任担当，让人敬佩不已。

『血肉长城第一人』黄显声

在沈阳市和平区八纬路连珍巷（原三经街三段6号）内，一栋白色罩面、带有灰色线条装饰的二层小楼是被誉为东北“血肉长城第一人”黄显声的住所。虽经近百年的沧桑，仍仿佛可见那位关东好汉，冲破蒋介石不抵抗政策，率部率先抗日的身影。

黄显声（1896—1949），字警钟，别号惊中，生于辽宁省凤城县苇山河村(现属岫岩满族自治县)一户殷实的商人之家。1918年，考入北京大学文科预科。五四爱国运动期间，他积极参加游行示威活动，是火烧赵家楼、痛打章宗祥的参与者，还多次把进步书籍和爱国传单寄往沈阳等地亲友，最终被学校开除学籍。黄显声辍学后，他相继报考保定军校、军医学校、军需学校等，都因参加过学潮而落第。于是他返回东北，终于在1921年考入东三省陆军讲武堂三期炮科。次年以优异的成绩毕业后，被破例分配到奉天兵工厂，他的胆识、

| 黄显声 |

才干颇受张学良的赏识。先后任营长，上校参谋、东北步兵第二十旅旅长等职务。1930年春，被委任为辽宁省警务处长兼沈阳市公安局局长。

1931年7月，黄显声从各方面情报分析，日方近期可能会有较大的行动，于是及时作了报告。张学良从蒋介石处得到的回复是：不必惊慌，也不可抵抗。张学良暗中指示黄显声：“你们地方武装可加紧训练，严加戒备。”黄显声回到沈阳后，立即扩充各县的警察队伍编制，同时建立地区公安联防区，又将所属的公安部队和警察编为12个总队，以便在突发事件中调动防务。9月初，日本关东军向滞留在沈阳的在乡军人普遍发枪，形势日趋紧张。黄显声当机立断，几日之内，将沈阳库存的20余万支枪，每支枪配发50粒子弹，尽数发到全省58县公安警察部队。

1931年9月18日夜10时20分，蓄谋已久的日本关东军制造事端，震惊中外的九一八事变爆发了。此时的黄显声也得到“不抵抗”的密令，但他毅然下令尽力抵抗，“市区不能打，就拉出去，一定打到底！”黄显声身先士卒，指挥作战，打退了日军的进攻。21日夜，日军动用坦克，分兵几路向黄显声的警察部队围攻过来。只有轻武器又无后援的警察部队寡不敌众，伤亡达500人，黄显声只得下令以分局分队为单位，尽量带上武器弹药退出西城门，向锦州方向集中待命。黄显声坚持到最后，乔装成百姓，混入逃难的人流中，去北平面见张学良。在北平，黄显声经自己的叔父、时任辽宁省政府秘书长黄恒浩的引荐，结识了共产党员刘澜波。

9月23日，沈阳沦陷后，东北军政中心西迁锦州，设立东北边防军司令长官公署和辽宁省政府行署。此时，锦州军政两署实际上由黄显声一人负责主持。刘澜波被任命为辽宁省政府秘书随行。在张学良的授意下，留在山海关以北坚持抗战的东北军警的番号被取消。黄显声积极投身于抗日武装的组建中，他是抗战期间最早使用“义勇军”称号的。在他的推动下，省警务处制定了《编委方案》，允许民间爱国志士招兵买马，按领导人数授予军职军衔，由省政府供给枪支弹药。瞬间，各地爱国志士纷纷来到锦州，东北义勇军高达30万余人，成为抗击日军的重要力量，黄显声任总司令，被誉为“血肉长城第一人”。

1932年1月，锦州失陷后，黄显声率部撤回关内，之后将部队改编为骑兵第二师。他聘请刘澜波为师长秘书，并与中共中央北方局发生联系，建立了中共骑兵二师工委。这是中共在东北军中建立的较早组织，黄显声任组织委员，兼做上层工作。他主动要求安排十余名共产党员到骑二师开展工作，公开对部队进行教育改造。1936年8月，黄显声成为由周恩来直接发展和联系的中共特别党员。这个身份，直到他牺牲后30多年，才公布于众。

| 黄显声领导的辽西战场上的义勇军 |

七七事变后，被解除软禁的黄显声接到周恩来和东北救亡总会的通知，要他去武汉参加营救张学良和其他重要工作。黄显声简单地安排了部队和家庭后，只身奔赴武汉，未承想，这简单的告别却成了他的永别。在武汉，黄显声与张学良的四弟张学思先后找到宋子文、宋美龄，想营救张学良，但徒劳无功。黄显声对蒋介石不再抱有任何幻想，于是向周恩来提出要去延安参加抗日。1938年1月末，周恩来紧急通知黄显声等人迅速转移。黄显声拟定于2月6日去延安，结果在2月2日被国民党特务机关逮捕。

在国民党特务统治的“一号天牢”息烽集中营，黄显声被关押了8年。面对敌人的威逼利诱，黄显声毫不动摇。“我现在虽然坐牢，并未犯法，是

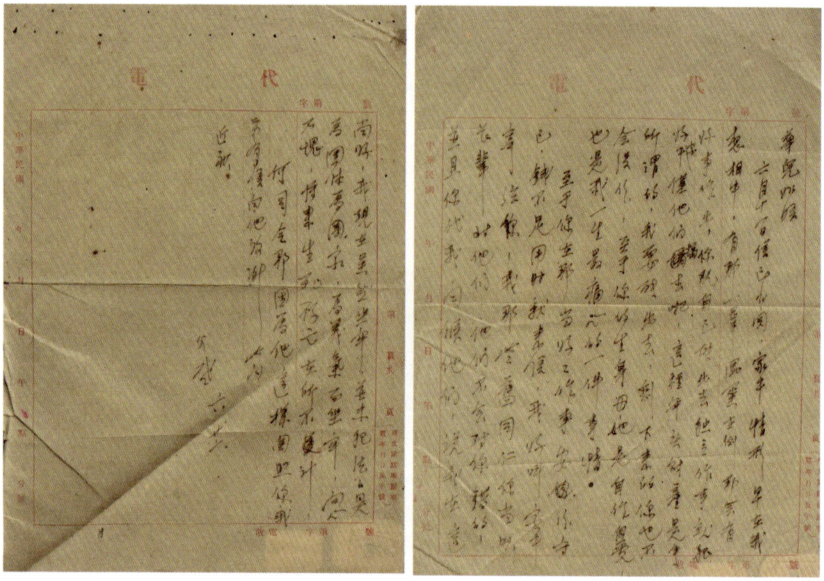

| 写给儿子黄耀华的家书 |

为团体、为国家、为义气而坐牢，问心不愧，将来生死存亡在所不计。”这封写给儿子黄耀华的家书，尽显浩然正气，现在读来，仍让人心生敬仰。但是每当读到陆游的诗句“报国欲死无战场”时，黄显声会反复吟读并失声痛哭。

在息烽，黄显声曾向狱中几位苏联人学习俄语，后来，他不但能流利地说俄语，而且还编著了一本《俄文简易文法》。1946 年冬，黄显声被转移到有“活棺材”之称的白公馆，给押在这里的辛可夫当翻译。当时的辛可夫，越狱外逃被抓回，正进行绝食抗争。黄显声利用自己可以阅读报刊的特权，把抗战胜利的消息，翻译给辛可夫。两人用俄语畅谈国际时事和动态，增强了信心和斗志，结下了深厚的友谊。

《红岩》中“小萝卜头”在狱中的老师的原型就是黄显声。黄显声在“小萝卜头”每天来上课时，都讲一些有用的信息，再由“小萝卜头”讲给难友们听。同时，在这个与世隔绝的魔窟里，他还秘密地给白公馆版的《挺进报》提供各种消息，将振奋人心的捷报传遍监狱。

左图：黄显声将军牢房中的日历牌

右图：息烽集中营幸存者黄彤光在黄显声将军殉难处

黄显声利用特务头子周养浩对自己的信任，帮助共产党员罗世文、车耀先等取得了“工作修养人”资格，在狱中形成了正义的核心。他还争取了一批像黄彤光这样的进步青年、王凤起这样的国民党少壮派投向革命。好多次，黄显声都可以离开监狱，但他都拒绝了。

1949 年 11 月，重庆解放前夕，蒋介石亲自下达了密杀令——将囚禁在重庆的共产党员和进步人士全部杀掉。11 月 27 日，黄显声被国民党特务杀害，一代抗日名将，怀揣着“报国欲死无战场”的悲愤，死在了中国人手中。

黄显声被害之后，人们发现了他唯一的遗物——一枚印章，印章旁边写着：“骑富士山头展铁蹄，倭奴灭，践踏樱花归”。

重庆解放后，人们看到黄显声将军牢房中的日历牌，永远停在 1949 年 11 月 27 日。而日历牌的上方，则是抗日战争胜利纪念碑的照片。

致敬！“血肉长城第一人”黄显声！

抗日义勇军中的第一个大学生苗可秀

1936年，著名爱国人士、社会活动家、教育家黄炎培，到四川作抗日演讲时，给大学生们读了一位烈士的遗书。与会的大学生听得悲愤交加，他们被这位学长感动得热泪横流；共同的青春使命，让他们热血沸腾。这位被黄炎培誉为那一代知识青年典范的烈士，是在1935年壮烈牺牲的东北义勇军将领、自卫军中的第一个大学生、东北大学的优秀毕业生——苗可秀。

苗可秀

苗可秀（1906—1935），原名苗克秀，生于本溪县下马塘苗家堡子一个贫苦农民家庭。祖父是一位村塾先生，在他的影响下，天资聪颖的苗可秀喜欢上了读书，并爱好诗文。学习之余，苗可秀还习武强身，组织同村的小伙伴儿组成少年习武团，并担任团长。1921年，苗可秀以优异的成绩考进沈阳第三中学。可家里的生活就像这动荡的时局一般，越来越艰难，无力支撑苗可秀的高中学费。为了学业，苗可秀便靠写字联来维持。他的成绩一直名列前茅，尤其是作文，义理交融，常作为范文展示。1926年，品学兼优的苗可秀毕业，以全校第一的成绩被推荐到东北大学文学院中国文学系预科读书，1928年升入本科。在东北大学，苗可秀潜心探求学。他善文学，精口辩，迅速成长为东北大学的高才生，被报界盛赞为“风流俊雅，长于诗文，真乃翩翩少年也”。他曾致力于先秦诸子的研究，著有论述荀子的文章20余万字，深得师友的信服与称赞。他还主办过文学刊物，经常发表进步诗歌。如果不是战争，他或许就成为知名的文学家了。然而，战争就这样摧毁了苗可秀的学者之路，并把他锻造成为驰骋沙场的铁血儒将。

九一八事变后，随着东北大学流亡北平，北大、清华、南开等高校，都出现了东北大学学子借读的身影。苗可秀也成为北大中文系的“借读生”。1931年9月27日，东北的抵抗组织东北民众抗日救国会成立。苗可秀和东北大学流亡学生很快就与这个组织的主要负责人取得了联系——一位是东北大学代校长王卓然，另一位则是化名颜玉衡的中共地下党员阎宝航。为了召集人才，培训抗日骨干力量，车向忱、苗可秀、张希尧等组织了由救国会直接领导的东北学生军，在北平江西会馆设立总部，学生军大队长由苗可秀担任。1931年11月5日，流亡北平的东北民众团体和大学生组成东北民众赴京请愿团，苗可秀作为请愿团的负责人之一向国民党中央党部请愿，要求停止内战，组织统一政府。但是，南京之行彻底打破了苗可秀对国民政府收复东北的幻想。他深刻地意识到，杀敌救国必须依靠民众自己的力量，东北青年更有责任和义务奔赴东北抗日前线，作全国青年的先锋队。

1932年3月，救国会派遣苗可秀到辽东三角地带邓铁梅所部义勇军了解情况，并委任邓铁梅为东北民众义勇军第二十八路军司令。邓铁梅也是本溪人，长苗可秀14岁，生于富裕家庭；为人刚正不阿，任凤城县警察大队长和公安局局长时，屡次伸张正义。他的耿直清廉，遭到了地方贪官的打击报复，1929 年被陷害撤职。九一八事变后，邓铁梅创建了辽东三角地区第一支民众抗日武装——东北民众自卫军，活跃在辽东半岛的凤城、安东（今丹东）、岫岩、庄河等地，有力地打击了日本侵略者。苗可秀毕业后没有选择在京津两地谋职，而是马上返回东北，开始了充满艰险的武装抗日斗争。看到苗可秀重返队伍，喜出望外的邓铁梅当即委任苗可秀为东北民众自卫军总参议，参赞军务。当时，自卫军的作战人员已经迅速发展到了 1.6 万人。但队伍成分复杂，很多来自绿林，组织纪律性较差。1932 年 7 月，苗可秀创办了军官学校，以培养训练军官。他亲任教育长，并担任政治教员，宣讲政治常识、时事要闻和中共的抗日主张，鼓励大家抗战到底。军官学校为义勇军培养了一批人才，很多人日后都成为领导骨干。1932 年 8 月，日伪政权用高官厚禄对邓铁梅进行诱降。苗可秀代表自卫军与日伪政权进行所谓的招抚谈判，经过几天机智勇敢的巧妙周旋之后，果敢处决了日方代表。苗可秀由此声名远播。后来，苗可秀佐助邓铁梅指挥了许多战役，他的军事指挥才能日益显现。1933 年 4 月，日军又发动了第二次大讨伐，自卫军实力受损，只得化整为零，以小股游击的方式在深山密林里与敌人周旋。

为了使抗日组织更加坚实而有力，便于长期斗争，苗可秀认为，必须成立一个核心团队，培养骨干。1934 年 2 月，中国少年铁血军成立，以“用黑铁赤血精神，采取全民革命手段，收复东北，振兴中国”为宗旨，以“爱护老百姓，联合警备军，团结义勇军，打倒日本人”为口号。苗可秀常以诗歌的形式宣传铁血军的政策。他写爱护百姓的诗歌，得到了民众的拥护；他写唤醒伪军的诗歌，常使伪军临阵倒戈或不战而走；他写团结义勇队的诗歌，与邓铁梅并肩作战，连续粉碎了日军的大讨伐。

1934 年 5 月，积劳成疾的邓铁梅，不得已到岫岩隐蔽养病。不料，警卫员沈廷辅贪生怕死而叛变，邓铁梅不幸被捕入狱。同年 9 月，年仅 42 岁的邓铁梅壮烈牺牲。痛心疾首的苗可秀决心撑起抗日斗争的艰难局面。1935

年 6 月，中国少年铁血军遭到日军围攻，在突破敌人封锁线的过程中，苗可秀身负重伤，疗伤时遭到敌人袭击而被捕。

在狱中，苗可秀写了两封信，一封是写给东北大学秘书长、代校长王卓然及救国会的阎宝航等人的。这封信的主要用意在于“托孤”，他给 6 岁的儿子取名为“苗抗生”，以继承他的遗志。面对生死抉择，他说：“慷慨就死易，从容赴义难，自生观之，两皆易耳。”另一封写给他的同学张雅轩（张金辉）、宋忱（宋黎）。他在信中认为自己为国捐躯是“死得其所”。但他还是放心不下他最爱的祖国，他嘱托好友在他死后，“每有休假日，弟等千万要到此一游，每到此处要三呼老苗，我之孤魂其可以不寂寞也……凡国有可庆之事，弟当为文告我；国有可痛可耻之事，弟亦当为文告我……”并

| 苗可秀纪念碑 |

一再叮咛："不要忘了，我们要作新中国的主人，要作重整山河的圣手。"

面对利益诱惑，在亲情和理想信念之间，他做出了大义凛然慷慨赴死的抉择。他说："须知牺牲是兑换希望的一种东西，我们既然有希望，便不能不有牺牲"，于是，在阴森的牢房里，他把赤胆与柔情都融入了这两封遗书之中。至今读来，仍令人潸然泪下、肃然起敬。

1935 年 7 月 25 日，苗可秀被日寇杀害。

29 岁的抗日英烈苗可秀，以自己的牺牲兑换祖国的希望，用青春的誓言和满腔的热血，谱写了大学生最壮丽的爱国诗篇。正是这一双双"重整山河的圣手"，一代又一代的有志青年，为我们共同热爱的祖国，掸去历史的尘埃，描绘出壮丽的中国式现代化的康庄大道。

中国奥运第一人刘长春

2023年10月8日，杭州第十九届亚运会圆满闭幕，有两个场景至今令我感动不已。一个是开幕式上，当只有8人代表叙利亚出场时，现场响起了热烈的欢呼声。这个饱受战争之苦、饱经欧美霸权、饱受地震伤害的国家，通过这个方式让世界知道，他们是坚强的存在。另一个是男子400米接力决赛时，中国队最后一棒陈佳鹏奋力冲刺，在最后几十米反超日本队，逆转夺冠，让中华儿女热血沸腾。赛后他说："到了赛场，就是战场""当时想的就是升国旗、奏国歌"，这朴素的爱国表达感人至深。

1908年出版的杂志《天津青年》在向国人介绍奥运会时提出了"奥运三问"，我们用了整整100年来回答这3个问题。如今再想起这两个场景，让我不由自主地想起1932年在洛杉矶第十届奥运会开幕式上只有1名运动员的6人代表团，代表了当时人口最多的国家——中国。中国奥运第一人刘长春一个人举旗进场，他让全世界都知道，中国也来参加奥运会了。虽然中国代表团人数最少，但观众席上所有华人都激动得泪流满面，振臂高呼。"我们都是战士，只是在不同的战场上"，这是刘长春的东北大学同窗为刘长春参加奥运送行后，赶赴东北战场的离别赠言。而对刘长春来说，洛杉矶第十

| 刘长春 |

届奥运会，就是他的战场。

刘长春（1909—1983），出生于辽宁省金县（现大连市金州区）农村的一个贫苦家庭，小时候常随祖父上山采果拾柴，漫山遍野地奔跑。9 岁时，他的母亲被瘟疫夺去了生命。由于家离学校很远，每天要往返数十里，他就天天跑着上下学。上小学的时候，他特别喜欢足球运动。1923 年，刘长春在“关东州陆上运动大会”上，百米成绩 11 秒 8，400 米成绩 59 秒，成为当时大连小学生的最新纪录，他的绰号“兔子腿”更是声名远扬。由于是日本的租借地，日本学生经常谩骂中国学生“清国佬”“中国佬”，刘长春只要听到，追上去就打，拳头下得重，打完就迅速跑开。有时他还带领一群中国学生同日本学生打架。有两个日本教员得知后，多次找到刘长春，除了扇耳光，还把他狠狠地往洋灰地上摔。但刘长春并不怕，只要碰到日本学生骂人，他依然追打。在刘长春幼小的心灵里，深深埋下了对日本侵略者仇恨的种子。

被东北大学破格录取的刘长春，在短跑的战场上越跑越快。1927 年，在大连青年会主办的春季运动会上，他再次刷新了自己 100 米的记录：11 秒！又成了万众瞩目的人物。同年，东北大学足球队到大连比赛。赛前，大连队的一名队员因病缺席，刘长春临时替补上场。此时的刘长春，因家庭生活困难而辍学，已经成为大连玻璃制品厂的学徒。球场上，刘长春的速度、身体协调性与灵活性，给东北大学足球队领队留下了深刻印象。张学良的弟弟张学铭把刘长春带回沈阳，他被东北大学破格录取为预科生，并获得免费供给食宿的待遇。体育系成立后，刘长春正式转入东大体育系。在东北大学，这颗新星每月享受30元补助，学校还以每月800元的重金为他聘请了一名德国教练，实行单兵训练，重点栽培。经过一系列正规化训练之后，刘长春在国内各场短跑比赛中所向披靡：1929年10月，在中德日田径运动会上跑出了百米10.6秒的成绩，这个成绩不仅打破了当时100米全国纪录，而且也是当时东北亚地区的最好成绩；1930年4月，在杭州的全国第四届运动会上，100米（成绩11秒5分4）、200米（成绩22秒5分4）和400米（成绩30秒5分3）创全国纪录，为此，杭州市把通往田径运动场的大马路，改名为“长春路”。

1931年，国际奥委会向中国国民党政府发出了派运动员参加1932年洛杉矶奥运会的邀请函。“攘外必先安内”的蒋介石正对共产党的中央革命根据地进行第三次大围剿，以没有经费为借口，宣告本届奥运会仍不派运动员参赛。恰在此时，九一八事变爆发，东北沦陷，东北大学被迫流亡北平。1932年初，在日本的扶植下，末代皇帝溥仪建立伪满洲国。日伪提出，要派刘长春和另一名田径运动员、冯庸大学的于希渭参加洛杉矶奥运会。伪满想借此机会亮相世界舞台，让国际社会尽快承认其合法地位。为了让刘长春回大连为伪满洲国效力，日本人多次对他的父亲软硬兼施逼迫其致信刘长春。无奈的刘父发信之后不得不搬家，以避祸端。深受流亡之苦的刘长春，在报上看到自作多情的伪满政府宣称“刘长春等人将代表满洲国参加7月举行的奥运会”的消息后，无比气愤，立即在《大公报》上发表声明：“苟余良心尚在、热血尚流，又岂能忘掉祖国，而为傀儡伪国做马牛。”刘长春不畏强权的铮铮铁骨，以及赤诚的爱国之心，让国人备受鼓舞的同时，也使日本人的奸计流产了。由于于希渭被日伪监控，不得脱身，身在北平的刘长春只好孤身前往。张伯苓紧急联系奥委会，最终确认了刘长春代表中华民国而非伪满洲国参加奥运会。而张学良当即资助了 8000 元路费，帮助刘长春踏上史无前例的奥运之旅。

舟车劳顿奔赴洛杉矶的刘长春，在奥运会战场上孤身参战。在各界爱心人士的赞助下，1932 年 7 月 8 日，刘长春终于登上了“威尔逊总统号”邮轮，从上海启程了。此时，距离洛杉矶奥运会开幕，仅剩 1 个月时间。出发当天，上海一家报纸在封面特意刊登了三国时期关羽单刀赴会的漫画，“古有关云长单刀赴会，今有刘长春孤身参赛”，以此来比喻和激励刘长春赴美参赛。这背后饱含着中国体育人的悲壮，更是寄托着无数国人的期望。当邮轮经停日本神户港时，有日本记者登船采访，问刘长春此次赴美代表的是伪满洲国还是中国时，刘长春毫不犹豫地、铿锵有力地回答道：“我是中国人，代表的当然是中国！”在奥运比赛时，刘长春穿白上衣、黑短裤登场，他说这套衣服叫“白山黑水”，提醒国人不要忘记沦陷于日寇铁蹄下的东北和东北人民。论实力，他已具备了世界水平，但由于乘船在海上漂泊长达 25 天，且

晚年的刘长春指导青年教师备课

到达洛杉矶的第三天即参加比赛，所以在 100 米和 200 米项目中，他都未能进入决赛，也放弃了 400 米比赛。比赛结束后，刘长春路费不够，在当地华侨的捐助下，才回到了祖国。1936 年刘长春第二次代表中国，参加第十一届奥运会，同样由于 28 天的海浪颠簸，体力消耗较大，而未能取得好的成绩。

奥运之父顾拜旦说：“奥运最重要的不是胜利，而是参与。对于人生来说，重要的不是凯旋，而是战斗。”晚年的刘长春，也总说：“参加比获胜更为重要。”就像叙利亚队出现在杭州亚运会开幕式上一样。因为自己淋过雨，所以想为别人撑伞，以我来时路，赠你沿途灯，是中国人民感同身受的赠礼。在每一个战场上，每一个生命都因顽强拼搏的参与而美丽，每一个国家都因迎难而上的战斗而闪耀。奥运会的初衷也是用体育促进和平，愿战场不再，赛场常在。

《五月的鲜花》曲作者阎述诗

“五月的鲜花开遍了原野，鲜花掩盖着志士的鲜血……”这首在血与火中绽放的《五月的鲜花》，创作于1936年，词作者是大名鼎鼎的诗人、《黄河大合唱》的词作者光未然，而曲作者阎述诗却鲜为人知。光未然一直在文艺界寻找这位知音，始终没有消息，直到阎述诗去世，都未能见面……

| 阎述诗 |

阎述诗（1905—1963），原名阎绍璩，生于沈阳市大东区小河沿的一个基督教家庭，比光未然大8岁。父亲阎宅仁，在二十世纪二三十年代，被誉为沈阳教育界“数学三杰”之一。任教之余，阎宅仁喜欢弹着风琴带领全家合唱圣咏自娱。阎述诗9岁进入奉天文荟书院读书，在父亲的指导下出任基督教堂圣咏合唱的风琴伴奏。1923年，阎述诗转赴北京考入汇文中学。在这所重视音乐的教会学校里，阎述诗在浩如烟海的欧洲近代音乐中尽情涉猎，19

岁时便借助风琴创作出了第一部四部合唱曲《阴》。

1925 年，阎述诗考入燕京大学攻读数学。学校开设音乐理论选修课。他参加学生合唱团，定期举办唱片欣赏。暑期返回沈阳后，阎述诗组成了东北第一个业余音乐团体“谐和歌咏团”（后易名为“谐和音乐团”）。他自任组织者、指挥、编导和主要演员，组织独唱、大小合唱、古装表演等节目。他举办了第一次音乐交际会（第二年易名为国际音乐联欢会），还为每年一届的大会谱写音乐。

令人惋惜但又庆幸的是，为及早从事音乐活动，22 岁的阎述诗读完大一课程后，忍痛终止燕大学业，返回沈阳；先后在文华中学、沈阳师范、同泽女中任教数学，由此开始了历时 8 年的音乐高产生涯。

1927 年，沈阳的舞台上上演了取材于俞伯牙欣遇钟子期传说的东北地区第一部歌剧《高山流水》，再现了春秋时期“音乐之盛况和善乐者辈出”，又隐喻了现实的社会生活。当时的《盛京时报》花了 6 天的时间撰写文章来评介。集编剧、作曲、导演、舞美于一身并主演钟子期，还参与灯光的阎述诗，声名鹊起。

工作繁忙的他，利用课余时间，创办了沈阳第一个音乐刊物《遏云》，共出两期。其中刊登了他创作或改编的大量古词新谱，1929 年更名为周刊《白雪》，共出过 30 期。

他还为提倡新式婚姻谱过《结婚曲》。他的《秋思》《虞美人》等作品，在东北地区学校里广为传唱。1929 年，北平广播电台为此还专门直播了他们乐团的演出。阎述诗把演出的所有收入都捐给了社会慈善事业。

1928 年，阎述诗为给某小学建校舍筹款，专门创作了歌剧《梦里桃源》，开创了男女同台表演的先河。公演时，大人、孩子和年逾花甲的老人坐满了过道。当终场大合唱“建桃源在人间”歌声响起时，满场飞舞的鲜花和彩带把人们带入了一个美好的世界，展示了青年所憧憬的“人间桃源”，歌声荡漾中，观众的欢呼声响彻大厅。此后，他又创作了歌剧《疯人泪》《孤岛钟声》《忆江边》等，锋芒直指反动统治者。1934 年秋，阎述诗写下了平生最后一部歌剧《风雨之夜》。此剧在东关教堂公演，场外早有持枪的特务在暗处等他，但他仍发出“狂风暴雨自东来”的呐喊。他在散场时化装脱险，潜离沈阳到了北平，在流亡北平的东北大学法学院任教。也正是那次匆忙的离开，阎述诗永远地告别了自己心爱的歌剧舞台，因走得匆忙，那些珍贵的歌剧剧本和曲谱，都散失了。

一二·九学生运动之后，北平学生发动了规模更大的示威游行，遭到残酷镇压，一批批满身是血的学生被送到东北大学校园。阎述诗亲自处理善后工作，与学生们一道将重伤员转送到协和医院进行救治。当他返回东大宿舍时，东大文学院学生金肇野恰好刚从武汉归来，带回了光未然的新作：独幕剧《阿银姑娘》和序歌《五月的鲜花》。金告诉他，《阿银姑娘》已被光未然领导的武汉拓荒剧团列入“国防三部曲”公演计划，只等序歌谱曲了！

阎述诗看了歌词后，虽与光未然未曾谋面但心灵互通，“与积结在心里的悲愤起了共鸣”，随着感情升华，他很快就构思好了“叹息——悲壮——怒吼——反抗”的音乐主题，选用主歌——间奏——主歌变化再现的三段体曲式，完成了谱曲。

这首曲子朴素、轻缓、深情，旋律简洁得就像是自然音阶的简单排列。然而，就是这看似平淡的旋律，与沉重的年代形成鲜明对照，蕴藏着一股催人奋进的力量，成为鼓舞士气的战地歌曲。1937 年 5 月，在上海各界救国会组织的吴淞万人集会上，冼星海在台上一句句地教唱《五月的鲜花》。所有的人一边唱一边抹泪，悲壮的场面激起了无数人的爱国热情，甚至连前来镇压的国民党兵也被感动得悄然流泪。

《五月的鲜花》广为传唱，阎述诗却离开了他的创作之路。1938 年，因拒绝为敌伪政权的奴化教育工作，阎述诗放下教鞭，自筹开办了闻名北平

|《五月的鲜花》曲谱|

的海鸥照相馆。直到1959年，作曲家瞿希贤把《五月的鲜花》选作故事片《青春之歌》的插曲时，阎述诗已在北京26中学做了7年数学教师，并成为北京市首批特级教师。

阎述诗白天教数学，夜晚听音乐，手指在黑板与琴键的黑白之间，以生命影响生命，以艺术影响人生。他的数学辅导课永远挤满了学生和老师，连过道都挤得水泄不通。他讲课的声音十分动听，富有节奏感的语言像音乐在流淌；他的板书安排得错落有致，从未擦过一笔、从未涂过一下，像布局得当的艺术品；他随手在黑板上画的圆，一笔下来，不用圆规，却都那么圆。他把数学课当成艺术对待，于是他就把数学课化为了艺术课。凭借突出的教学成绩，他参加了周总理邀请的国庆十周年庆祝会、全国群英会国庆观礼。音乐仍是他的至爱。他不仅收集音乐珍品，还深入领略不同演奏家的风格，给同学们用小提琴演奏《小夜曲》，讲柴可夫斯基及其作品《悲怆交响曲》，用钢琴演奏贝多芬《第五交响曲》中的片段。他先后两次递交入党申请书。即使这时，他也没透露过，自己便是著名爱国歌曲《五月的鲜花》的曲作者。

1963 年夏，一直拖延没去治疗的肝病恶化了。在医院的病榻上，阎述诗仍在关心学校的工作。11 月 23 日，在寂静的深夜里，在肖邦《葬礼进行曲》优美的音乐声中，心怀乐章的阎述诗安然离去，终年 58 岁。他的遗体被安葬在北京八宝山革命公墓，墓铭概括了他一生的业绩："三十年辛苦育英才堪为师表，《五月的鲜花》鼓斗志永留人间。"

光未然与阎述诗堪称未曾谋面的伯牙子期。艺术与科学互为知音，总要相遇。爱因斯坦说："这个世界是由音乐的音符组成的，也是由数学公式组成的。音符加数学公式，就是真正完整的世界。"在阎述诗的世界里，音乐浸透了他整个生命，同时作为数学特级教师的他，将音乐的音符和旋律与数学的符号和公式神奇地结合起来，影响了无数个年轻的生命。

以笔为『枪』的革命烈士金剑啸

他们有着一个思想。

村人，骑士……

在一个思想里

充塞着他们的希望。

耐过严冬，

不就是春天？

穿过黑夜的暗网，

不就是黎明的微光？

——只要有春天

——只要有微光

——活下去吧，伙伴们，

这就是他们所有的希望。

| 金剑啸 |

思想与希望，春天与微光，多么让人向往！这些诗句摘自金剑啸的《兴安岭的风雪》，就像是密集的战鼓、激越的号角，鼓励你去抗争，去夺取胜利。

金剑啸（1910—1936），原名金承载，号培之，又名梦尘，曾用笔名健硕、巴来、剑啸，出生于沈阳市一个普通的刻字工人家庭；3 岁时全家迁到哈尔滨，住在道外十六道街，后搬到桃花巷 39 号。父亲金蕴章是个刻字手艺高超的工人，并且写得一手好字，当时和几个朋友集资，开办了一个名为“文业堂”的石印社。金剑啸耳濡目染，自幼喜欢美术、文学和音乐，学生时代就已显露出特有的文学才华，在报纸上发表处女作时，署名金剑啸。

1926 年，金剑啸考入哈尔滨医科专门学校，希望能通过学习医学救治民众的伤痛。1928 年 11 月，在中共滨江县委领导的“反五路”斗争中，金剑啸与其他学生一道参加队伍游行，积极投入到反日反侵略的热潮之中。1929 年秋，他毅然弃医从文，到进步报纸《晨光报》副刊《江边》担任编辑。

1930 年夏，金剑啸考取上海中共新华艺术大学学习绘画，并加入“摩登剧社”。在频繁接触上海地下党员后，金剑啸阅读了大量被国民党查禁的进步书刊，报国思想在这里找到了理论源泉。1931 年春，他转到教育系继续求学。当年夏，金剑啸光荣加入中国共产党。在风云变幻的上海，他以饱满的热情投身于共产党领导下的左翼文艺运动，积极参加学生运动。在“摩登剧社”的剧演活动中，他还参演了高尔基剧本《夜店》和独幕话剧《到明天》。

1931 年 8 月，受党组织派遣，金剑啸回到哈尔滨，把上海革命文艺的新气息，带到了东北文坛。中共哈尔滨市委成立之后，金剑啸被任命为西区

| 曾经的天马广告社 |

（道里区）区委宣传委员。此后的四年，金剑啸在哈尔滨的文艺活动是丰富多彩的，让民众感到耳目一新。他组织抗日剧社、星星剧团，排演独幕剧、话剧，带动更多的知识青年投入到反抗侵略的斗争中；组织并参加了我国东北地区最早的一个进步音乐团体“哈尔滨口琴社”；举办赈灾画展、赈灾游艺会。哈尔滨沦陷后，按市委书记杨靖宇的要求，为抗日救国的油印小报画插图；创办天马广告社，以画家身份承揽各种绘画广告，同时担负起中共满洲省委机关报《满洲红旗》（后更名为《东北红旗》《东北人民革命报》）的刊头、插图等绘画任务，团结了萧红、萧军、罗锋等大批左翼文化人士；在中共北满地下抗日组织遭到破坏，天马广告社被迫关闭后，他进入日本人办的《大北新报画刊》社任编辑，先后用笔名发表揭露反动派反动统治的文章；他还写了大量小说，比如《云姑的母亲》，都是取材于现实生活，真实地再现了日伪统治下民众的生存状态和境遇，暗示这个“杀人的世界”，已

|《大北新报画刊》|

经到了“世界的末日”。

随着中国共产党的一些地下抗日组织遭到破坏，很多人被抓、被杀，有人劝金剑啸回到关内躲避，但他坚持留在东北抗日。1935 年 5 月，经中共满洲省委同意，金剑啸举家来到当时的黑龙江省会齐齐哈尔，他在《黑龙江民报》社任副刊编辑。他为副刊取名为《芜田》，意在让这块宣传阵地，在原来荒芜的土地上，结出丰硕的革命成果。他为《芜田》设计了非常形象的刊头，是一幅木刻画，画着一个雄伟健壮、朴实勇敢的农民，右肩上扛着镐头，倔强地奔向远山去开荒种地。金剑啸以他特有的活动能力和才干，很快就把副刊办得兴旺起来。他给这座偏僻的城市带来了革命新文艺，带来了春天的气息。他经常去省立第一师范学校，积极指导学生们写作。当他们的漪澜读书会会刊《漪澜》创刊号出版时，他用“健硕”署名给他们题了词，还在《芜田》上，给他们开辟了“漪澜旬刊”，专门发表读书会成员的作品。金剑啸自己也积极写作。他经常到三百间房贫民窟作调查，了解贫苦工人、市民的生活，搜集创作素材。他用高尔基名句“让暴风雨来得更猛烈些吧”中的“暴”“来”两字的谐音“巴来”作笔名，在《芜田》上发表了剧本《车中》和短篇小说《王二之死》，在《艺文》周刊上发表了短诗《秋天与其他》和长篇文艺杂感《布谷鸟又叫了》等。叙事长诗《兴安岭的风雪》，是抗战时期最早的一曲东北抗联赞歌。这些作品都有强烈的抗日倾向，引起了日伪特务机关的高度注意。

1936年3月，金剑啸返回哈尔滨，《芜田》也随之停刊。得知他曾编辑过的《大北新报画刊》处于困境时，考虑到这个画刊内容不受警特机关检查，利于抗日宣传，他马上筹资200元钱接办，立即用漫画、诗文、照片等各种作品，向日伪统治者开火。6月9日，画刊排好待印时，金剑啸忽然接到高尔基病重的消息，当即决定撤掉一篇文章，排上这条消息，并加发中国留日学生在东京公演高尔基剧作《夜店》时全体演员的剧照，表达对高尔基的敬重。6月10日，画刊出版后，日本社长山本大发雷霆，怀疑画刊编辑部里有共产党，密告到日本驻哈总领事馆。

1936年6月13日下午，金剑啸被捕。6月20日，被押送到齐齐哈尔日伪监狱地牢。烙铁烙、老虎凳、手指上插竹签、灌辣椒水、压杠子、大头朝下吊着抽打……泯灭人性的酷刑使得金剑啸遍体鳞伤，但他始终坚贞不屈，守口如瓶，保护了党的组织和同志。1936年8月15日上午，在齐齐哈尔北门外刑场，金剑啸面对马路两旁的群众高唱着《国际歌》。临刑前，他泰然自若地走向为他裹尸用的草席，愤怒地甩掉眼镜，把断头饭馒头打落在地，拿起酒碗向日本宪兵少佐头上狠狠砸去，然后仰天大笑，振臂高呼："打倒日本帝国主义！中国共产党万岁！"牺牲时，年仅26岁。

金剑啸，真是才华横溢啊，他是个画家，能画国画、油画、素描、水粉，还会木刻；他是个作家，能写小说、戏剧、诗歌、散文，还能当演员和导演；他还懂得音乐，能作曲，会演奏。他短短奋战的一生，不是因为会画而画，不是因为会写而写，他首先考虑的不是艺术，也不是自身的安危，而是苦难面前祖国和人民意志的回应，他始终以笔为枪，用文学和绘画刺向敌人的心脏，唤醒民众的觉醒和反抗。他用26岁的青春，穿过黑夜的暗网，去寻找黎明的微光，在小我与大我的抉择中，不惜付出青春、自由和生命，将星星点点的微光，汇成万丈光芒，给国家带来生生不息的希望，他就是时代的英雄。

『太行山上的花木兰』高尔华

“太行山似海，波澜壮天地。”80多年前，日伪军向华北抗日根据地发动了规模空前的“拉网大扫荡”。在反“扫荡”战役中，八路军副总参谋长左权为国捐躯，他是八路军在抗日战场上牺牲的最高级别指挥员。与他同时牺牲的，还有被群众誉为“太行山上的花木兰”的高尔华。她和她的战友们，就像“狼牙山五壮士”“八女投江”那样壮烈，在日军强势包围下，打光最后一颗子弹，从容跳崖。

高尔华（1917—1942），原名高桂兰，今沈阳市法库县秀水河子镇獾子洞村人，祖祖辈辈都是农民。高尔华有三个哥哥，读过私塾的父亲高广清明白权势的威力，一心教子读书做官。在高尔华刚刚懂事的时候，大哥高鸿飞就已经到外地做官了。高尔华从小聪明伶俐，说话语速快，办事利落。但因为是女孩，她只能眼巴巴地看着哥哥们上学读书。每逢节假日，父亲让回家的三哥背书时，高尔华也偷偷地跟着背。直到12岁，村里的私塾改为小学堂，高尔华才有机会跟同村的几个大龄女孩子迈进了学校大门。

1931年，勤学好问、成绩优秀的高尔华即将毕业，可惜时局动荡，小学堂只好停了学。当时相对安全的场所，是有大院围墙、有枪支炮台的院落，俗称为响窑。獾子洞村子穷，买不起枪，也立不起响窑。高尔华在母亲带领下，投奔大嫂娘家有响窑的马家窝堡去避难。谁曾想，刚到马家落脚，一股土匪就砸开了马家窝堡，高尔华目睹了烧杀抢掠。

1932 年 3 月，因九一八事变而逃离沈阳的高尔华与三哥高鸿羽、表哥王治，在母亲的带领下，到安平县找当县长的大哥。在大哥的资助下，高尔华进了北平的东北中学，高鸿羽进了流亡北平的东北大学补习班。表哥王治后来南下，考上了国民党的南京军官学校炮兵科。在北平学习期间，高尔华文笔出色，文章感情丰富且逻辑性强，但联系抗日救亡的实际不够。经三哥指出后，高尔华的文章情感更加真挚，更具鼓舞性了。同时，由于三哥的关系，她接触了不少东北大学的进步学生和中共地下党员。这时，大哥因病辞职。为了减轻大哥负担，高尔华没毕业就中途辍学了。恰巧赶上北平精神病院招考护士，不收学费，还免费供应食宿。因为要跟精神病人打交道，一般人都不愿意去。高尔华却不这么想，一方面出于经济考虑，另一方面，她认为无论工作对象是谁，护士都是崇高的职业。高尔华跟三哥谈了自己的看法，又请三哥给自己改名。此时的高鸿羽已是中共地下党员，不假思索地说："你就叫高尔华吧！高尔基是革命作家，也是一位革命家。另外从字面意义上讲，也挺有革命和进步的意思。你看'高尔华'，使中华民族振兴起来，使中国富强起来，提高中华民族的威望。"就这样，高桂兰更名为"高尔华"，并用新名考上了北平精神病院护士专业。后来，东北大学闹学潮，高鸿羽是发起人之一，时不时领同学回家写传单。高尔华在医院也办起了抗日救亡的墙报。

一二·九运动爆发时，高尔华参加了北京大学的游行队伍。作为党的地下交通员，高鸿羽在一二·九运动后，负责通知各校地下党组织关于"一二一六"游行示威的编队、集合地点、游行路线等具体计划。高尔华得知后，又约几位护理班的同学参加了游行示威，并加入了平津学生组织的民族解放先锋队（简称民先队）。1936年2月，高尔华随民先队赴山西太原，在薄一波负责的山西太原军政干部训练班里学习，被编入第十一连当学员，并光荣地加入了中国共产党。在训练班学习时，高尔华经常上街宣传抗日，演街头剧，她在《放下你的鞭子！》剧中扮演香姐，感情逼真，边唱边哭，观众也是边看边哭，声泪俱下。

饱含激情的高尔华，用讲演和歌声唤醒民众。在一次由薄一波亲自主持的时事讲演会上，薄一波指名让高尔华讲演。她的讲演深入浅出，尤其在控诉日寇暴行时，感人肺腑，催人泪下。由于工作需要，高尔华提前毕业，被分配到山西牺牲救国同盟会（简称牺盟会）任妇女儿童部部长。卢沟桥事变后，高尔华转到祁县牺盟会任特派员。在纪念九一八群众大会前，高尔华唱了《松花江上》。她慷慨激昂，情到深处哽咽得不能终曲，台上台下哭声、歌声迭起，“抗日救亡”已经在到会群众中深入人心。会后有500余名晋华纱厂工人自愿报名参军抗日。他们中约有200人分批经太原到晋西北编入八路军一二〇师工卫旅，其余300余人正式组成祁县晋华纱厂工人武装自卫队，这是祁县人民第一支群众抗日武装。

根据形势变化，党组织决定晋华纱厂工人武装自卫队开往榆社县抗日根据地进行整训。这时自卫队又吸收了部分社会青年和小学教员，成立了一个独立营，高尔华担任政治指导员。在榆社整训期，正在榆社开展敌后游击战的八路军一二九师副师长徐向前，亲自到独立营营部开会，讲述游击战术，并部署了自卫队的任务。高尔华根据部署，带领独立营战士冒着风雪挖毁公路路面、炸毁铁路桥梁、割断电话线。当时，山西临汾有份小报，以《山西的“李红光”》为题，报道了高尔华在祁县、平遥山区与敌开展神出鬼没的游击战争的事迹，称她是像东北抗日联军李红光那样的抗日女英雄。祁县人民还为她专门编了歌谣：“高尔华高尔华，为了抗日走天涯。挎着手枪骑大马，女中英豪数着她。”后来祁县独立营改编为晋中游击队第六支队，扩展

山西牺牲救国同盟会旧址纪念馆

到近千人。1938 年 3 月，高尔华被调到榆社县牺牲救国同盟会任特派员。到榆社县后，高尔华加入县决死队。受战争环境的影响，高尔华养成了男子汉气魄，作风泼辣，生活艰苦朴素，善于做组织领导工作和思想政治工作，善于跟群众打成一片，跟日伪军作战时，不怕苦，不怕死，冲在前，退在后，被称为花木兰式的晋中女杰。

1942 年 4 月，新婚第三天的高尔华，接到党委让她去中共中央北方局党校学习的通知。她二话没说，告别了丈夫，踏上新的征程。5 月，日军纠集 3 万余兵力对太行区发动大“扫荡”。25 日，高尔华随八路军副总参谋长左权掩护同志撤退。左权站在十字岭山顶上断后指挥时，不幸中弹捐躯。高尔华所在的党校和总部后勤机关人员，被敌重兵包围在辽县（今左权县）麻田附近的清漳河畔。她和战友们边打边走，誓死不降，

| 山西牺牲救国同盟会入会誓言 |

最后弹尽跳崖，壮烈牺牲，年仅26岁。

“花木兰是假的，高尔华是真的”，这是人民对高尔华最由衷的赞颂。为了使中华民族振兴起来，使中国富强起来，她给自己改名为高尔华，用青春、生命和鲜血浇灌的热土，长出了最美的英雄花。如今，盛世中华已经可以告慰英雄尔华！

己的房子，也要修地道、埋地雷。我们胜利了，不能忘记曾经付出无比重大代价的人民。建设时期也一样，也要靠全国人民的共同努力。离开了人民大众，就如同无本之木、无源之水啊。所以，吕正操说，他的上帝是人民。在回顾自己百年人生经历时，吕正操谦虚地称“我这一生也就是干了打日本、管铁路、打网球这三件事”。

刚出生时，日俄战争正酣，母亲不得不把他藏在柴草垛里。小学二年级时，吕正操见一穷孩子被富家子弟欺负，路见不平，拔刀相助，却被老师打手板，并罚他在第二天能够背出3篇古文。结果吕正操现场不但一口气背出3篇古文，而且只字不差。老师很惊奇，后来给他取了学名“正言”，他却执意改为“正操”，即当兵操练本领，打击外国侵略者。

18岁时，听一位当军医的远房亲戚说，张学良的卫队旅是新式军队，重用识字的青年人。于是，吕正操毅然来到张学良卫队旅当兵。张学良看他的字写得不错，且精明强干，便选送他考入东北讲武堂深造。1925年，毕业后的吕正操被张学良留在身边，担任少校副官、秘书。主要工作是对讲武堂毕业生进行分配和使用。张学良既是吕正操的同乡，又是师长和长官，他的爱国思想对吕正操影响很大。1933年，在热河参加对日军作战中，吕正操因为作战勇敢，得到张学良嘉奖，被提升为东北军一一六师六四七团团长，也正是在这时候，他与东北军中的中共党员频繁接触，开始接受中国共产党的主张。

1936年10月，吕正操被张学良调到西安的张学良公馆，负责内勤工作。两个月后，震惊中外的西安事变就爆发了。12月12日，吕正操参加了张学良、杨虎城发动的西安事变，期间多次和来西安共商国共两党合作大计的共产党人接触，聆听了周恩来的教导，更加坚定了对中国共产党的信赖。看到逼蒋抗日的张学良被扣押，吕正操清楚地认识到，在旧军队里，想要抗日救国是没有希望的，只有跟着共产党走才会有出路。1937年5月，经中共中央北方局批准，吕正操秘密加入了中国共产党。七七事变爆发后，日本发动全面侵华战争，国民党军队不战而退。吕正操率六九一团，于 1937 年 10 月 14 日，在河北省晋县小樵镇通电拒绝国民党的南逃命令，宣布脱离国民党军，改称“人民自卫军”，任司令员。吕正操在冀中平原上，第一个树起了共产党抗日武装力量的大旗。1938 年 4 月，人民自卫军改编为八路军第三纵队，吕正操任纵队司令员兼冀中军区司令员兼冀中行政公署主任。

在激烈残酷的作战环境中，吕正操果决、沉着、满怀激情，表现出非凡的军事才能，成为冀中百姓心目中的传奇人物。最多时，他一天之内打过五仗，常常一马当先。吕正操带领部队和冀中人民生死与共，开展破路拆城、改造平原地形运动，有效阻止敌人快速部队进军；利用灵活机动的平原游击战、地道战、地雷战、顶牛战、蘑菇战，把日本侵略军打得晕头转向，惶恐不安，在兵家死地创立了华北平原第一个抗日根据地——冀中平原抗日根据地。1940 年 8 月，吕正操带领冀中军区动员 10 余万人马参加百团大战，配合部队破路、反击，实现了阻击敌人增援的首要目的。1942 年，有六七分胜算就敢打的吕正操，在指挥掌史之战中，使得一支战斗人员不足千人的八路军队伍，在 3000 余名装备精良的日伪军包围中成功突围，创造了敌我伤亡比例约为 10 ∶ 1 的战绩，被中央军委誉为平原游击战坚持村落防御战的典范。新中国成立后，被搬上银幕和舞台的《平原游击队》《平原作战》《地雷战》《地道战》等文艺作品，都取材于这段历史。吕正操在晚年回忆这段历史时说：“日寇在冀中实行法西斯侵略暴行，不但没有使我们的人民屈服，反而更加激起男女老幼对侵略者不共戴天的仇恨。《老子》中有一句话：‘民不畏死，奈何以死惧之。’敌人越残暴，人民的斗志越坚强，环境越是艰苦复杂，人民对敌斗争的办法越多，越巧妙，越灵活，这就是历史的辩证法。”

吕正操特别重视铁路建设，早在解放战争时期他就与铁路结下了不解之缘。特别是在辽沈战役中，在铁路损毁严重的情况下，他带领东北行政委员会铁道部员工和支前群众，排除万难，紧急抢修抢运，在 9 天内把近 10 万大军和大量作战物资运送到前线，为保障辽沈战役胜利起到了关键性作用，为夺取解放战争的胜利作出了重要贡献。新中国成立后，吕正操追随着人民铁路的延伸，东到连云港，南下海南岛，西过格尔木，北至满洲里，几乎所有的铁路线上都留有他的足迹。他军旅生涯的相当一段时期，是和祖国铁路建设事业联系在一起的，90 岁高龄时，还到建设中的京九铁路工地视察。

打网球，是吕正操一生的爱好。早年，奉天基督教青年会除了经常组织各种科学时事讲演会、社会问题研究会、读书会外，还举办体操和各种球类运动。张学良是青年会的董事，加入了网球俱乐部。由于在张学良身边工作，吕正操也得以参加青年会的各种活动，坚持学英语，并且学会了打网球。这一打就是一辈子，一直到 90 多岁还在坚持。吕正操虽然担任过很多重要的党政军职务，但担任网球协会主席却是他的终身职务。

在回顾自己的人生经历时，吕正操感慨地说："常常想起那些为了保护我们而惨死在日本侵略者刺刀下的乡亲们，那些在战斗中牺牲的战友们，人，不在于活多久，而在于多做事。"2009 年 10 月 13 日 14 时 45 分，吕正操在北京逝世，享年 106 岁。在新中国 57 位开国上将中，吕正操是最后一位逝世的，也是最为长寿的上将。

有首歌里唱起毛泽东主席的话："我们共产党人好比种子，人民好比土地。我们到了一个地方，就要同那里的人民结合起来，在人民中间生根、开花。"新时代共产党人更加坚信"党的根基在人民、血脉在人民、力量在人民。"吕正操用百年人生实践了人民至上的信念，他把人民当上帝，人民则会永远铭记他的功绩。

如磐风雨奋然行的郭峰

人生路上，风雨交加是常态，风雨兼程是状态，风雨无阻是心态。在暴风骤雨中，仍能奋勇前行，是意志坚定的强者姿态。中国共产党自创立以来，不仅经历了战争的风雨、建设的风雨，还在和平时期经历了糖衣炮弹等风雨。堡垒最容易从内部攻破，只有将全心全意为人民服务的根本宗旨刻在心间，以铁的纪律严格要求自己，以刀刃向内的勇气推进自我革命，才会不负“坚持真理、坚守理想，践行初心、担当使命，不怕牺牲、英勇斗争，对党忠诚、不负人民”的伟大建党精神。

辽宁反腐倡廉展览馆曾展示过14位勤廉楷模。提出“六不”要求的中共辽宁省委书记郭峰就在其中，他的感人事迹为推动反腐倡廉建设提供了巨大的正能量。

| 郭峰 |

郭峰（1915—2005），出生于吉林省德惠县一个普通的农民家庭。年少时期就热爱读书，8岁时入德惠县窑门两级小学读书，1928年来到长春私立自强学校学习。1931年九一八事变前夕，

考入吉林省立第一师范学校中师部（相当于高中）。1932 年，郭峰考入吉林省立第一中学，次年 4 月加入共青团。1933 年 5 月，郭峰在参加抗日宣传活动中被伪满洲国的警察逮捕，在狱中他身受重刑逼供，但他始终坚贞不屈，没有泄露任何秘密。数月后，在组织的营救下，郭峰被保释出狱。后来，他前往北平，继续从事抗日宣传活动，并参加了一二·九抗日救亡运动。1936 年，为推动抗日民族统一战线的形成，郭峰受组织派遣，化名高翔，进入张学良统领的东北军中从事兵运工作。也是这一年，郭峰光荣地成为一名共产党员。西安事变爆发之际，郭峰已经是东北军五十三军军部及所属第一一九师教导营教官，他吸纳了东北军中多名高层干部，有力地支援了西安事变。全民族抗战全面爆发后，郭峰前往冀西地区；依靠人民群众的力量，发展抗日武装，参与创建了冀西游击队，担任了冀西游击队第四大队政委的职务，领导了冀西游击队的反“扫荡”战斗。1940 年 5 月，冀西游击队被改编为一二九师十一旅，郭峰出任旅政治部主任，继续在太行山与日寇周旋，参加了太行军区的反“扫荡”。抗日战争胜利后，郭峰离开战斗生活多年的太行山，前往东北，参与了东北根据地的创建工作。解放战争时期，郭峰历任吉黑边区纵队副政委、吉江省委委员兼吉江行署主任、辽吉省第三地委书记兼军分区司令员、辽吉省委民运部部长、秘书长、省委常委，支援了东北军区的战斗，为解放东北做出了卓越的贡献。

在建设的风雨中，郭峰即使大起大落，却始终与党同心同德时刻忠于人民。东北解放后，郭峰被任命为辽北省委的代理书记。1949 年 5 月，辽北、辽西合并后组成辽西省委，年仅 34 岁的郭峰被任命为辽西省委书记兼辽西军区政委、军区党委书记，成为当时党在东北地区最年轻的省委书记。

1952 年 7 月，郭峰出任中共中央东北局组织部副部长，后任部长、东北局委员。在此期间，郭峰在党对地方政权的领导和党的建设等方面做了许多探索，组织有意将其调到中共中央组织部担任副部长一职。但受“高饶事件”牵连，郭峰被撤销党内职务，下放到旅大机械五金总厂担任副厂长。

从副部长到副厂长，郭峰并没有沉沦。他始终保持积极乐观的心态，投身工业生产建设，很快就成为一名管理企业的内行，改善了企业的经营状况，提高了企业效益。

1978年，郭峰恢复了工作，被任命为辽宁省财贸办副主任。1979年2月被任命为中共辽宁省委委员、常委、书记兼沈阳市委第一书记。1980年11月担任中共辽宁省委第一书记。此次重新回到省委书记的岗位上时，距上一次任职已经过去了31年。当年34岁的辽西省委书记现在已经65岁了，可郭峰还是义无反顾地担负起重任，全身心投入工作。

退居二线和离休后，郭峰主要生活在沈阳，他坚持“老有所为”。他戏称，他的离休生活就是“一个中心，两个基本点”，即以研究党建理论为中心，以关心下一代和关心老年人为两个基本点。

2001年1月1日，新世纪的第一天，沈阳市令闻三校的毛岸英中队队员来到郭峰家里。已是86岁高龄的郭峰格外高兴，与孩子们亲切地交流。说着说着，他对孩子们说：“你们是不是也给我戴上红领巾啊，让我在新世纪到来的时候，变得和你们一样年轻！”刚刚还七嘴八舌的孩子们瞬间慌了，沉默了，他们把精心准备好的红领巾落到车里了！此时的郭峰，却笑盈盈地从口袋里取出早已准备好的红领巾，递给孩子们。当他和孩子们同唱《中国少年先锋队队歌》时，很多人都落泪了。他对下一代的关心培养，亲切而慈祥，没有丝毫的官架子，是一个老共产党员源自内心最真诚的期待，是对红领巾最真的爱。

在糖衣炮弹的风雨中，郭峰勇于亮剑抵制“贿风”，在廉洁自律中伸张正气。郭峰在去世前做了全胃切除手术。由于在辽多年，好友故交都想前往看望。然而，郭峰在住院期间拒绝收礼，并写了一封公开信，明确了“六不”要求：

衷心地感谢您将要亲自来看望，本应立即亲聆教慰，无奈因肺炎未痊愈，且有复发危险，特遵医嘱，暂停止会客，尚祈同志们、亲友们谅解，现将《病情简介》送上请阅，不劳亲自光临。并希望将来探视时：

1. 不送不收慰问金；

2. 不送不收保健品；

3. 不送不收涉及保健的用品、用具；

4. 不送不收大盆鲜花；

5. 不送不收熟食；

6. 不送不收贵重、进口水果。

这六个“不送不收”看起来是对别人的，其实也是对他自己的，只有严格自律才能抵挡住任何诱惑。“六不”要求直截了当，明确清晰，体现了一个老共产党员坚持廉洁自律，保持高风亮节，对党的事业的坚定信念和无限忠诚，折射出一个老共产党员崇高的道德情操和品德修养，让所有读信的党员都对党的优良传统心生敬意。

2004 年 4 月 4 日，是郭峰从北京转院回沈的前一天，他一再坚持要到天安门广场看看。他看了天安门，又看了新华门，这两处是 1935 年一二·九运动的标志性地点。他的脑海里，一定闪过青春的模样。作为东北中山中学的领导者之一，他参加了那次大规模学生爱国运动。此后，不管是在战争年代还是和平年代，他始终保持着一颗赤诚的爱国心；不管是在顺境还是在逆境，他始终秉持着全心全意为人民服务的宗旨。八十寿辰之际，他曾为自己赋诗一首：“每忆八十历历程，如磐风雨奋然行。牢房战地英雄气，水远山高坎坷情。筋骨几番经烈火，肝肠数度铸忠诚。每思壮士牺牲志，何计生前身后名。”这就是郭峰，用铁一般的信仰，铁一般的纪律，在风雨如磐的人生中，谱写了一名共产党员的初心使命之歌！

一代宗师唐韵笙

清乾隆五十五年（1790），四大徽班进京，逐步形成了以徽调的“二簧”和汉调的“西皮”为基础，吸收昆曲、秦腔以及梆子等剧种的曲调、演技，融合唱、念、做、打的新戏种——京剧。20世纪初，在众多的“戏窝子”中，“东省歌舞、冠冕天下”的沈阳演出市场逐渐形成了粗犷、奔放、泼辣、高亢、火爆的京剧风格，故有“关内卖味儿、关外卖劲儿”之说。这尤其与被誉为“南麒北马关外唐”的唐韵笙有着不可割裂的关系。唐韵笙师承全面、文武并重、编演兼修。他坐镇沈阳，形成了与东北地域文化紧密相连的代表性流派——唐派，这也是关东大地唯一的京剧流派。

唐韵笙（1903—1970），祖籍沈阳，满族，隶正红旗，原名石斌魁，出生于福建省福州市一个没落的阀阅世家。祖父石秀川，早年在福州居官，辛亥革命后从事竹柳编织工艺。

| 唐韵笙 |

父亲石寿臣，秀才，因病早亡。母亲郎惠兰，出身名门，家道中落后，靠当保姆、洗衣妇为生。郎惠兰生三男一女，唐韵笙是其次子。

他 6 岁入私塾，自幼才分过人。9 岁时，他被率戏班来福州的河北梆子艺人唐景云相中，收其为义子，随后取名唐韵笙。自此跟随唐景云边学艺边演出，开始了流浪艺人的舞台生涯。

| 唐韵笙剧照 |

在山东、河北、东北一带“跑码头”时，唐韵笙边学边演。唐景云不仅请人给他说戏，还请老饱学教他读书练字。这为他打下了坚实的演戏基本功和文化基础，使他日后成为文武全才的好演员兼编剧能手。1919 年，16 岁的唐韵笙登上上海天蟾舞台，轰动一时，被上海戏曲类报纸称为“最优等著名正工须生”。

梅兰芳曾说：“演员的倒仓变嗓时期是一个关口，倒不过来，往往一蹶不振。”唐韵笙 19 岁倒仓，几年没演戏。他每天早晨带着一条狗、拿着一条棍子练功喊嗓。不久嗓出来了，武功也练成了，为后来演武戏打下好基础。

倒仓后，唐韵笙不仅唱传统老生戏，还唱自己创编的老生戏。京剧老生一行三个分支的戏，没有唐韵笙不能唱的。除了老生，京剧武生一行的戏，唐韵笙也都唱遍了，他唱自创的武生戏《驱车战将》等，上海《申报》称他为“长靠短打勇猛英俊全材武生”。唐韵笙还经常唱花脸戏、老旦和彩旦，经常引起轰动，连卖满堂。在每一行当里，他都能擅演各类角色，戏班里老人说要是把唐韵笙的能耐分给 6 个人，6 个人都是好角儿。他甚至自行设计服装、道具，“云肩膀”就是他设计的。

他还是一位优秀的剧作家。唐韵笙一生编演了 33 出戏，这些戏全是他自己动笔写的。他许多代表作，如著称于世的红生戏《古城会》《走麦城》等都是悲剧或带有悲剧色彩。他塑造的《驱车战将》中的南宫长万、《二子乘舟》中的伋子、《白毛女》中的杨白劳等无一不是充满悲壮感的悲剧性人物。在选材和立意上以塑造悲剧形象为主的唐派艺术的风格主调，可谓是雄迈大度、沉郁悲壮。这些戏中有老生戏，有武生戏，有花脸戏，今天都被称为唐派戏。

唐派戏中有一出特别有名的《闹朝扑犬》。唐韵笙扮演其中的主角赵盾，要和害他的恶犬在金殿上搏斗。他大胆尝试把训练有素的爱犬带到台上表演。在晋君朝堂上，犬獒纵身扑咬赵盾；锣鼓停住时，那狗竟在间隙吠叫几声，观众反响强烈。锣鼓再起，只见唐韵笙帽子脱落，甩发下来，接连完成跪蹉、水袖、避让、对打等种种动作。这一段成了戏中最精彩处，这个戏也成了唐韵笙拿手的新剧目，从关外、关里一直唱到上海滩。

唐韵笙能编、擅演、能导、擅教，天赋过人，功力深厚，既继承传统，又拓古出新。他是东北京剧的一面旗帜，也是东北京剧表演艺术的集大成者。他将关东风情融入京剧表演，如他演《拾玉镯》刘媒婆时，体现了东北三大怪的“大姑娘（泛指年纪稍长的女性）叼烟袋”。他将下场原板从末句起，把长杆烟袋旋转于掌心，做出众多花样，且随腔走三个圆场，令人叫绝。

1959 年，沈阳京剧院建院，唐韵笙被任命为副院长兼艺委会主任。此后，因年事渐高，健康状况不佳，唐韵笙很少参加演出活动。在生命的最后岁月，唐韵笙扶病整理、新排了自己专擅的最后一部列国故事剧《摘缨会》；参加了小武戏《插旗》、现代戏《奇袭白虎团》的演出，甘当配角，分别扮演老渔民和朝鲜老大爷，这是他舞台生涯中饰演的最后两个角色。

唐韵笙曾说："我哪派都学，又哪派都不学，我是'拿来我用'。"唐韵笙一生甘于淡泊，唐派作为一个流派被全国广大观众所认可所称誉，被载入京剧史册，靠的是真才实技，靠的是继承与创新。也正因为此，唐韵笙艺术对传承人要求很高，学起来难度很大，所以学唐韵笙的人少，唐派艺术传承也面临困境。2016 年 12 月，包括《二子乘舟》《闹朝扑犬》在内的 11 个剧目入选第一批京剧传承剧目挖掘抢救整理项目。沈阳京剧院复排了《二子乘舟》和《闹朝扑犬》并先后公演。

纵观唐韵笙的艺术道路，可谓一路荆棘、历尽坎坷。他之所以能高标异采、自成一派，主要是靠刻苦自学，兼纳百川。他把自己的艺术根基深植于东北这片广袤的黑土地中，质朴、雄浑、豪放、凝重的关东文化铸就了唐派艺术的精魂。

『如今魏法在辽东』的沈延毅

小时候常看一本名为《沈阳之最》的书，里面记载了最早的冰箱、最早的汽车……虽然很爱惜地包了书皮，但我对封面上沈延毅题写的书名还是印象深刻。人民大会堂辽宁厅、八王寺汽水厂“东北第一甘泉”、老龙口酒厂、鹿鸣春饭店、沈阳大学、沈阳迎宾馆等题词，苍劲古拙、飘逸潇洒、深邃含蓄，气象万千中包含着雄迈无畏、豪放劲健之风。沈延毅担任沈阳市文史研究馆馆长30余年，是辽沈地区传统文化领域旗帜性人物。

| 沈延毅 |

沈延毅（1903—1992），字公卓，号述菊；原名沈延蓉，字剑津；20世纪30年代初更名沈著，40年代中期更名沈延毅，晚号天行健斋主，出生于辽宁省盖平县城东西台村（现盖州市东城区古台村）。父亲沈庆飏，字羹唐，是清末优贡；国学根基深厚，擅长书法诗文，

字学何绍基，写得一手漂亮的“何体”，一时名冠辽南，人称沈才子。沈庆飏在盖州一带办过学，为地方教育做出贡献，在当地颇负盛望。可惜在1910年赴北京应秋试时，35岁的沈庆飏患上急性阑尾炎，不治而殁。沈延毅自幼聪颖，勤读诗书，苦练书法，临摹唐楷欧、褚、颜、柳诸家，博采众长，积淀了深厚的功底。他对何绍基的书法用功尤勤，为他此后的书法艺术风格打下坚实的基础。

1917年，沈延毅在长辈的带领下，到大连拜见了博学精深的康有为。年过古稀的康有为，见到风华正茂、学识广博的沈延毅，非常高兴。沈延毅得以“磨墨理纸于侧，亲睹康老措笔之妙，骇目惊心，深有所悟，窃心

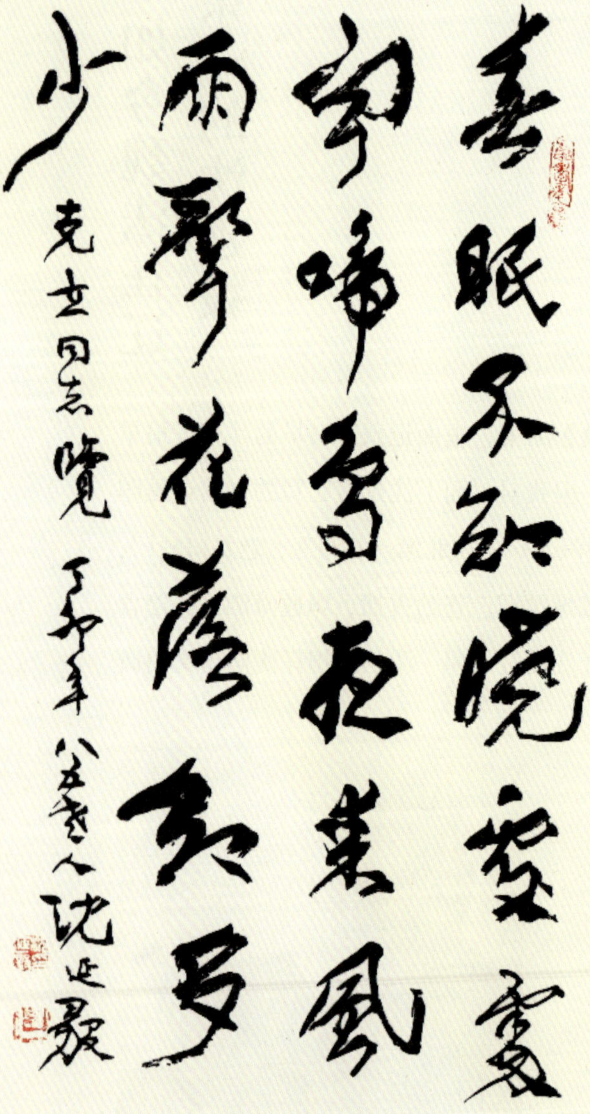

沈延毅书法作品

识之。”康有为握笔惊风雷的大家风范和他对魏碑书法的审美观点，以及既传承于古人又充满反叛个性的治学之论，都对沈延毅产生了巨大的影响。临别之际，康有为还赠送两幅自己的手迹作为鼓励，并叮嘱沈延毅，要上追秦汉，以求格调高古。

19岁时，沈延毅考取了当时的北京民国大学，后来又到北京大学深造。随着学问上的积累和储备增加，沈延毅更坚定了把北碑作为一生学习书法立根基础的决心。他对碑帖结合、以魏入行的书体，进行了数十年的锤炼，自觉交融了心灵体验和精神感悟，将碑学书风推向异常鲜活的境界。

沈延毅笔下的魏碑行书，在法与意的完美交融中，赋予了古老的石刻文章与艺术以新的气韵和风采。他的作品笔力慑人，形态特异，充满阳刚之气。他始终把握着“坚劲、峻拔、开张、逸宕”的用笔主旋律，在力的统摄下，气势恢弘的点画铮铮磊落于纸上，创造了雄浑、峻伟、朴拙、奇逸的书法审美形象。从坚劲逸宕的点线轨迹中，我们可以体味到沈延毅“高韵深情、坚质浩气”的品格和气度，在对他精湛艺术功力大加叹服的同时，更是被他与书风相一致的人格力量所震撼。

沈延毅曾对他的学生说：“与古人之合，先求法合，得其形似；继求貌似神合，形神兼备；最后要求貌离神合，推出新意，自成风格。结体要先学唐楷，以求端正，后学魏晋，以求奇变。”

未届而立之年，沈延毅就凭所写的欧体和魏碑兼具的小楷和他几可乱真的何体书法立足书坛。二十世纪六七十年代，他的较为工稳的魏碑书法更是得到广泛认可。但他并没有就此驻足，他深明“变则通，通则久”之理，敢于毁我，敢于突破。最后，终于在创新求变的理性觉悟中，不断探索，从表现技法入手，化古为我，写出了自己，塑造了一种血肉丰满、风骨鲜明的沈氏书风。

沈延毅身高1.93米，腰板挺直，在人群中有鹤立鸡群之感。他的才情也同样，诗书画印无所不通。书家本色是诗人。沈延毅阅历广泛，他不仅字写得好，诗写得也好。他以深厚的传统文化修养，夯实了自己的书外之功。他长于文史，精于鉴赏，尤以诗词成就最高。他的许多作品都是自书诗词。在他的诗集里，很多是即席、即兴所作，作得又快又好。他的诗意境清新，每一字、每一句都发自他内心的真实情感。

沈延毅也画画，山水、人物都画过。1959 年岁末创作的《大赫山图》，是一幅山水画作，将诗、书、画、印汇合成统一的艺术整体，现收藏于辽宁美术馆。

他的作品，他的高风亮节，在各地都有较高的影响。早在 20 世纪 30 年代，沈延毅的书法就在日本获过大奖；60 年代，他的书法在日本又引起轰动。日本首相田中角荣和竹下登先后访华时，都曾向沈延毅求字。

1956 年 2 月，周恩来总理来沈阳视察，他说："沈阳是东北政治、经济、文化中心，尤其对文化的开发和传播，应走在前面，沈阳又是人才荟萃之地，可按照重庆、武汉那样建立文史馆。把一些老而贫的知识分子安排为馆员，既可发挥他们的才智，又老有所养，一举两得，何乐而不为呢！"1956 年 9 月 27 日，沈阳市人民委员会发布了成立沈阳市文史研究馆的决定，任命沈延毅为馆长，陶心源等 21 人为馆员。

现在的沈阳市文史研究馆还珍藏着一块匾。这是第一任馆长沈延毅留下的珍贵墨宝，上面用遒劲的魏碑体写着四个大字：敬老崇文。敬老，让一批老先生在此安享晚年；崇文，让一座城市的文脉在此发扬光大。

沈延毅虽然求学于京华，任职在都市，在艺术上德高望重，但他一生都保持着农民的品格，生活上异常简朴。吃饭很简单，高粱米水饭，小葱拌豆腐，就吃得很香，小酒，有时来两盅，这就是他的生活。他就在那十几平方米的小屋里，接待络绎不绝的求书者。小屋经常是人满为患，人去了没有地方站。沈延毅非常热心、好客，不忍拒绝。有时和访客谈话谈到下午 1 点多，连午饭也吃不上。在生命的最后十几年，他写出了至少2000多幅墨宝。越是后学青年，他越是鼓励，为弘扬书法艺术而孜孜不倦。那时的书法青年，能够见到沈延毅便是莫大的荣幸，若能得到他的题署，更是莫大的荣耀。现今，沈延毅的作品已经千金难觅了。那些求得墨宝的人，收藏的也不是可以用金钱比拟的东西，而是当时与沈老交流时的一份心境与感悟。

作为书学大家，沈延毅秉性刚毅，文人傲骨，个性飞扬，老年时喜欢给人取外号，喜欢煲电话粥，像个调皮的孩子。也正是这份率真风趣，才会使得他以碑帖结合，以碑为主的雄浑厚朴、倔强奇谲的富于强烈个性的书风，卓立于现当代中国书坛，而且越来越彰显出独特的艺术魅力。

自9岁开始学习书法，逝世前3天还坚持写字，沈延毅与书法结缘整整80年。每天都临摹古帖，从不敢偷闲，可谓对书法知之愈深，爱之愈切，以至终身从之。对于前代碑派书家而言，他具有开创精神；对于为后世习书者而言，他提供了新的坐标与参考，承前启后于20世纪中国书坛。正如启功所赞："白山黑水气葱茏，振古人文大地同。不使龙门擅伊洛，如今魏法在辽东。"他生前没有办过个人展览，没有出版过作品集，却给我们留下了丰厚的文化遗产和精神财富。在中国书法史上，他被称为当代中国书法北方的开派大师。

人民作家 马加

著名剧作家、词作家阎肃2014年在习近平总书记主持召开的文艺工作座谈会上曾说，军人也有“风花雪月”——那风是“铁马秋风”、花是“战地黄花”、雪是“楼船夜雪”、月是“边关冷月”。其实不仅行业，地域更是文艺作品语言特色的标签。鲁迅《阿Q正传》中的绍兴话“赵太爷肚里一轮，觉得于他总不会有坏处”，周立波《山乡巨变》中描写湖南乡村哭嫁的“娘哭三声抱上轿，爸哭三声关轿门，哥哭三声亲姐妹，嫂哭三声搅家精”，汪曾祺《受戒》中的苏北方言“身上的衣服都是格挣挣的”，赵树理《李家庄的变迁》中的山西方言“这你不用问！黄河岸上打平和，几时不是吃鳖啦”，陈忠实《白鹿原》中充满黄土高原风情的“大”“乡党”“黑间”“弹嫌”“秀溜”等都是代表。

| 青年时期的马加 |

要说谁能在作品中熟练使用被当代网

友戏称为颇具“魔性”和“传染性”的东北话展现关东风情，那还得是80多岁仍笔耕不辍，90岁高龄被辽宁省政府授予“人民作家”称号的沈阳籍作家马加。他被称为“北国风云中开不败的花朵”，不仅因为他生于斯、长于斯，更有他“作为老百姓写作”“为老百姓写作”的坚守。正如他在延安文艺座谈会上聆听毛泽东主席提出的“为什么人的问题，是一个根本的问题，原则的问题”，马加用一生回答了这个问题。

马加（1910—2004）原名白永丰，又名白晓光，满族。他出生在今新民市辽河东岸的弓匠堡子村。“太阳已经老高了，热气腾腾的，草棵地有股艾蒿的辣味，蝈蝈翘着翅膀叫唤，庄家都起身了，刮起一阵风，一枝动、百枝摇，掀起层层的浪。”这段几乎调动了读者所有感官的描写正是他无忧无虑的童年时光的写照。东北的自然、风情塑造了马加的个性，而大时代的洗礼和对生活的深入则凝练为马加独特的艺术气质。

做过乡村蒙馆先生的爷爷常给他讲历史人物和爱国英雄。当农村药房先生的父亲认识到教育的重要性，支持他读小学、上教会中学、考东北大学。求学期间，他结交进步师友，阅读鲁迅、茅盾等人著作，创作了《秋之歌》《风雪之夜》《火祭》等作品控诉军阀、同情农民、赞颂革命，逐渐在文学青年中崭露头角。

九一八事变后，他流亡北平，曾因欠房租被捕入狱，后冒险回到家乡。两年间，社会的黑暗和农民悲惨痛苦的生活激发了他的革命热情和创作激情。再度流亡北平，他接触到更多的共产党员，加入左翼作家联盟，在《文学导报》上发表了《登基前后》（1963年出版时更名《寒夜火种》）等作品，揭露日寇的侵略暴行和日伪的残暴统治。

七七事变后，马加辗转津、鲁、苏、豫、陕、晋等多地宣传抗战、打游击。他两度到延安，取“快马加鞭”之义的笔名“马加”也是他再回延安时对自己的鞭策。在延安期间，发表了当时延安第一部长篇小说《滹沱河流域》。

| 晚年创作中的马加 |

抗战胜利后，马加响应党的号召回到东北。途径东科尔沁草原化险为夷的经历成为《开不败的花朵》的素材，其中不乏胜利的喜悦、民族的特色；他根据在佳木斯担任土改副队长抓土匪、斗地主的经历写成了“速写式、碳画式”的《江山村十日》；他参加抗美援朝，随志愿军后勤分部领导的民工支前队一起战斗，写出了《在祖国的东方》。他长期扎根辽宁各地农村，写出了《红色的果实》，成功地反映了社会主义革命中农业合作化的景象。

1983年，以九一八事变到七七事变为历史背景的30万字的长篇小说《北国风云录》出版。从1956年毛主席、周总理等中央领导启发他“弘扬民族正气、歌颂中华英雄”“以自己熟悉的生活反映重大历史事件”发端，20多年间马加三次动笔，《北国风云录》出版时他已经73岁。小说以亲历的视角，真实而广阔地再现了抗日战争的风云变幻，塑造了各阶层人物的鲜明形象，描绘了辽沈地区的风土民情，获得广泛好评。而24万字的姊妹篇描写抗战时期延安的《血映关山——烽火神州录》更是马加在视力只有0.1的情况下坚持用放大镜辅助写作，在81岁高龄时出版的。

他在担任省文联主席期间，发表了《文艺界需要民主》等评论、散文、诗歌50余篇；两部姊妹篇出版以后，年近90的马加还创作了《长山子风光》

等散文、回忆录作品。

马加是作家，更是战士。他善于把最“土”的庄稼话提炼成最美的文学语言。他笔下的英雄个性鲜明，也有缺点。他一生的创作贴近生活，贴近人民，贴近时代。习近平总书记指出，“社会主义文艺，从本质上讲，就是人民的文艺。”“能不能搞出优秀作品，最根本的决定于是否能为人民抒写、为人民抒情、为人民抒怀。”“文艺创作方法有一百条、一千条，但最根本、最关键、最牢靠的办法是扎根人民、扎根生活。”当前的文艺工作者担负着文化新使命，强国建设、民族复兴，强市建设、全面振兴，文化何为？何为创作？在这一点上，马加为我们做出了榜样。

『铁肩担道义』的文化名士王堃骋

最初看到王堃骋这个名字，是在初中母校——沈阳七中的校牌上。后来才知道，沈阳抗美援朝烈士陵园和纪念碑文、四川峨嵋山十大名胜之一白龙洞的匾额，均出自这位从抗日烽火和解放战争的硝烟里走出的文化名士。他一肩担文化，一肩担道义，走完了戎马丹青的人生之旅。

王堃骋（1912—1993），山东省禹山县人。1918 年，6 岁的王堃骋随父亲逃荒到东北，最后落脚在吉林集安，住在鸭绿江畔，主要靠父亲摆渡并租地主三亩土地维持生活。虽然因贫困无法上学，但王堃骋酷爱学习，喂猪割草之余就去学校认真旁听先生讲课，回来之后把所学教给跟他一起劳作的小伙伴。如果有不认真听讲的，不会写字的，他就模仿先生用小棍子打手心。久而久之，村子里的长辈们都亲切地喊他“王先生”。认真、好学、勤奋的王堃骋，随着年龄的增长，想读书

| 王堃骋 |

的愿望更加迫切。但因家中拮据，在读高小和中学时，只好通过当“堂役”这种半工半读的方式维持学业。他白天辛苦劳作，学习时间短，晚上就偷偷点灯读书，衣服经常被油灯烧出洞。凭着先天的聪颖和后天的执着，生活窘迫的王堃骋，想方设法维持学业，而且成绩一直很优秀。受家兄王劫夫（通化地区知名书法家，曾任通化中学校长）的影响，酷爱书法。他既有颜筋柳骨的根底，又参以黄庭坚的运笔，留心二王的风韵，取诸家特点在融会贯通基础上自出新貌。

1930年，王堃骋考入张学良办的东北军械训练班。毕业后，参加东北军，任军械见习技术员。九一八事变爆发后，他毅然辞去在东北军中的职务，去北平投入到如火如荼的学生运动之中。1932年正式加入中国共产党领导的互济会，负责北平北区文件和左翼书刊的秘密发行工作。1933年2月，在白色恐怖中正式加入中国共产党。

入党后，王堃骋被分配做军委秘密工作，打入国民党部队内部进行瓦解，准备兵变。但由于叛徒告密，这项任务遭到毁灭性的打击，以致他与组织失掉了联系。他想加入抗日同盟军，却在出发前突发盲肠炎，只能回北平就医住院。在此期间，他曾以江风为笔名，撰写纪实性中短篇故事，发表在《北平新报》副刊上，进行抗日救国宣传。病愈后，他回东北从事地下活动，积极寻找党组织。卢沟桥事变后，他决心奔赴延安，先到烟台、济南转太原，找到八路军办事处，经在互济会工作认识的裴鸿昌（又名裴孟飞）同志介绍，恢复了党籍。从此，一直在晋察冀根据地工作，先后担任盂县县委书记、晋察冀北方分局宣传部干事等职，进行艰苦卓绝的斗争。

1945年，王堃骋响应我党“东北干部打回老家去”的号召，带病出发。到达沈阳后，中共中央东北局决定让他任嫩江省工委书记，负责领导一批干部北上占领阵地，接收沈阳，建立民主政权。通过艰苦卓绝的奋战，他在11月中旬顺利接收了盘踞已久仍不愿退出历史舞台的伪满北安省政权。随即带领干部战士仅 3 人来到混乱的哈尔滨，找苏联红军交涉枪支弹药。在李兆麟、钟子云的帮助下，苏联红军终于在滨江车站附近的一个仓库里拨出 3500 支步枪与部分弹药。他们顶着零下 20 多度的严寒连夜装车押运，将枪弹安全运到北安，为黑龙江省建立起一支可靠的武装力量创造了装备条件。

他从瓦当文中走来，在融会贯通中别树一帜。残酷的斗争并没有影响他追求酷爱的文艺。他尤爱瓦当文及宁斧成作品。新中国成立后，他的艺术特色更加彰显。他的诗、词、曲内涵丰富，既注重音韵，又不拘于旧格，反映的都是亲身经历，体现了他丰富的生活阅历与广博的见识，先后被收入《江河集》《霜叶集》，也曾在《辽宁书法》发表，曾出版《王堃骋书画集》。1984 年，他的行书作品曾获辽宁省政府“优秀文艺作品奖”。

他在书论中写道：“在我国，书法已不仅是书法家孤芳自赏的艺术品，而成为为广大人民服务，为社会主义服务的精神产品；这个‘国之瑰宝’还远播海外，闪耀着它夺目的光彩。我们的时代是承前启后、继往开来的时代，以书法的形式，书写健康、高尚、蓬勃、向上的内容，反映中华民族古老的文明，表现当今波澜壮阔的时代精神，是我们义不容辞的历史责任。”1980 年 5 月，全国第一届书法篆刻展在辽宁沈阳开幕。从资金的筹措到展览的组织、接待等，王堃骋都亲自过问，亲自抓。这是新中国成立后中国书法家协会主办的第一次单一书法篆刻大型展览，沈阳入展作品近 30 件，列全国各省市之首。这成为辽宁当代书法艺术快速发展的助推剂。此后，北京市书法家学会又在故宫博物院将全部展品展出，将影响推向更大更远。乘着展览的东风，中国书法家协会于 1981 年成立，王堃骋被推选为名誉理事。王堃骋在省人大任副主任期间，与省市书协的领导沈延毅、杨仁恺、王冠等一起推动了辽宁书法事业的繁荣发展。

1985 年 8 月，王骋堃突发脑中风，从此失语，右半身瘫痪，失去了右手挥毫的能力。经过一年多的康复，他以坚强的毅力，克服左手从未执笔的困难，开始用左手写书法。此后的8年里，他不断与后遗症作斗争，坚持每天书写两个多小时的字画。虽然说话艰难但思维敏捷，他左手的书画风采不逊于右手，而且更显稚拙之气。王堃骋坚忍不拔的精神令人折服。

王堃骋从战火中走来，历经岁月的沧桑之后，又展现了文人风骨。他喜爱汉瓦当文字，虽然文字不多，然而风格古拙劲直，前人多以刻印模仿，他却从书法角度变化出新体，这是书法史上的创新；他

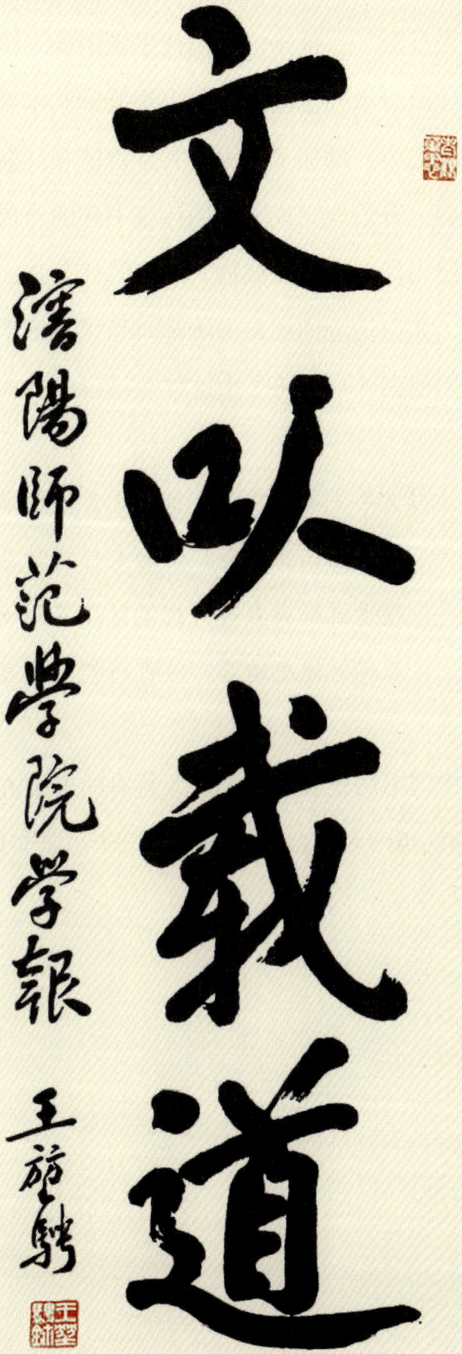

| 王堃骋书法作品 |

说“书法艺术的素材是中国文字。只有书助其文，文耀其书，书文并茂，才能感人至深”；他是辽宁当代书家中的一位高官，又是高官中的著名书家；他领导组织承办全国第一届书法篆刻艺术展，把社会责任感、公众利益带回到书法之中，增加了艺术的共享价值和社会生命力；他领导组建辽宁省书法家协会，有效地完成了中国传统书法的当代实用性，激活了传统，充实了当代，使当代书法厚德载物，成为时代名片；他在诗海砚田之中苦苦追求了大半生，无论是诗词还是书法都对当代书坛产生了影响，是铁肩担道义的文化名士。他在《自叙诗》中这样总结自己的人生：

少年贫窭终难羁，征途青黄近古稀。
每忆溪山牧笛袅，时念太行马蹄急。
殷情自励当自奋，挥笔舒怀不知疲。
长鸣老骥思边草，凌霞白鹤不倦飞。

中国书法是表现出中国人特有的思维方式、人格、性情的一种艺术实践，于 2009 年列入联合国教科文组织非物质文化遗产名录，先生当为此欣慰。

人民鉴赏家
杨仁恺

很少看电视剧，却被《人生几度秋凉》吸引了。这部剧的故事内核是“古玩”：晋唐名帖、元青花瓶、明成化斗彩鸡缸杯、雍正御印……一件件堪称国宝的古玩与民国初年京城几个“古玩人”的命运沉浮串联起来，在真真假假虚虚实实之间，让人不仅看了热闹还学了古玩的门道。文物是古代的艺术珍品，具有东方艺术之美并寄寓了中华民族独特情感与审美取向的书法和绘画，更是中华民族的宝贵精神财富，也是华夏文明的象征。为保护这些文化遗产，中国书画文物界的泰斗、人民鉴赏家杨仁恺，毕生都在努力向学，勤奋钻研。

杨仁恺（1915—2008），生于四川省广安市岳池县。父亲为岳池商会会长，虽非书画收藏或名门世

| 杨仁恺 |

家，但也称得上是书香门第。杨仁恺天资聪颖、勤奋好学，从小读私塾，后考入高中。儿时的他，对把玩名画古董尚无从谈起，却酷爱历史，写得一手好字。

但随着父亲的去世，家道贫窘，成绩优异的杨仁恺不顾母亲劝阻，中途退学，到私立学校教书。三年后，杨仁恺只身来到成都。教书之余，经常去学校附近的总府街溜达，那里的古董摊、古玩店像磁石一般吸引着他，成为他的启蒙老师。按他自己的说法，“日久天长，于不知不觉之间对之发生了如少女初恋的感情”。

全民族抗战时期，杨仁恺移居重庆，在《说文月刊》出版社负责出版工作。作为陪都的重庆，云集了一代文化精英。杨仁恺常与撰稿人郭沫若、沈尹默、徐悲鸿、金毓黻、张大千、谢无量、马衡、老舍等名人学者接触。每次请他们审读稿件，杨仁恺都像学生一样虚心求教，他边干边学，同他们结下了深厚的师友情。其中，东北大学教授、著名史学家金毓黻对杨仁恺的影响最为深远。家住附近的郭沫若，学问博大精深，且乐于施教，他在交友、治学上的挚切与坦诚对杨仁恺的影响最为直接；每当杨仁恺遇到历史和考古方面的问题时，便登门请教。在重庆期间，杨仁恺还结识了潘天寿、黄宾虹、傅抱石、吕凤子等书画家，使他对古代书画的研究更加深入。

抗战胜利后，杨仁恺北上京城，有空就泡在闻名中外的琉璃厂文化街。在担任北平市政府技正（研究员）时，与书画鉴赏家张伯驹、陈半丁、徐石雪、邓拓等披览历代藏品，交流鉴定心得。

这些求教名家、流连厂肆的经历，使杨仁恺的文化积淀越来越深厚扎实。靠着孜孜不倦的努力和勤奋，他逐渐走入中国书画艺术的殿堂。

新中国成立后，郭沫若推荐杨仁恺去国家文物局，但因专业技术人员已满，未能如愿。后经在东北工作的同学介绍，杨仁恺转任东北文物管理委员会研究员。

1950 年春，36 岁的杨仁恺来到沈阳，从此厚积薄发，开始了 58 年的寻宝鉴宝之旅。其中，最经典的便是那段“国宝遇到国眼”的佳话。

一天，在东北博物馆临时库房里，杨仁恺在清点溥仪逃亡中被收缴的文物时，从纸堆中拿出一长卷，蓦然被恢弘的气势、娴熟的技法、严密的结构、遒劲的线条所吸引。5 米多长的绢本上，是一幅波澜壮阔的古代风俗画，可惜这幅题为《清明上河图》的巨作却没有作者署名；但是画后有金代张著的题跋，明确作者为张择端，而且历代的收藏印章纷繁复杂，仅溥仪的印章就有三枚之多。

清人记载，《清明上河图》真迹在明代已经年久腐烂。所以，清宫并不把此画视为真品，与另外两幅同名的《清明上河图》一样，只是把它当作普通的摹本。

“谁也没见过原画，所以只能靠文献记载判断。”杨仁恺对照《东京梦华录》记载，开封的桥为木头桥而不是石头桥，眼前的画卷与记录一步步契合，最终确认此画是张择端真迹，并郑重地写上了鉴定结论。《清明上河图》真迹历经 800 多年浮沉，甚至被湮没在众多赝品中，终于得以重见天日，震惊内外。同样传奇的是，1963 年，杨仁恺在被撕成碎片的一包烂纸中，拼接出宋代米芾的珍贵名作《苕溪诗》。

对于这些国宝，杨仁恺说：“每一件背后都记载着祖国多磨难的历史记录文化流传中千年沧桑，每件背后都有讲不完的传奇与故事。”为记载溥仪从故宫盗取的书画作品在追回过程中的每个细节、鉴定真伪的最终定论及其散佚下落，杨仁恺历时 30 多年，呕心沥血写下了中国古代美术史及书画鉴藏史中最具历史价值的巨著——《国宝沉浮录》。

1983 年至 1990 年，时任辽宁省博物馆副馆长的杨仁恺参加了由全国最著名的 7 位大师组成的“中国古代书画鉴定组”。杨仁恺全程参与，8 年中走遍全国，过目书画作品 6 万多件，留下了厚重的鉴定笔记，后被整理为《中国古代书画鉴定笔记》。

在鉴定界，杨仁恺有“三分之一定真假”的美谈。他常在书画作品展开三分之一处便鉴得真伪，功力了得，被誉为“书画鉴定泰斗”“国眼”。

他的每一鉴定，都不是凭空而发。他对历史上各个朝代著名书画家的生平、作品及历史背景，甚至题跋等都能熟谙在心。他认为，文物鉴定是科学，提倡“科学的比较研究法”。他会依据当时的政治、经济、文化、风俗、衣着等特点，凭借在厂肆学来的敏锐的书画感觉、丰富的实践经验、谙熟的古董知识及深厚的国学素养，从一枝一叶、一笔一画的细节之中，认真比较、细致分析，然后对作品作出判断。他是新中国文博事业的拓荒者，对中国历史文化遗产的考鉴、拯救及中国文化在世界的传播作出了卓越贡献，海内外影响深远。

兴趣是最好的老师，实践是最好的大学。虽然杨仁恺总笑谈自己是“琉璃厂大学”毕业的，但他总是刻苦学习、虚心求教、持续关注、不断积累、潜心研究，练就了远超科班出身的学识、修养、眼界、境界。在一次次与“国宝”的“偶遇”“巧遇”中，凭借超群的文化修养和专业能力，辨别和拼接出一批书画国宝，终成誉满天下的一代宗师。

作为资深的鉴赏家，经杨仁恺鉴定出来的宝贝，随便一件都会价值连城。让人敬佩的是，虽然眼力了得，但杨仁恺不收藏古董，不牟利其中。一旦有朋友送他古董或是请他鉴定古代书画，他就会以朋友的名义或劝朋友将此捐赠给博物馆。

杨仁恺为国鉴宝护宝，不愧为人民鉴赏家。无论少年时代在巴蜀故里，还是后来饱经战乱的洗礼，北上京城、定居沈阳，从西南到京畿，再到东北，颠沛流离并未影响他痴迷于书画艺术。他将一生献给了文博事业，献给了书画鉴定，献给了中华优秀传统文化的创造性转化和创新性发展。把马克思主义基本原理同中华优秀传统文化相结合，建设中华民族现代文明的文化自信，正来自于此。

丹青『耕者』王盛烈

作为中国八大美院之一的鲁迅美术学院，校名和校训均为毛泽东主席所题。在传承“鲁艺”精神的同时，艺术“为千千万万劳动人民服务”的思想也在这里深深扎根。正是这片沃土，在20世纪60年代造就了“关东画派”。鲁迅美术学院出现了一批以人物画为主的画家群体。他们的作品主题鲜明，色彩浓烈，关注人生，关注社会，关注历史，坚持现实主义的艺术创作手法，在当时美术界形成很大影响，现已经屹立于当代画坛。“关东画

| 王盛烈 |

派”的创始人是以“耕者”自称的王盛烈，“关东画派”的得名和奠基之作，就是王盛烈的经典之作《八女投江》。

王盛烈（1923—2003），又名橐子，生于沈阳市东陵区（今浑南区）五岳乡中华寺村一个农民家庭。父亲是村里的私塾先生，母亲性格豪爽，精明能干。王盛烈很小就开始参加劳动，与他的6个兄弟姐妹一起分担家里的负担。他白天到地里干农活，晚上点着油灯写小楷。九一八事变爆发后，年仅8岁的王盛烈被迫跟随全家迁往抚顺。而之后14年的乡土沦亡之痛，使他

体会到丧权辱国和背井离乡的滋味，成长为一个坚定的爱国主义者。

王盛烈自幼便表现出惊人的美术天赋，他 17 岁时画的水彩画《古城黄昏》入选“奉天省”美展，18 岁考入“新京”美术院东京分室，赴日本留学。三年的系统学习使王盛烈具备了扎实的造型能力，他的素描《拉奥孔》被印成成绩展的大型宣传海报。由于成绩突出，他被川端龙子选去当学生，甚至打算让他留校当老师。

1944 年 12 月，回国后的王盛烈因说了一些仇视日本的话，被特务告密，

|《八女投江》|

日本宪兵队把他抓走并装在麻袋里摔打了一个多小时。国土沦丧的痛苦和自己的切身经历，使他的作品关注现实，关注民生，带有鲜明的时代烙印。他创作的主要题材，都是抗日战争题材，这也是他发自内心的需要。

中国画《八女投江》不仅奠定了王盛烈在当代中国画史上的地位，也为现实主义中国画创作开启了新的篇章，使其在中西技法结合上与徐悲鸿、蒋兆和并称。

1949 年初，王盛烈在东北抗日联军领导人冯仲云的报告会中，听到抗日联军八位女战士为了不被敌人活捉集体投江殉国的真实感人故事时，内心深受触动，激发了他的创作灵感。1954 年，他用速写绘制了第一幅《八女投江》草图。此后，虽然画了很多草图，他都觉得人物过于平淡。于是他采访了不少参加过抗战的人。根据得到的信息，画了大量人物素描。他也在一次次写生中，在人物的形象、衣着、关系上进行深化，这些成为后来创作《八女投江》的基础。1957 年，总政举办纪念中国人民解放军建军 30 周年美展，王盛烈决定把这幅画画出来。为此，他专门到东北烈士纪念馆查阅了这一史实：东北抗联五军准备渡过牡丹江开辟抗日新区时，冷云等八名女青年队员接到先行渡江动员群众的任务。她们行军将至牡丹江畔，即遭强力敌人三面包围，八位女英雄背江一战，终因弹尽力竭、不欲为敌人所俘一同跳入滚滚江流。八女为革命视死如归，在蓝天碧浪中，巾帼英雄去而不归……

中国画《八女投江》是以人物、环境、细节的真实感，给人以震撼，以惊喜。画面没有描绘敌人，而是聚焦在顽强斗争的女战士身上。画面中，八名女战士相互搀扶，从容走入阴云密布下湍急的江水中，共同构成富有雕塑感的人物群像。

为了表现女战士坚定无畏、英勇不屈的气概，王盛烈在中国画的基础上借鉴了西洋绘画的方法，用素描与笔墨相结合的方式塑造人物，造型加入了结构和光影的因素，有很强的雕塑感。正是这种雕塑般的语言，产生了撼动人心的视觉审美感受，突破了中国画人物塑造，表现出八女投江的壮烈。群像式的人物神态与动作恰到好处地控制着空间，形成整体的张力。灰色的背景营造出浓重的悲剧氛围。王盛烈把自己悲愤的情感融入坚实、浑厚的传统积墨皴擦之中，画出了翻滚的江水，与礁石形成对比，整个画面被浓重的悲怆气氛所笼罩，令人动容。

为了使人物形象真实生动，王盛烈找来学生做模特，画了大量的素描写生。在建构烈士的形象过程中，他挖掘出悲壮的牺牲精神背后所凝聚着的崇高战斗性，就像画面右下方缝隙中茁壮茂密生长的野草，千磨万击还坚劲，倔强地傲然挺立于狂风暴雨之中。

创作《八女投江》时，王盛烈年仅 34 岁。这幅力作是五四新文化运动中国画改良后达到的高水平标志性作品，不仅奠定了王盛烈在中国画坛的地位，也奠定了东北中国画的地位和风貌。《八女投江》不仅是西方素描造型与中国传统笔墨结合的典范，也是水墨绘画语言的创造与完善，更是现实主义的水墨力作，是王盛烈艺术思想、艺术主张的最集中体现。

王盛烈强调艺术要以生活为源泉，贴近时代和人民，追求艺品与人品的高度统一。他的画作看似平凡的生活，然而在这平凡中却流溢着朴实无华的真切心境，折射出他的家国情怀和博大胸襟。他把对祖国和人民无限的爱，浸透于生活在关东黑土地上普通劳动者的深厚情感，并流露在作品中。

1984 年，王盛烈绘制中国画《耕者》。他以饱含深情的笔触，将浓郁的生活气息描绘在广袤的黑土地上——晨雾仿佛还未散尽，一位质朴的农民，低着头，迈着稳健的步伐，牵着马儿辛苦耕耘。王盛烈以写实之功、绘境之力，使得画中的农民栩栩如生，呼之欲出。这动人的人物画，代表了他真挚的人文情怀。他题写的“根植沃土，情系关东”，正是他的创作理想和艺术宣言。他将这幅画比作他的自画像，这也体现了他对美术教育事业的默默耕耘。

王盛烈自 1949 年暑期转入东北鲁迅文艺学院美术部，在鲁迅美术学院辛勤耕耘了半个世纪，从讲师到院长，他与鲁迅美术学院共同发展。他说："鲁艺是什么传统呢？艺术与工农兵相结合，艺术为人民服务，即站在人民的立场上反映人民的理想和愿望，为人民群众提供高尚的美好的精神食粮。我们的中国画就是在这个原则上、信念上成长起来的。"无论是《八女投江》的英雄颂歌，《耕者》的平凡世界，还是《白山深水》的个人内在精神表达，王盛烈的作品没有取悦于人，而是凭着艺术家的良心去真诚地描绘。虽然王盛烈的艺术生涯随历史演进发生着阶段性的转折，但始终不变的是，他把自己的遭遇内化为强烈的爱国主义精神。他和他所开创的关东画派，坚定不移地追寻鲁艺优秀传统，培养了很多美术人才。他们以现实主义精品力作弘扬民族精神，为人民表达我们这个时代的精神；他们以中国精神为灵魂，把艺术的温度、精神的高度、思想的深度直抵人心。

丹青"耕者"王盛烈，将个人与时代融合为一，为 20 世纪的中国美术留下了一个民族形象。他用自己全部的生命情感和艺术才华在以真善美为精神旨归的现实主义画卷和教育事业中耕耘不辍，写下了时代的赞歌。

『飞车大师』蔡少武

在沈阳高登大酒店斜对面，青年大街与中山路交叉路口西北角，有一座建于百年前的日式砖木结构二层小洋楼，是“蔡少武旧居”旧址，2015 年 6 月被沈阳市人民政府列入沈阳市第二批历史建筑名录。

蔡少武（1919—1996），著名的杂技表演艺术家，原名蔡鑫华，生于北京。8 岁时加入中国飞车旅行团，被著名杂技演员刘绪彰收为艺徒，学习车技。17 岁首创墙上走车，在上海大世界演出名噪一时。

| 蔡少武 |

新中国成立后，蔡少武先后担任重庆杂技团大队长，西南军区杂技团副主任，沈阳杂技团副团长，中国杂技艺术家协会第一届理事、第二届常务理事和辽宁省杂技艺术家协会主席等职。

1953 年初，蔡少武在天津市筹建飞车队，首创自行车走壁节目。蔡氏飞车走壁技艺，是由蔡少武从国外引进的一项惊险的车技表演——先是在巨大的木桶中骑自行车作侧向行驶，后来发展到摩托车、汽车飞檐走壁式演出，是将体育与杂技融为一体的高难度表演技艺。这一独特技艺之后分别在上海大世界、北京天桥等杂技舞台登台表演多年，轰动全国。

蔡少武妻子彭凤，被誉为中国女子飞车第一人。他们育有 2 子 6 女，即蔡大宝至蔡八宝，都追随父母走上飞车艺术之路，分别在沈阳、广州、重庆从艺。蔡家第三代人中也有数人投身飞车艺术，被称为中国的飞车世家。

1953 年冬，蔡少武一家迁居沈阳，组建起来的飞车队之后也加入了沈阳杂技团。1957 年，蔡少武推出了更为惊险的汽车走壁节目，创作并演出自行车走壁钻火圈、汽车扔球、飞车抛绸、飞车射箭、多人飞车等精彩节目，给人以惊、奇、美的艺术感受。

1958 年，蔡少武任沈阳杂技团副团长，中国杂技艺术家协会第一届理事、

| 蔡式飞车 |

第二届常务理事和辽宁分会主席。那一年，蔡少武创作并演出了汽车走壁、摩托车走壁、环球飞车走壁等。

1958 年 8 月，贺龙元帅亲自点名沈阳杂技团的飞车队参加武汉长江大桥通车庆典。当时蔡少武手持大旗第一批穿越长江大桥。演出结束后，贺龙接见了蔡少武与蔡三宝父子俩,称赞他们为祖国创造了一项独树一帜的艺术。

所谓飞车走壁，实际上是车子在一个底部直径 12 米、顶部直径 9 米、高 9 米的圆木桶或巨球铁网内壁上进行的特技表演。观众台搭在挑出来的平台上，平台在大木桶或巨球铁网顶部四周，能容纳四五百人观看。桶壁与地面成 81.5° 角，看起来峻峭陡立，似乎连一只小鸟都很难站立。但表演这个节目的科学原理却是简单的。当车辆附着在陡峭的桶壁或巨球内壁飞驰时，它会产生很大的离心力，正是这股离心力将车子推向桶壁，这是速度大于引力的现象，表演者双手离把，任车辆自行，进而做出高难的杂技动作。为了防止被抛出木桶，人们在桶壁近顶端的地方画了一道粗大的红线，并醒目地画出了几个向下的箭头，这就是所谓的警戒线，用来提醒演员不能超过此线，不然连车带人都有被抛出木桶的危险。

蔡少武飞车技艺分为两大类：一是飞车走壁，二是环球飞车。飞车走壁节目有《自行车走壁》及摩托车的《双手脱把》《上下翻飞》《钻火圈》《舞大刀》《射箭》《双车追逐》《双人一车造型》《三人一车》《五人五车编队》《侧身坐》《燕子探海》，以及《汽车趟壁》《汽车飞龙》《熄灯盲演》等数十种节目。环球飞车节目，除了汽车飞龙因受空间限制不能在球里演出外，其他节目都可演出，同时，在球里增加了特有的 360 度上下大回环、双车交叉十字大回环等高难表演。

在全国各地表演时，当地人听说沈阳人能骑着摩托车在木桶壁上飞驰，纷纷表示惊奇，感觉不可思议。观看蔡少武飞车走壁演出的票价为每张三角，在二十世纪五六十年代，露天电影的票价为每张三分。即便这样，也总是人满为患，人们宁愿排队两三个小时去感受速度与胆量。

演出前，就有插着旗帜的车队在闹市做宣传，通过高悬的喇叭进行“沈阳蔡少武飞车走壁团”的扩音宣传。蔡少武儿子蔡三宝，当时虽然只有十几岁，但身材壮实，衣着奇特，在夫子庙泮宫前的广场上出现时，经常像模特儿一样被围观。表演时，高超的技艺更是像明星一样被欢呼。

自行车演员们轻松自如，屏车（骑在车上一动不动）、脱把、原地打转，把前轮拎空一个轮子前进，上了木桶壁后，双脱手，手舞着彩绸从桶底飞到警戒线，又从警戒线飞到桶底。

当摩托车沿着桶壁盘旋而上时，马达声轰隆隆地轰鸣，木桶壁嘎吱嘎吱作响，突然，“轰”的一声越过了红色警戒线。惊心动魄之时，突然减速缓行，刚松一口气，摩托车又冲飞向球顶空中，摩托车眼看着要飞出桶来！

观众发出一阵阵尖叫！

蔡少武压轴表演时，他与自行车、摩托车一齐上阵，相互穿梭交“织”，奔突驰骋，观众悬着心，就怕撞车，那个惊险，可称“玩命”！

一时间，让人眼花缭乱，目不暇接。掌声、惊呼声，充满了整个会场。令人心惊肉跳，又直呼大开眼界！这样的节目，我小时候不止一次观看，印象非常深刻。

蔡少武的飞车队以惊人的胆量、绝妙的表演、潇洒优美的台风，赢得国内外杂技界高度评价，深受广大观众的赞美和喜爱，对全国各地发展飞车节目起到推动作用。

在江苏省南京市演出期间，当时南京军区司令许世友将军，专门前往观看蔡少武的飞车表演，给予高度评价并合影留念。

1960 年，蔡少武出席全国文教系统群英会。同年，在广州演出时，与香港长城影片公司合拍故事片《飞燕迎春》。

蔡少武在艺术上不断追求、探索。1982 年，63 岁的蔡少武，又创作并主演《汽车飞龙》。在漆黑一片的飞车桶内，汽车牵引着一条长达10余米的鳞光闪烁的荧光彩龙，在高8米、直径仅10米的桶壁上上下翻飞，如蛟龙戏水，似喷珠吐玉，璀璨夺目，气势磅礴，令人叹为观止。该节目被辽宁省政府评为优秀节目创作奖和表演一等奖。20世纪90年代初，在香港、澳门和澳大利亚等地表演时，当地称之为“死亡飞车”，被视为国宝级杂技节目。

1993年，飞车队从沈阳杂技团分离出去，成立了沈阳飞车走壁团，蔡二宝任团长，当时受到了省市有关领导的支持。此后，由于北方气候寒冷、文化舞台节目逐渐变化等原因，蔡氏子女大多改行，飞车团也一直在中国南方城市的大型游乐场演出。1994年，中央电视台和辽宁电影制片厂联合拍摄的彩色故事片《飞车世家》，反映了蔡家献身飞车艺术的情况。1996年，蔡少武因病逝世，终年77岁。

2006年，沈阳杂技团申报蔡氏飞车走壁技艺成为沈阳市第一批市级非物质文化遗产。2007年4月，这项技艺再次回到沈阳表演。

杂技以“新难奇美”著称，创新是其一贯追求的传统。如今，常见的铁笼飞车等杂技节目大都脱胎于飞车走壁和环球飞车，杂技艺术家蔡少武已经成为沈阳的传奇与骄傲。

『农耕文化最后的歌者』谭振山

非物质文化遗产是不可再生的文化遗产，它的保护与传承愈显重要。2006 年 5 月 20 日，国务院批准文化部确定的第一批国家级非物质文化遗产名录（共计 518 项）。来自沈阳新民的“谭振山民间故事”被列入其中，并且是全国唯一作为国家遗产被申报的个体。谭振山民间故事是指民间故事家谭振山及其传承者所讲述的谭振山记忆中的民间故事，是以谭振山个人为主的民间文学。非物质文化遗产申报原则上不批准个人项目，而谭振山口头民间文学却毫无争议地入选。他还被辽宁省命名为“优秀民间故事家”。80 多岁的沈阳农民谭振山，还创下了多个“第一”：第一个走出国门讲故事的民间故事家；第一个进大学讲故事的民间故事家；第一批国家级非物质文化遗产项目 226 名代表性传承人之一。

| 谭振山　吴晓天摄 |

谭振山（1925—2011），新民罗家房

乡太平庄村人。祖上是1799年从河北省永平府乐亭县谭家庄迁到关外的，在辽河平原定居200多年，到谭振山这辈已是第七代。太平庄村坐落在石佛寺山山脚下，是清咸丰年间的移民村，居民来自山东、河南、河北。谭振山的奶奶娘家姓孙，就在镇上开大车店，每到夜晚，大车店里南来北往的商人、过客都要聚在一起喝酒品茶、聊天下、讲故事。那时的谭振山特别调皮，总是蹦蹦跳跳，跑来跑去。为了不打扰客人们吃饭聊天，奶奶总是抱着他，给他讲故事听。什么传奇、鬼神、仙女的，让小振山听得非常入迷。奶奶讲述的故事，都突出了一个主题：人要有德有义。只要一听奶奶讲故事，他就变得特别温顺听话。

谭振山家族有“说书讲古”的传统，家族中的一些长辈都擅长讲故事。除了奶奶，继父赵国宝、三伯父谭福臣、舅父崔文作、兄长谭成山等至亲都是讲故事能手，许多故事在家族中传承了许多代。那些充满民间色彩和习俗的精狐鬼怪故事对他产生了深刻影响。

除了听家族故事外，谭振山还听当地教书先生们，包括李玉树、国生武、刘万信，以及乡邻张学富、沈斗山、刘万祥、陈国相等人的故事，其中既有历史人物传说也有道德训诫故事。

谭振山虽然只读过四年书，但他具有过人的记忆能力和讲述能力，只要是听过的故事，就会过耳不忘，而且学得活灵活现，一记就是几十年。

谭振山在炕头给孩子们讲民间故事

谭振山不喝酒、不吸烟、不赌博，唯一的爱好就是听故事、讲故事。从14岁开始，谭振山便在村里把自己脑子里的故事讲给大家听。谭振山在 70 多年的讲述活动中，不仅对前辈传承人的故事精心打磨，而且自觉地将自己的生存环境、生活阅历、成长经历、精神信仰和价值取向融入故事内容之中，逐渐形成了自己的故事特色。每逢春种之后、秋收之前的这段日子，谭家东边的树趟子里便成了谭振山专场故事会。

因能讲出 1064 则故事，谭振山被称为“民间故事大王”“东方的一千零一夜”。谭振山的民间故事贵在口传心记、原汁原味，具有鲜明的区域与农耕文化特征，全方位反映了辽河平原农耕民众的生产生活、智慧与愿望。谭振山的拿手故事，主要是一些情节曲折、生动感人的道德训诫故事。他很质朴，善于营造讲述氛围，驾驭听众，具有高超的讲述技巧，以口述史的方式，不突出形体渲染，注重语气和表情。比如，《谭振山故事精选》里有一则故事《坏木匠与坏瓦匠》（节选）：

> 这个故事就是说，人啊，不管做什么，都得往好做，做好事才能有好报。过去有这么一家盖房子，盖房子的人家是挺善良的一家，老王家。过去盖房子的话，都得请瓦匠和木匠。这家老王太太都 50 多岁了还当家，每天给木匠和瓦匠做的菜就那么几样，还不多，将巴够吃。
>
> 这木匠、瓦匠一看这老王太太家这么有钱还这么抠就不愿意了。这俩人一商量也没言声就接着干。等到这房子盖得差不多了，该要修大门洞的时候，这两人就动起歪脑筋了。过去就都听说有人会下镇物，偏逢这个瓦匠和这个木匠都会。下完镇物之后，这房子就完工了。两个人从老王太太手里结了钱就走了。
>
> 说话工夫就过去了四五年了。有一天，这个木匠和瓦匠赶集的时候碰上了，两人就提起来给老王家盖房的事了，这个木匠就说：“老弟，我不瞒你说，当年我在给老王家上大梁的时候，下镇物了，下了小人往

外推东西。你说也怪了，这人家非但没推穷，现在比过去更有钱了。要我说这镇物根本就不灵。”

瓦匠一听这话，一拍大腿说：“哎呀，我也给他家下了，一个人拎把单刀往院里指，叫他家庭不安。咱俩这不正好给整拧了吗？你推个小车往出推，我拿刀看着你。你说这事闹的，还反倒帮了人家了。你瞅咱俩这几年也没得好啊，钱也没挣着，身体也病病歪歪的。”

木匠说：“可不是咋的，行了老弟，啥也别说了，我算是明白了，这人啊还得做好事，要不然到最后害的还是自己。”

这就是坏木匠与坏瓦匠的故事。

谭振山为人最重德行，所以，他对表现道德题材的故事特别偏爱。生活中的谭振山，不断实行家教规范和自我修身，把中国传统道德已经内化为自己的精神品格，外化为行为模式。村里谁家红事写对子、白事书挽联都少不了请他。邻里有了纠纷，他也主动去劝。谭家的 5 个儿媳妇和睦相处，对老人都孝顺，全家人在村中威望很高。

1992 年 7 月，谭振山在日本“世界民话博览会”上，讲了《老龟报恩》《洞房认义女》《三忍救妻女》三个故事，得到了与会三十多个国家专家学者的阵阵掌声。日本远野的市长对他说：“从你的故事就能感觉到你们中国是文明的国家、仁义的国家。你们自古，小孩儿听的故事都是教人向善、知恩图报的。”

谭振山民间故事，除了以散文形式整理成书册发行外，谭振山的孙女谭丽敏继承了爷爷的衣钵，正逐渐成长为新一代的民间故事传承人。

人民表演艺术家 李默然

小时候，电影《甲午风云》给我留下了深刻的印象。尤其是电影的结尾，邓世昌掷地有声地怒吼着“开足马力，撞沉吉野”，驾驶致远号冲向敌舰的场景，让我至今都记忆犹新。民族英雄邓世昌的爱国热忱、视死如归、慷慨悲壮被李默然表现得淋漓尽致，李默然是我们心中顶天立地的“硬汉”。

| 李默然 |

李默然（1927—2012），原名李绍诚，出生于黑龙江省珠河县（今尚志市）一面坡镇，全家靠父亲赶马车维持生活。1932年白喉病流行，李默然的二哥、三哥、三姐因无力医治，先后病故。5岁的李默然也未能幸免，病情日益加重，只能在家等死。这时，来了一个叫郭春三的老中医，往他嗓子里倒了一种药面。一段时间之后，他竟奇迹般地好了。

10岁的时候，李默然才有机会进入小学读书。他求知欲特别强，读过的文章，基本上过目不忘，成绩在班级里也名列前茅。

14 岁那年，李默然的爷爷去世了，很多债主逼上门来，这让本就贫困的家庭更是雪上加霜。上了不到 4 年小学的李默然被迫辍学，跟随着父母迁往牡丹江谋生。在牡丹江，父亲没日没夜地给人家赶马车，仍然无法养活全家。于是，李默然走上街头，卖香烟、打小工、当邮差。

卖香烟的日子里，李默然每天都胆战心惊。因为香烟属于专卖品，一次只允许买两盒，倒卖香烟被日本人定为经济犯。李默然每天早上穿上母亲缝制的里面有长长口袋的棉袄，到日本人的商店排队买烟，每次买两盒，买完再排一次队。就这样转圈排队，等棉袄里面的袋子全装满了，就转移到别处卖。1 盒烟能挣 1 分钱，1 天也就挣两三毛钱。当时，1 毛钱可以买 5 个烧饼，几毛钱的收入会给拮据的生活带来一定的改观。

为了打开销路，李默然选择在繁华的新安市场卖烟，这里除了林立的商铺外，还有众多的影院、戏院和书场。或许这就是上天的特殊眷顾吧，卖烟给李默然开启了别样的戏剧人生。

14 岁到 16 岁期间，李默然听了数不清的评书、大鼓、京剧、河南坠子，其中有《狸猫换太子》《水浒传》《三国演义》《隋唐传》《七侠五义》等。每一个戏种，每一出每一场，他都听得滚瓜烂熟，台词都烂熟于心。光听不过瘾，他还到旧书摊买原著看。他听艺人们讲过，就一点点地顺下来，他也通过读小说认了不少字。更重要的是，他从这些原著中熟悉了中国古典小说的众多形象，为他后来塑造艺术形象打下了根基。看完书也不过瘾，李默然还常常粉墨登场。他和小朋友们一起，模仿角儿们的样子，像模像样地表演。他收集了很多“四大名旦”“四大须生”的材料，从中揣摩这些名演员的表演特点。

他曾被日本警察打掉牙齿，又在一家日本人开的拖鞋厂做小工，但难以糊口，16 岁的李默然又去扛 100 多斤重的麻袋。左翼刊物《拓荒者》、巴金的《激流三部曲》等书籍，给李默然带来了不甘做亡国奴和民族解放的希望。

1945 年，李默然成为牡丹江邮政总局的一名邮差。邮政局有个业余剧团，李默然每天都趴在墙头偷看他们排戏。导演发现了他，就让他按《保险箱》剧本要求试演了仆人的几个动作——扫地、抹桌，主人上场，他压低声音，做沙哑苍老状："老爷，您回来啦！"导演大惊："你简直是个天才！"李默然就这样开启了他戏剧表演的辉煌之路。

1946 年，李默然在大型话剧《风雪之夜》中担纲主要角色。从这一年起，他把自己的名字更改为李默然，取深入思考、脚踏实地、少说多做之意。

1947 年底，李默然随文工团来到肇东县六区胡仙堂村。他亲眼看到一户雇农，全家 5 口人只有一床被子一套衣服，吃了上顿没下顿，只能坐在冰冷的炕上。共产党来了，给他们分了土地，日子也过得越来越好。他们对共

| 李默然在《甲午风云》中扮演邓世昌 |

产党的无限感激之情，让李默然看到了国家的希望。他说："我要好好为国家为人民做事，要做出成绩来，为此，我愿掉几斤肉，我愿牺牲一切。"

有一次，李默然读报，把"效率"读成"效帅"，大家哄堂大笑。只读了四年小学的李默然，霎时满脸通红。"为国家为人民做事，首先要有真本事"。从 1947 年到 1953 年，排练之余的李默然，一头扎进图书馆。他博览群书，终于夯实了一个演员的文化基础。业务上，他每天清晨 5 点就起床，练声音，练形体，样样不落。

从 18 岁第一次扮演《保险箱》里的一个小角色，到 19 岁第一次正式在话剧舞台担纲表演《风雪之夜》；从 24 岁时扮演《曙光照耀莫斯科》中阳光、帅气、潇洒的库烈聘，到 33 岁《甲午风云》中大义凛然、忠贞爱国的邓世昌；从 52 岁艺术生涯中的高峰之作《报春花》中坚信四化、让工厂春色满园的党委书记李健，到 59 岁充分体现北派艺术最高峰《李尔王》中阳刚、浑厚的李尔；直到 66 岁封箱之作《夕照》中脾气怪异、一生忏悔的老画家贾泽，身材魁梧、气宇轩昂的李默然紧紧抓住时代的脉搏和人民的期盼，为我们留下了一连串栩栩如生、直抵心窝的人物形象。特别是他塑造的民族英雄邓世昌成为不朽的艺术形象，几乎让当时所有的中国人都认识他。

李默然的艺术生涯主要在辽宁人民艺术剧院度过。他长期担任院长，推动辽沈地区大批青年人才脱颖而出。

最爱听李默然的台词，充满磁性且有厚重感的独特嗓音，配上独有的节奏和韵律，极富乐感。单单听他的台词，就极具画面感，特别是激情爆发时，气势恢弘，激情澎湃。他朗诵的艾青诗歌《我爱这土地》荡气回肠，被传为佳话。戏剧界尊称他为"李派"，娴熟的技巧加上饱满的激情是"李派"的显著特点。他把民族情怀、民族气节融入民族化的表演风格之中，满足了人民群众崇拜民族英雄的心理，在中国传统文化美学精神的基础上走出了一条民族化的艺术道路，赋予关东表演学派以强大的生命力。

1986年，李默然荣获中国戏剧家协会“话剧表演艺术家”及“话剧终身荣誉奖”，2007年，被授予第十七届白玉兰戏剧艺术奖“终身成就奖”，2012年11月8日因病逝世，享年85岁。

如果不是那个老中医，李默然可能就挺不过白喉的肆虐了；如果不是卖香烟，李默然可能就接触不到那么丰富多彩的戏剧表演了；如果不是东北沦陷后被日本警察凌辱，李默然可能就不会那么自然地切入到邓世昌的角色里；如果不是读错字引起战友的哄堂大笑，李默然可能就不会那么如饥似渴地走进图书馆。幼时颠沛流离的生活打击，没有使李默然意志消沉，在每一个逆境，他都找到了自己的兴趣点，不断应对挑战，转危为机，从一个只读四年小学的苦孩子，成长为饮誉剧坛的一代大师。人民艺术家李默然，因为对这土地爱得深沉，所以始终怀着艺术为人民服务的感恩之心勤学苦练、一生求索，终以独特的光芒闪耀在话剧舞台和电影银幕上。

物理冶金学家李薰

上大学前，我一直生活在中国科学院金属研究所和沈阳应用生态研究所（原林业土壤研究所）所在的大院里。儿时常和小伙伴在院儿里多个实验大楼间玩耍。李薰的塑像在金属研究所老大楼前最引人瞩目。那时的我，只知道他是金属研究所的创建者，还不懂得他所从事的物理冶金学，更不了解多次科学的选择成就了他。

李薰（1913—1983），出生于湖南邵阳佘田桥附近的乡村（现属邵东县）。祖父李增效，是清朝举人。父亲李本深，与蔡锷同窗六载，考中清优廪贡生。李薰4岁时，全家跟随父亲到江西上任，在江西读了小学。1925年，随卸任的父亲回到长沙，考入长郡中学。这所中学如今也是长沙四大名校之一，历来重视文史课程，以校风严格著称。李薰在名师引领下，对语文、历史产生了由衷的热爱，熟读唐诗、汉赋、宋词和经史子集的

| 李薰 |

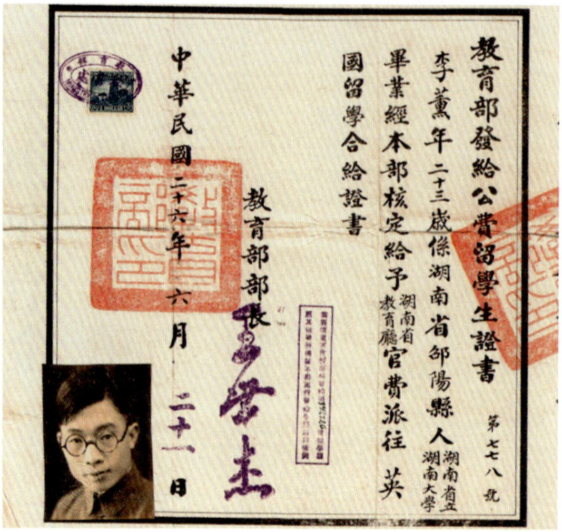

教育部發給公費留學生證書 第七七八號

李薰年二十三歲係湖南省邵陽縣人湖南省立湖南大學畢業經本部核定給予湖南省教育廳官費派往英國留學合給證書

教育部部長

中華民國二十六年六月二十一日

| 李薰公费留学生证书 |

名篇，且博闻强记，直到暮年，仍然可以一字不差地全文背诵。李薰的学习天赋突出，对于疑难问题，稍经点拨，就会触类旁通，尤其在古典文学领域，根基很厚。

李薰因返乡为祖父奔丧而耽误了高中入学考期，只好入读当时唯一可以招收插班生的岳云中学，但这所学校以理工科为主，李薰只好“弃文就理”，钻研起理工课程。

高中毕业时，作为班级中年龄最小的学生，李薰考出了最好的成绩，被保送到湖南大学矿冶工程系。湖南大学每年只有 20 个奖学金名额，李薰从入学起，连续四年获得奖学金。1937 年，已经成家立业的李薰准备参加湖南省公费留学考试。但在一百多名考生中，仅录取冶金、机电、医学专业各一名。考前针对英文程度尚不如人的现状，李薰发愤苦读，特别找来当时上海出版的《密勒氏评论报（The China Weekly Review）》，选取其中的社论和好文章，1 个月背熟了 30 篇。他以征服考官的成绩，考上了英国谢菲尔德大学，其冶金学院在安德鲁教授领导下成为科技界的权威。入学后第一次入门考试，安德鲁教授对李薰的基本功比较满意，尤其认为他的英文文章可以跟英国文学专业的学生相媲美，但对英语口语表述表示“遗憾”。因此李薰离开中国留学生集中居住地，只身寄居到郝莱特太太家，创造磨练和提高英语口语的环境。3个月后，教授再次与他谈话时，对他越来越标准的口语给予赞扬。

在谢菲尔德大学冶金学院学习期间，李薰从来没有在早晨5点后起床，也从来没有在晚上12点前睡过觉。正是凭借这种顽强的毅力，他在1938年就获得该校的白朗敦奖章和奖金，在1940年取得哲学博士学位，应聘留校继续从事研究工作，并指导博士研究生。二战初期，一名勋爵的儿子在英国皇家空军演习中，所驾驶的战斗机突然坠落，机毁人亡。调查结果表明，飞机失事是由于内部出现发裂（像头发丝那么细小的裂纹）导致引擎主轴断裂而造成的。但发裂的原因是什么，怎么避免，莫衷一是。27岁的李薰带领博士研究生开始了研究工作，率先做出钢中含氢是导致发裂主因的判断，并弄清了钢中含氢产生白点需要孕育期和钢中去氢的规律，彻底解开了主轴断裂之谜，解决了工业生产中的技术难题，为英国在二战中取得胜利提供了可能。至今，在谢菲尔德大学李薰当年工作过的实验室里，仍悬挂着他的照片，陈列着他当年亲手制作的一套定氢设备，以此纪念他的学术成就——为钢中氢研究奠定科学基础的先驱者。

1951年3月，李薰获得谢菲尔德大学冶金学院设立的最高学位——冶金学博士。该大学是当时英国唯一能以冶金学博士命名其高级博士学位的学府，李薰则是从1923年至1951年的28年中获得这种学位的第二人，也是我国唯一获此殊荣的学者。当时，英国师友一再劝说李薰加入英国国籍，但他不变中华民族气节，严词拒绝。美国驻英使馆科学参赞向他表示：“如果愿意到美国去，一定竭力帮忙。”他也婉言谢绝。1950年8月，李薰收到中国科学院计划局局长钱三强的来信，邀请他回国。不久，郭沫若也发来亲笔信，代表中国科学院恳请他回国擘划筹建研究所。李薰欣然答应，并开始网罗人才，约集在英的张沛霖、庄育智、张作梅、柯俊、方柄等，共商大计。李薰因护照问题周折，直到 1951 年 6 月才得以取道香港，8 月回到阔别 14 年的祖国。

回国后的李薰，被任命为中国科学院金属研究所筹备处主任。在筹建过程中，李薰的两次重要选择为金属研究所的后续发展和良好学风奠定了坚实的基础。

首先是所址的选定。李薰等考察了鞍山、抚顺、本溪、大连等几个钢铁厂，深深地感到，东北钢铁工业技术力量普遍薄弱，正在恢复的东北钢铁基地最需要金属研究所就近开展研究。结合英国谢菲尔德大学冶金学院根植于谢菲尔德钢铁工业基地，并且获得大量来自工业界的课题和经费支持的经验，考虑到沈阳地处鞍钢、抚钢、本钢和大连钢厂的中心地带，李薰认为，研究所不应设在北京，应该设在沈阳。这个意见马上获得中国科学院的批准。就这样，李薰带着四名从英国归来的科学家和几名刚毕业的大学生，开始了金属研究所的创业工作。沈阳的建所工作开始后，李薰这位刚从英国归来的“洋教授”，又是南方人，跟大家一起吃简易食堂、住集体宿舍，从未提出过半点特殊要求。有人问他“过得惯吗？”他答道：“我们在办自己的事，生活再苦心也甜。”

1953 年初，一座灰白色的科研大楼屹然耸立在沈阳南郊的荒野之上。2003 年，在金属研究所成立 50 周年之际，为了纪念李薰在创建金属研究所方面的功绩，这座大楼被命名为“李薰楼”。

其次，是内设机构设立的问题。金属研究所最初设立六个研究室，李薰深知提升国内冶金技术水平是当务之急。为此他放弃了自己熟悉的物理冶金专业，另辟冶炼物理化学研究室并兼任主任。

这两次选择，李薰都选择了牺牲小我以顾全大局。回国，不是为了寻求更好的机遇，而是为了更好地报国，谋求中华民族的伟大复兴。

李薰考察西安光机所（中科院金属所）

他亲自挂帅研制关键材料和部件，为我国钢铁工业恢复和发展、成功爆炸第一颗原子弹、发射第一颗重返地面人造卫星、造出第一艘核潜艇和第一架超音速喷气式飞机等做出了创造性的贡献。1981 年，英国金属学会访华代表团在我国参观完毕后，这样评价："在中国冶金方面的研究工作，各地参差不齐，而其最高点可能在沈阳的中国科学院金属研究所。"

70 岁的李薰仍在为祖国需要四处奔波。1983 年 3 月 20 日凌晨，在前往攀枝花钢铁公司考察途中，他于昆明溘然长逝。

李薰，这位英国谢菲尔德大学双料博士（哲学博士、冶金学博士），国际钢中氢研究领域的一代宗师，是我国冶金科技事业的开拓者和奠基人，也是中国科学院金属研究所首任所长。在金属研究所由擘画创建到蜚声中外的过程中，他理论联系实际，为科学鞠躬尽瘁。他一路选择一路坚持，在取舍之间，成就了不一样的人生。在加快实现高水平科学技术自立自强的今天，我们更需要千千万万个李薰以及他们无悔的选择。

开辟中国金属材料研制春天的何怡贞

沈阳市档案馆保存着一张由上海汇丰银行汇往美国的300美元汇票。据说这是迄今为止沈阳发现的最早的一张银行老汇票。这张汇票，是苏州网师园最后的主人何澄在1931年发给他刚去美国攻读硕士学位的长女何怡贞的，是给她学成回国的路费。6年后，27岁的何怡贞拿到了美国密歇根大学物理学博士学位，取出这张压在箱底的带有父亲无限期许的300美元，绕道欧洲回到阔别多年的祖国。科学没有国界，但科学家是有祖国的。迄今有据可查

1957年，何怡贞、葛庭燧全家福照

的中国第一位女物理学博士何怡贞一生挚爱的就是科学和祖国。

何怡贞（1910—2008），出生于北京。“科甲鼎盛，海内绝称”的家族给了何怡贞无与伦比的家庭教育。父亲何澄是山西自费留学日本第一人，追随孙中山加入中华革命同盟会，成为“铁血丈夫团”的成员，投身辛亥革命。何家仅清代一朝先后考取进士15名，在清朝中央机关任职的达60多名，素有“五世翰林”之美誉；外祖父王芾卿，是光绪年间“苏州三大才子”之一；外婆谢长达，堪称晚清奇女子，力主女子要与男子一样平等接受教育，一手创办了苏州振华女子学堂；母亲王季山，是谢长达之女。何怡贞是何澄在京城为官时所生，是家中的第一个孩子。童年和少年时期在母亲的家乡苏州度过，启蒙教育在外祖母创办的振华女校完成，16岁时从振华女校高中毕业，考入金陵女子大学文理学院，攻读了当年女性很少选择的物理学。

1930年，20岁的何怡贞从南京金陵女子大学毕业了。父亲何澄与她进行了一次正式的民主谈话，说给她们三姐妹每人都准备了一笔积蓄，可以作为结婚成家的嫁妆，也可以作为出国留学的费用。几经权衡之后，何怡贞选择了出国留学，至于结婚成家，等学成回国后再考虑。何澄对长女的选择和抱负深表赞赏，并鼓励她说：“将外国的强项学回来，报效中华。”1931年，何怡贞踏上了赴美留学的道路。经过两年的刻苦攻读，她以优异的成绩获得美国马萨诸塞州蒙脱霍育克学院物理化学硕士学位，并在校方的举荐下获得巴伯奖学金，前往密歇根大学物理系攻读博士学位。在美留学的6年时光里，何怡贞横跨物理与化学两大基础学科，从事过渡元素的原子光谱研究，并在稀土元素的原子光谱研究课题中，第一个研究并且发表研究成果《钇的光谱线从可见光到紫外光的标定》，这也奠定了她在世界光谱学研究中的学术地位。

邂逅葛庭燧，开启了一个甲子的姻缘。卢沟桥事变爆发后，何怡贞当即返回祖国。1937年底，27岁的何怡贞回到沦陷后的北平，在燕京大学物理系担任讲师。她美丽而博学，和学生们亦师亦友。她出众的才华和气质，令跟她年龄相仿的研究生们折服。正在读研究生兼助教的葛庭燧，已经疯狂地迷恋上了既是老师又是同事的何怡贞。葛庭燧比何怡贞小2岁半，在清华读书期间，就积极参加一二·九运动，并参与创建了“实用科学救国会”。在燕京大学读书时，他以学校为掩护，秘密为抗日游击队提供科技资料。1940年7月，葛庭燧获得燕京大学物理学硕士学位之后，从沦陷的京城南下云南昆明，在西南联合大学物理系担任教师。何怡贞则回到家乡苏州，在东吴大学物理系担任讲师。此后时局混乱，两人天各一方，但仍保持书信往来。1941年6月，经过深思熟虑的葛庭燧，向何怡贞的父母发出一封情感异常热烈而真挚的、长达5页的求婚信。何澄彻底被这个年轻人打动了。1个月后，葛庭燧与何怡贞在上海举行了婚礼。在那个婚姻与事业难以两全的时代，女性选择了科学往往意味着要有舍弃婚姻的勇气，能够在科学研究的途中遇到志同道合的伴侣，可谓人生大幸。

婚后1个月，何怡贞陪同丈夫葛庭燧赴美留学，葛庭燧入加利福尼亚大学伯克利分校攻读物理博士学位，何怡贞则先后在马萨诸塞州的霭满斯脱学院、剑桥学院从事科学研究工作。1945年，何怡贞与葛庭燧一起参加了芝加哥大学金属研究所的筹建工作，并以研究员身份进行金属弛豫谱（内耗）和金属力学性质的基础研究；并先后取得了以葛庭燧名字命名的“葛氏扭摆”“葛峰”和“葛氏晶界模型”等科学成果，成为世界金属内耗研究领域的创始人之一。

新中国成立后几天，何怡贞与丈夫葛庭燧就带着7岁的女儿和2岁的儿子，放弃优厚的生活待遇，冲破美国政府的重重阻挠，从旧金山乘船转道香港，历时一个多月，回到新中国首都北京。何怡贞出任燕京大学物理系教授，葛庭燧则出任清华大学物理系教授。他们是新中国成立后第一批返回祖国的科学家。

1952年，为了响应建设东北重工业基地的号召，何怡贞随丈夫葛庭燧

| 晚年何怡贞（左）|

举家离开清华园，前往沈阳，参与筹建中国科学院金属研究所。她把丰富的光谱知识应用于当时钢铁工业急需的合金钢与炉渣的分析，不仅填补了光谱分析的空白，解决了生产需要，还为祖国培养了大批骨干人才。20 世纪 70 年代后，何怡贞又带领学生在金属玻璃的力学性能和结构稳定性方面开展了大量研究，在我国最早开拓了非晶态物理及金属玻璃研究领域。从 1952 年到 1982 年，何怡贞在沈阳工作生活了整整 30 年。后来，夫妇俩被调派到合肥筹建固体物理研究所。何怡贞领导的研究室在国际上首先测定了金属玻璃与晶化有关的内耗峰和晶化的内耗行为，并发现了与金属玻璃转变相关的新型内耗峰。何怡贞 85 岁高龄时，还曾两次荣获中国科学院自然科学奖项。

2000 年，葛庭燧病逝于合肥。两年后，何怡贞回到阔别 20 年的沈阳，住在沈河区五里河街一栋普通的单元楼里，与女儿一家过着恬淡的生活。2008 年，98 岁高龄的传奇女性何怡贞在沈阳逝世。

作为“何氏三姐妹”之一的何怡贞，她的一生与我国现代科学事业紧密地联系在一起。在战火纷飞的年代，何怡贞毅然选择与祖国共患难，寻求科技救国的利剑。半个多世纪以来，带着对祖国和人民的爱与忠诚，何怡贞服从国家需要，先后在北京、沈阳、合肥，克服千难万险，默默无闻地做着教育、科学事业的奠基性、开拓性工作，对科学事业满腔热忱、忘我投入。

财富，不仅仅是金钱、财物，更是学识、精力、奉献。作为家中老大，何怡贞与兄弟姐妹一起，将父亲生前竭力保护和修缮的苏州网师园捐献给了国家。此后，他们又将园内珍藏的国宝级文物、珍版古籍图书以及印章、印材全部捐献给了国家，她说这是中华民族的共同财富。八十华诞时，虽出身名门望族却一生简朴的何怡贞，穿着已有三十几年的风衣庆祝，朴素淡然间，展现了她的风范。她把自己的全部智慧和精力，都献给了深深热爱的祖国和人民，这是她留给祖国和人民最大的财富。

土壤学家 陈恩凤

特别钦佩搞科研的学者能够从一而终，在一个学科内做长线研究，厚积而薄发，不断推动科技的进步，造福人类。在沈阳，也有很多这样的学者，致力于土壤学科研究长达 75 年的陈恩凤就是其一。

陈恩凤（1910—2008），1910 年出生于江苏省句容县。从小就打下了深厚的国学基础，他一生所写的文章都承袭了文言文的特点——准确而简洁。1929 年，陈恩凤考入金陵大学，在农学院林学系学习。这所大学强化英语教学，使得 50 年后的陈恩凤在日本土壤年会上仍能操流利的英语宣读论文。

| 陈恩凤 |

1933 年 1 月，陈恩凤大学毕业后，到地质调查所土壤研究室（现中国科学院南京土壤研究所）任调查员。他是我国第一批土壤考察、调查者。在土壤地理考察中，首次在青海省中部发现有一片棕壤，证明了导致近

代我国西北气候恶化的重要因素是水土流失。

1935 年 11 月至 1938 年 4 月，陈恩凤赴德国柯尼斯堡大学研究院留学，导师是国际知名土壤肥力专家、密氏定理的创始人——密希里。作为该专业里唯一的中国人，他勤奋刻苦，只用两年半的时间就获得理学博士学位，毕业论文发表在《德国农业年报》上。此时的他，已经具有融会贯通林、草、水、土等方面学识的能力。

1938 年 6 月，陈恩凤回到长沙，在南迁的地质调查所土壤研究室任技师，曾到青海、安徽等地进行艰苦的土壤考察。1940 年 12 月，转入在重庆北碚新成立的中国地理研究所（现中国科学院地理研究所）自然地理组任副研究员。1943 年 8 月，陈恩凤应邀转入复旦大学农学院任教授、农艺系主任，主讲中国土壤地理课。

1952 年全国高等学校院系调整，以复旦大学农学院（茶叶专业除外）与东北农学院部分系科为基础，成立了沈阳农学院。陈恩凤随复旦大学农学院师生一道来到沈阳农学院，任沈阳农学院土壤农化系主任；1954 年起兼任中国科学院林业土壤研究所（现中国科学院沈阳应用生态研究所）研究员；1957 年任沈阳农学院副院长；1978 年任沈阳农学院院长。

1952 年北迁沈阳后，陈恩凤开始了盐碱地土壤改良试验研究工作。8 年后，“淡水冲洗，种稻改良”使郭前旗灌区每公顷水稻产量达到 4000 公斤。陈恩凤创造性地提出了改良盐碱地理论与技术，为我国大面积中低产田改良开辟了新途径，在全国各地陆续推广并取得显著成效。他在科学研究上建树颇丰，尤其是在土壤地理、土壤肥力和土壤改良三个方面取得重要成就，形成独创性见解，为我国土壤科学的发展作出了重大贡献。

陈恩凤经常告诫他的学生和同行，科学研究一定要理论联系实际，而且要在实践中及时发现新问题，解决新问题。比如，1958 年，不少人认为“耕地深翻，越深越革命”，反对耕地深翻就被认为不支持群众的运动。陈恩凤在进行了大量调查研究和系统耕翻土层实测后，正式提出植物生长适宜土层。

陈恩凤多次出国访问和作学术交流。1982年，时任沈阳农学院院长的陈恩凤应邀出席日本土壤肥料学会学术大会。72岁的陈恩凤，是会议邀请的唯一一位外国专家。他身着中山装，用流利的英语在大会上作专题报告，赢得了全场热烈掌声。此行结束前，他把节省下的差旅费全部用于购买日本土壤学书籍并带回学校，这些书籍至今仍珍藏在学校图书馆。

陈恩凤开创性地工作，创造了多个“一”，成为多个创始人：沈阳市、辽宁省九三学社的创始人；中国科学院沈阳应用生态研究所的创始人；中国土壤学会的创始人之一；辽宁省土壤学会的创始人；沈阳农业大学土壤学学科的创始人；学术期刊《土壤通报》的创刊人。

陈恩凤从不居功自傲，荣誉和待遇面前，总是谦让。1954年，学校分配给他一栋两户式的苏式洋楼。看到家中人口多的教授为住房发难时，他主动让出，自己则带着家人住进了只有50多平方米的房子。担任省政协副主席后，政协办公厅曾先后两次要给陈恩凤分配沈阳市内的住房，但他都拒绝了。政策分房时，按照级别他可以在省政协拿到相当可观的住房面积差额补偿款，但他从来没去领取过。去市内开会，他从来不许家属搭便车。如果会议延时，他一定会从会场出来告诉司机。到了用餐时间，他一定会送餐券给司机，从来没有遗忘。体贴关爱员工，也使得陈恩凤得到了大家的尊重和爱戴。

1990年，学生们把他先后发表的90篇论文编辑成《陈恩凤文集》，但他明确全部出版费用都从他的工资中支付。

陈恩凤的夫人孙琚，也毕业于金陵大学，比陈恩凤小两岁，是恩师李德毅介绍他们认识的。陈恩凤特别爱整洁，但他从不让夫人洗衣服。他说衣服太重，孙琚洗不动。陈恩凤包揽了家中打扫卫生、煤炉子生火、侍弄菜园子等全部家务，他从来不让夫人做农活。

2008年6月6日，98岁高龄的陈恩凤生病，住在金秋医院干诊病房。

他坚持从病床上坐起来，一定要给孙琚打电话，当时孙琚正在二四五医院住院。陈恩凤精神矍铄地说：“今天是我们结婚70周年的纪念日。我们一起保重身体，争取再一起活10年。”可惜的是，次日早晨，陈恩凤逝世。44天后，孙琚辞世。

陈恩凤一生致力于土壤学科的不同研究领域长达75年，在土壤学基础理论及其生产实践中取得许多重要的科学成就，尤其在理论方面有不凡的建树。从事农业高等教育整整65年，作为教授，他讲授过土壤学、土壤地理学、肥料学、土壤肥力学、水土保持学等课程。在从德国留学归来之后十几年教学与科学考察的基础上，他完成了两本著作：《中国土壤地理》和《水土保持学概论》。《中国土壤地理》不仅在学理上论述了土壤对于人类生存发展的重要意义，还倾情注入了忧国忧民的人文关怀，是我国土壤学家单独公开出版的第一本关于土壤地理方面的专著，此后四次再版。为改良盐碱地，陈恩凤曾在吉林省郭前旗灌区做改良盐碱土科研12年之久。为开好水土保持学课程，他的教案在多年讲授和修改的基础上，不断细化与完善——从1938年开始开展青海土壤调查，到1949年历经11年才完稿成书；1951年，《水土保持学概论》由商务印书馆出版，被称为“国内水土保持学之先导”。

陈恩凤的每一项成果，少则十几年，多则几十年，都是在踏踏实实的调研实践的基础上形成的，都是他的埋头苦干与责任担当；从复旦大学北迁千余里到沈阳农学院，陈恩凤竭力把教学思想和办学经验倾注于沈阳农学院的发展之中，把个人理想融入到国家的战略要求，是他对国家使命不变的忠诚。

中国化学药企首位女院士安静娴

有人说，时间是解药，千难万险在时间面前都会甘拜下风。但有的难有的险，若给以时间将会恣意横行，造成更多的人员死伤，这时候能够跟时间赛跑拿出解药的，是人类的英雄。将自己的一生都奉献给东北制药厂的安静娴，就是这样的仁心药者。

安静娴（1929—2015），出生在大连一个大户人家。因为家族中出了很多太学生、贡生，所以整个家族对教育非常重视，开明的父亲还给她请了家庭教师。家境殷实的安静娴，得以接受完整而系统的学业教育，她从小就痴迷数理化，并将自己未来职业指向医生。

| 安静娴 |

安静娴的高中是在北京上的，当时北京还没有解放。高中二年级的一天，她去西单附近大药房买药，发现陈列的药都是进口药，药价也十分昂贵。对当时的百姓而言，吃药

是一种奢侈。

学医还是学药？哪个更有意义？几经调研后，她得出了一个结论，没有国产的药，即使知道病因也没办法医治，很多中国老百姓将因看不起病而等死。正是这个结论，让安静娴决定弃医学药。

1947 年 9 月，安静娴如愿考取了北京大学药学系。5 年之后，23 岁的安静娴被分配到“当时中国制药的旗帜”——东北化学制药厂（后更名为东北制药总厂）。此后 56 年里，安静娴一生未曾离开这里的生产线。在入厂后的短短几年里，安静娴就由于突出的表现，由技术员提升为分厂副厂长、工程师，并出席了全国青年社会主义建设积极分子大会。

但进入制药企业工作，偏离了安静娴最初的职业规划，她更喜欢纯科学研究。

搞生产还是搞研究？哪个更有意义？一个 19 岁的工人由于生产线发生爆炸而意外死亡，这让她倍感心痛，她认为自己可以改善工人充满风险的工作环境，于是，决定留在东药。这个想法不仅让安静娴留了下来，还促成了她第一个研发成果的诞生。

磺胺嘧啶，是医治脑炎、大脑炎的首选药，东药最初生产这种药品采用的是糠氯酸工艺路线。这一生产路线周期长、原料品种多、单耗高、污染严重，技术本身存在安全隐患，改进老的工艺路线势在必行。安静娴通过查阅文献资料，发现了一条磺胺嘧啶生产新路线。为了摸索出安全反应条件，安静娴每天早来晚走，实验中经历了多少次爆炸，她自己都记不清了。反复总结经验教训后，终于率先在国内研究合成磺胺嘧啶工艺新路线，工人生产环境得到了极大改善，那一年她刚过而立之年。

工作中的安静娴始终以高标准严格要求自己,啃下了一块又一块硬骨头。“谷于黄，病倒床，闷头摆子似虎狼”，这是二十世纪六七十年代我国西南地区老百姓对疟疾的形容。当时治疗疟疾的首选药物是美国的氯喹，但很多地区的疟原虫对抗疟药物喹宁和氯喹都产生了抗药性，于是研制新抗疟药的担子便落在了安静娴身上。在她的组织指导和参与下，通过反反复复的试验之后，为了证实药品的安全性，已过不惑之年的安静娴带头试药。在她的感召下，其他科研人员也纷纷试服，摸清了化合物的毒性，最终确定了易控制且安全的合成路线，生产了疗效超过国际同类产品的成品脑疟佳。脑疟佳在当时被人们称作“中国的抗疟王牌”，是国家“523”项目的一个成果，也是当时一个军工项目。1977 年，我国驻喀麦隆大使陪同喀麦隆总统访华。大使得了恶性疟疾，给他用氯喹，没有效果。穷尽办法之后，有人突然提到可以尝试东北制药总厂安静娴研发的抗疟新药脑疟佳。经有关部门批准后，大使服用了脑疟佳后，当天烧就退了，连服 3 天后大使痊愈。

头孢这两个字，老百姓很熟悉。一方面源于它是广谱抗菌药物，另一方面头孢第三代是我们自己研发的，填补了国际与国内的空白，给百姓带来了很大的用药便利。而填补空白的人，就是被誉为“中国头孢第一人”的安静娴。开始头孢菌素系列产品研发时，安静娴已是半百之人了。头孢系列研发在当时分歧很大。主流意见是即使我们自己搞研发来替代进口产品，也要从第一代搞起，可以借鉴。当时国外头孢菌素已经上市 10 多年了，经历了第一代、第二代。安静娴不同意，要求直接搞第三代。头孢噻肟、头孢氨苄、头孢氨苄复方制剂的研制成功，在国内均属首创。东药首先推向市场的头孢产品部分替代了进口头孢药品，对加快我国医药工业发展，提高我国临床用药水平，做出了重要贡献。

黄连素作为抗菌剂原从植物中提取，由于受资源限制，在数量上远远不能满足临床的需求。安静娴首先提出全合成黄连素。研究工作历时 5 年，完成了经 10 余步化学反应全合成黄连素的研制工作。该项目获 1978 年全国科学大会奖及国家发明三等奖。

20 世纪 90 年代，我国脑血管用药猛增。因此，安静娴决定生产长春西

安静娴在沈阳东北制药总厂研究院实验室　侯艺兵、王生生、王志英摄

汀。长春西汀能增加脑细胞的 ATP 以及对氧与葡萄糖的摄取，并能改善红细胞的变形从而改善脑的微循环作用。安静娴从提高效率和降低成本着手，在脱水、酯化反应中加入阳性的或阴性的离子交换树脂做脱水剂，使反应效率提高 15% 以上，减少了用苯重结晶工序，缩短了工艺路线，减少了处理费用。安静娴设计的新处方在临床试验中显示药效与日本生产的长春西汀同等。1996 年研制成功的长春西汀获得新药证书，其改进后的工艺方法获得国家发明专利。

丰富物质生活还是精神生活？哪个更有意义？ 1997 年，安静娴当选中国工程院院士，成为中国化学制药企业第一个工程院女院士，那一年她 69 岁。在她 79 岁离开东药工作岗位时，已经拥有 56 年的超长工龄，成了中国医药行业最老的员工。

通往药厂的那条路，看惯了安静娴的齐耳短发与厚厚的老式眼镜。56 年间，安静娴始终为制药而步履匆匆，从青春年少走到步履蹒跚。儿时富庶的家境，并没有给安静娴带来娇生惯养的性格，相反，生活中的极简主义与工作上的高标准形成了鲜明对比。一根胡萝卜、两块白菜片、一小撮豆芽和大米、油盐混在一起蒸熟。安静娴说这样的一勺烩，含多种维生素、纤维、高蛋白、淀粉、碳水化合物，既省时间又保证营养，一举两得。安静娴把自己生活简化到了最低限度，但她精神世界异常丰盈，她精通五门外语，法文版《红与黑》就在她的枕边；缓解助手紧张情绪的方法是为大家随手勾勒出漫画；从堆积如山的书籍和刊物中，她翻译了几十万字的资料，编写了上千张索引卡片，为科研人员提供了难得的参考和借鉴的资料。

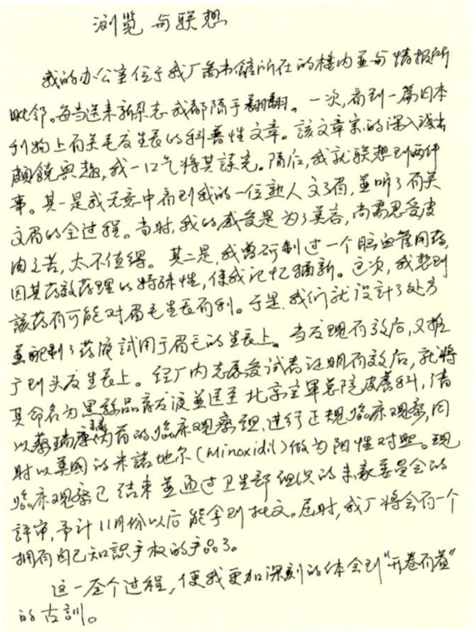
浏览与联想

我的办公室位于我厂图书馆所在的楼内并与情报所毗邻。每当送来新杂志，我都随手翻翻。一次，看到一篇日本刊物上有关毛发生长的科普性文章。该文章写的深入浅出，颇饶兴趣，我一口气将其读完。随后，我就联想到两件事。其一是我无意中看到我的一位熟人文了眉，并听了有关文眉的全过程。当时，我的感受是为了美容，尚需忍受肉之苦，太不值得。其二是，我曾研制过一个脑血管用药，因其药效药理的特殊性，使我记忆犹新。这次，我想到该药有可能对眉毛生长有利。于是，我们就设计了处方并配制了药液试用于眉毛的生长上。当发现有效后，又推广到头发生长上。经厂内志愿受试者证明有效后，就将其命名为黑发品露液并送至北京空军总医院皮肤科，请以蔡瑞康主任为首的临床观察组，进行正规临床观察，同时以美国的米诺地尔（Minoxidil）做为阳性对照。现临床观察已结束并通过卫生部组织的专家委员会的评审，预计11月份以后能拿到批文。届时，我厂将会有一个拥有自己知识产权的产品了。

这一整个过程，使我更加深刻的体会到"开卷有益"的古训。

| 安静娴手迹 |

人们习惯地称安静娴为“安工”。安静娴晚年身患阿尔茨海默病，别人轻唤一声“安工”，提到“东药”二字时，她虽然意识模糊，但会用轻微的手指动作来回应。安静娴一生以苦为乐、乐在药中，在帮助别人、为国攻坚中找到了人生的价值。利益和荣誉面前，安静娴总是淡然处之，她不著书立说，不接受采访，对于组织给予的院士津贴、职务津贴，也从未领过。她终生未嫁，将自己一生都奉献给了她认为更有意义的“为国制药”的事业。

老当益壮的技术革新闯将
赵奎元

王勃在《滕王阁序》中说："老当益壮，宁移白首之心？穷且益坚，不坠青云之志。"也就是说，年纪大了应当更有壮志，哪能在白发苍苍时改变自己的心志？处境艰难反而应当更加坚强，不能放弃高远的志向。20世纪50年代，沈阳就有这样一位老当益壮的闯将——享誉全国的劳动模范赵奎元。

赵奎元（1900—1968），出生于沈阳市南郊班家寨村一个贫农家庭。他年少时刚念完四年书，就被家庭贫困生活所迫当杂役，给地主扛活，进工厂做学徒工，当铸造工人。1948年2月，他来到文官屯兵工厂（后更名为七二四工厂、东北机器制造总厂、沈阳东基集团有限公司、辽沈工业集团有限公司，是中国兵器工业集团所属的大型国有独资企业）工作。11月2日，沈阳解放。此时的赵奎元已经48岁了，虽然过了青壮年时期，但他把全部精力都倾注到工厂的恢复、建设和发展的事业中，是公而忘私的典范。

| 赵奎元 |

1953年7月，工厂推行产品制式化的

时候，遇到一个难题，那就是主产品原材料——黄铜板生产供不应求，而且当时的铜板质量很低，严重影响冲压车间新产品试制定型。在这紧要关头，赵奎元挺身而出，与工程技术人员一起攻关，试制成功一台踝片机。用这台机器生产黄铜板，竟提高产量 9.5 倍。接着赵奎元又改进操作方法，将生产出来的黄铜板质量过关率由 50% 提高到 99%，满足了新产品试制定型的需要，推动了产品制式化工作。1953 年 8 月，赵奎元光荣加入中国共产党。

老当益壮，是抢下难题的责任担当。氮氢气压缩机是一种生产氮肥的大型设备，被誉为化肥厂的心脏。为快速提高我国农业生产能力，工厂开始了研制氮氢气压缩机的艰难探索。当时的工厂，一无大型设备、二无图纸、三无现成经验，可谓困难重重。当时的赵奎元，因患高血压被车间领导强令休息养病。听到这个消息后，他三番五次地找领导要求上班参战，还多次到医院恳求医生批准，最后医生勉强批准他每天只上半天班。凭着这个半休证，赵奎元赶到车间，把从未见过的“挂乌金瓦”的关键任务抢到手后，就热火朝天地干了起来。在没有资料和设备的情况下，赵奎元带着几个老师傅四处请教，到外厂学习经验，夜以继日地搞攻关。经过多次挫折之后，终于在第 25 天设计出浇注方案。试制中，他又拜师访友，用“半硬砂模”代替铝模铸造，结果既耐温又消除了砂眼，加快了整个氮肥设备的试制进度。接着，他还改进原来复杂的洗涤设备工艺设计，不仅保证了质量，而且为工厂节约 5 万元钱。同时，他针对铸造工艺多年采用的既笨重又浪费人力的多人单包陈规，提出单人单包、单车双包的建议，经领导采纳后提高生产效率 6 倍多。在赵奎元的世界里，方法总比困难多，方法总比问题多，在困难和问题面前，他总是那么有智慧、有技术、有创新，总是会奋勇搏击、一一化解。

老当益壮，是蚂蚁啃骨头的技术攻关。研制中面临的难题很多，最大的难题是主机（机身、缸套）20 多米长、10 吨重的大部件如何加工。如果向国外订购设备，需要 250 万外汇，并且要两年后才能到手。凭借着厂领导、工程技术人员和老工人三结合的攻关小组集思广益、群策群力，仅用3个月时间就利用原有的有限条件自行制造出七种、十三台小型专用机床。随后，大家利用这些小设备大摆“蚂蚁阵”，靠着“蚂蚁啃骨头”的方式设计制造出了氮氢气压缩机的6个缸体、2个机身、1根主轴及其他1067种6061个部件，揭开了我国机械加工史上新的一页，轰动了全国。经过半年多的攻坚克难，1958年7月29日，我国第一台“红旗牌”2400马力氮氢气压缩机终于诞生了。8月20日，《人民日报》头版专门刊登了题为《小蚂蚁能啃大骨头小机床能造大机器》的消息，不仅高度赞扬了这一创举，还将“蚂蚁啃骨头”的经验做法传遍了全国。

1958年，工厂在试制大型氮肥设备的同时，还接受了试制15000千瓦水轮发电机组和1500千瓦汽轮发电机的紧急任务。但由于一个零部件——高压油开关质量低打不住压，没有装配上，使发电机不能按时出厂。关键时刻，又是赵奎元攻克了这一难关，使得产品质量达到百分之百合格。赵奎元执着于自己选择的事业，专注于自己投身的领域，自觉不断地提高业务水平，永不言弃、精益求精是他对品质的追求，对一流的追求。1959年，工厂承接一批锰黄铜合金、锡黄铜合金、钛锰黄铜合金、锡磷青铜合金、镍锡青铜合金等高级合金生产任务。做这种尖端产品的难度非常大，已年近花甲的赵奎元，在车间领导面前立下了军令状。试制中，他同大家一起想方设法，最终采取做木型和搞试验（投料成分和性能）并举的方法，并攻克木型等一系列关键难题，加工出第一批合格的高级合金产品。赵奎元始终严格要求自己，不断提升技艺和产品质量，最终达到超凡出众的水平。

赵奎元不仅带领攻关小组为我国第一台氮氢气压缩机的研制作出了突出贡献，还是搞好传帮带的楷模，始终保持昂扬向上、奋发进取的精神状态，在投身社会主义建设事业中的突出贡献赢得了当之无愧的荣誉。从1950年至1965年，他先后当选沈阳市劳动模范、东北兵工系统劳动模范，并两次荣获全国先进生产者光荣称号，先后 9 次光荣地见到了毛主席，受到周总理等党和国家领导人亲切接见。

每每看到赵奎元在艰苦的环境中创造了巨大的成就，把所有的不可能变成了可能时，内心就被他深深感动。他就像一个上满劲儿的陀螺，别人在五六十岁的年纪往往退居二线，没了创新意识。可他却一直申请在火线，忘我奋战 20 载，不断技术革新，敢为人先、突破常规，创造出新的成果，直到 1968 年 9 月 11 日病故。

拉美地区有一句谚语：“没有比缺乏意志更大的困难。”正是对新中国由衷的爱，激发了老当益壮的赵奎元强大的意志力和内驱力，先后担任班长、工长、技术员、技师、工人工程师的他，面对低技术起点的“卡脖子”问题时，与工友们共同诠释了“蚂蚁啃骨头”精神，以小攻大、以短攻长、以轻攻重，加工制造出一大批国家经济建设的大型设备。赵奎元身上所体现出的强烈的主人翁意识、忘我的劳动热情、巨大的创新能力、良好的职业道德，将鼓舞鞭策着新一代兵工人在追逐梦想的路上拼搏奋斗、勇毅前行。如今的沈阳已经成为国之重器的装备制造中心，劳动精神、劳模精神、工匠精神在一代代大国工匠间传递，时代在改变，不变的是他们的精神，也是沈阳的精神！

新中国第一枚金属国徽铸造者焦百顺

沈阳是我国的重工业基地，这里诞生了新中国工业史上数百个第一。20世纪50年代，新政权赋予了工人阶级领导者的崇高地位，工人一跃成为“国家主人翁”“工人老大哥”，从而孕育了巨大的爱国力量，涌现出一批以巨大的热忱和忠诚完成重大任务的劳模。

| 焦百顺 |

1951年劳动节，新中国第一枚金属国徽正式悬挂在天安门城楼上，替下了1950年10月1日悬挂的第一枚木质国徽。第一枚金属国徽的铸造者焦百顺，也成为一代人永不褪色的记忆。

因时间紧且设计具有专业难度，中华人民共和国国徽的诞生晚于国旗。开国大典时，天安门城楼上未能悬挂代表新中国的国徽。1950年6月23日，全国政协第一届第二次全体会议一致通过了清华大学梁思成小组设计的国徽图案及文字说明。9 月 20 日，中央人民政府委员会主席毛泽东签署《中央人民政府命令》，公布中华人民共和国国徽。为确保在国庆一周年庆典期间，能在天安门城楼上悬挂国徽，周总理批示要求："悬挂的国徽用木刻，限于十月一日前做好挂上。"1950 年 9 月 30 日，在没有任何现代吊装设备的情况下，一块高 2.6 米、宽 2.4 米、厚 0.15 米、以吨计的木质国徽，被用传统搭凉棚的办法——"麻绳捆杉篙"，硬是从十几米高的脚手架上用人工牵引，挂在了天安门城楼上，这是天安门城楼上悬挂的第一枚国徽。但是，当时这枚应急制作的木质国徽，无法抵抗长期的风吹雨打，必须用金属国徽替换。周总理把铸造金属国徽的重任交给了沈阳第一机器厂。接到这个光荣的铸造任务时，全厂上下激动万分。但时间紧、任务重、要求严，压力巨大。

焦百顺（1914—2000），山东省掖县人，解放前，他逃荒要饭到了沈阳。解放后，在沈阳第一机器厂（后沈阳第一机床厂）工作，这是培养新中国第一代产业工人的地方，以铸造技术闻名全国。而焦百顺正是铸造技术尖子，担任 19 号铸造车间的铸造班长。接到这个任务后，以焦百顺为组长，十几名技术尖子为成员的铸造团队也应运而生。

任务光荣却异常艰巨。当时的第一机器厂还处于恢复性生产阶段，车间铸造技术虽有名气，设备却非常简陋，仅能用勺炉生产一些简单的零配件和维修弹簧。要铸造一枚直径较大且图案清晰、表面光洁的国徽，无论是模具制作，还是浇铸成型，主要凭经验手工操作，需要克服重重困难。

困难面前，性格耿直的焦百顺说，是共产党和新中国把他救离苦海，他对新中国对党有着一份炽热的真情，铸造国徽对他来说是义不容辞的使命。工人们说，不为别的，就为新中国把咱当个人看，咱们也要把国徽造出来！带着对祖国和事业的最朴素的爱，焦百顺和他的团队投入到铸造金属国徽的伟大实践中去。

第一道难关是模具，模具的质量直接关系到铸件质量。为此，焦百顺和裴庆江、朱凤仪等人组成了专门任务小组。但刚开始做出的模型图案模糊，谷穗的粒不鼓、芒不显。为保证国徽表面平整光滑、凹凸有致，尤其是麦穗的纹理清晰，他们从大连、内蒙古等地运来砂子做砂型。为了赶工期，焦百顺和工人们吃在车间里，睡在砂型旁，反复实践，精雕细琢，终于制作出了质量过关的合格模型。

第二道难关是浇铸。国徽的质地为铜铝合金，其中铜占8%，铝占92%。铜的熔点为1083摄氏度，而铝的熔点只有660摄氏度，两者熔点相差400多度，容易出现局部缩型，温度高了低了都不行。烧铸的火候很难掌握，这在当年是个难度很高的技术工艺。国徽上的绶带部分，纹理较厚，金属冷却后总是呈现很大的凹陷部位。焦百顺等人一次又一次试验，克服重重困难，直至研制出局部浇水加速铸件冷却的方法，才解决铸件局部缩型这一难题。

在保守工作秘密的同时，沈阳的工人们克服困难，开展创新。有限的生产条件，却激发了工人们无限的创造能力：没有炉子，他们就在车间地上挖3个2米深的大坑，用砖头砌成圆形，在上面架上炉条，做成地风炉；没有化铝罐，他们就从车间废铁堆里找来铁管、钢盔、刺刀，烧红后做成化铝罐；没有脱氧剂，他们用木棒搅拌脱氧；没有测试铝水温度的仪器，他们就在炉前凭经验用肉眼观察铝水颜色的变化。为了使国徽的抛光加工效果达到最优，工人们精益求精，用自制的小工具——钢丝刷，将国徽毛坯表面凹凸不平的地方打磨干净，将有瑕疵的地方修补完整，再用自制的小刀，将国徽图案中的每个细节都一一雕刻出来，最后再用专用刮刀刮平图案表面，进行整体抛光，经过这样打磨的国徽，就像镜面那般光亮。

就这样，朴实智慧的焦百顺和他的伙伴们在夜以继日的探索和试验中，敢闯敢拼，勇于担当，硬是凭目测、手工操作的精湛过硬技艺和丰富经验，不断攻坚克难，终于提前20天，成功地铸造出了三种规格的67枚金属国徽。

1951 年 5 月 1 日，直径 2.4 米、重达 487 公斤，凝结着设计者和铸造者心血和智慧的新中国第一枚金属国徽，正式悬挂上了天安门城楼。其他规格的国徽分别用于首都、各省及部分城市的国家机关。

国徽，是新中国的象征，是人民当家作主的标志，第一枚金属国徽也是我国当时铸造技术的体现，更是以焦百顺为代表的沈阳铸造工人最高智慧和技能的体现。

从第一枚临时的木质国徽，到第一枚金属国徽，“从无到有”，都是在挑战各种不可能的过程中，激发每个人的潜能。伴随着一个个创新、发明、创造，貌似遥不可及的梦想最终得以实现。这就是大国工匠精神，这就是新中国工人的硬核实力！

面对困难和挑战，焦百顺和他的团队勤恳努力、干劲冲天。迸发于内心深处无私而深沉的爱国情怀，使得他们在平凡的岗位上忘我工作。也正是这爱国情怀，穿越时代历久弥新。

焦百顺不骄不躁，在“一五”时期工厂改建中刻苦学习技术，不断创造新成绩。他试验利用新技术铸造成功 1A62 床身铸件，试铸成功水平尺铸件，主动承担试铸空气压缩机气缸的任务，解决了生产上的难题。1956 年，焦百顺荣获全国机械系统先进工作者称号，受到了毛泽东、周恩来、刘少奇、朱德、邓小平等党和国家领导人的亲切接见。

2012 年，位于沈阳市铁西区的中国工业博物馆开馆。在当年铸造团队老工人的指导下，博物馆复制了一枚金属国徽，尺寸和制作工艺严格按照天安门城楼上第一枚金属国徽的标准，挂在馆里展出，以此铭记那个火红的、激情澎湃的年代，铭记国徽铸造者的爱国精神、奋斗精神、奉献精神。这种精神也必将被新一代的沈阳人传承，贯穿于创建国家中心城市，实现家乡沈阳的全面全方位振兴的新突破之中。

全国工业建设的一面旗帜王凤恩

新中国成立后，国家通过评选和表彰劳动模范，将久经压迫与欺辱的普通劳动者放到前所未有的高度去赞扬，体现了社会主义中国以“人民当家作主”为核心的人民性特质。这种社会动员的方法，调动了广大人民群众的劳动热情。许多外国美术家在访华期间，以其独特的视角将劳动模范纳入创作主题，来表现新中国民众朝气蓬勃的主人翁形象。波兰版画家亚历山大·柯布兹德依就用速写的方式描绘了一位劳动模范，这也是当时唯一一幅有简单工厂背景的劳模速写。柯布兹德依以仰视的角度去描绘人物，使劳模显得更加高大；以工厂背景做衬托，使劳模更显优秀。这位劳模就是沈阳变压器厂工人、全国工业战线生产建设“十面红旗”之一的王凤恩。

| 王凤恩 |

王凤恩（1924—1999），辽宁省本溪市人，1948 年进入沈阳变压器厂成为一名工人。沈阳变压器厂前身是 1938 年由日本

开办的伪满洲日立制作所，伪满时期曾生产过铸铁件感应机。新中国刚刚成立时，国家百废待兴，国内变压器厂基本上依靠手工制作，大型变压器更是全部依赖国外进口，沈阳变压器厂也不例外。随着党中央发出用技术力量进行国家工业化建设的号召，“国家需要什么就研究什么、制造什么”成为工人阶级的共识，当家做主人的工人掀起了技术革新的热潮。

1951 年，只能生产小型变压器和铁道配件的沈阳变压器厂接受了一项重要任务：制造中国第一台 5000 千伏安大型变压器。听闻此事后，苏联的技术专家不屑地说：“几间破厂房，一些旧机床，想造 5000？痴心妄想！”当时的沈阳变压器厂党委书记刘凤州无比愤怒，当即立下军令状，对所有技术人员和工人说：“明天开始，我们一起造变压器，我要让那些外国人看看咱中国人到底有几斤几两！”

此时的王凤恩，作为大型变压器车间工段长，深感责任重大。王凤恩擅长修理电动机，也擅长开吊车，但他从未造过机器。没有先例、没有可以参考的数据，制造中国第一台 5000 千伏安大型变压器，简直是困难重重！

第一道工序就卡住了，变压器的绝缘筒没人会做，用自制机器卷出来的绝缘筒满身褶皱，无法使用。而这种特殊的绝缘材料也是苏联支援的，国内还没有。看着一堆堆的废料，王凤恩寝食难安，忧心如焚。一天，刚回家的王凤恩碰巧看见妻子正在熨衣服，他灵机一动，抢过熨斗就往厂里跑。那情景，让人想起阿基米德在洗澡时发现了浮力原理后，连衣服都没穿就跑到大街上，疯狂地呼喊“我发现了，我发现了”的场景。谁也没想到，绝缘纸起泡问题，就这样被熨斗给圆满解决了。

那段时间，王凤恩带着技术人员和一线工人，不断攻坚克难。机器不够用，他们就手工制造打磨零件；时间不够用，他们就加班加点，住在车间；物资匮乏，他们就吃高粱米饭就咸菜疙瘩。没有条件创造条件也要上，新中国干事创业的浪潮，让所有人都勇往直前，敢打敢拼。卷筒机、卷线机、伸颈式大台面冲床、焊接机、卷管机、脱管机、绝缘筒等机器设备，就这样被制造出来了。

两年后的 1953 年，奇迹发生了：中国第一台 5000 千伏安大型变压器，这台代表当年最高生产水平的变压器硬是在不具备生产条件的情况下，被成功研制出来了，开创了我国自主研制大型变压器的先河。

王凤恩在工作中善于用敏锐的眼光去发现问题，更善于用持续的钻研去解决问题。为了技术革新，他常年守在机台旁，吃住在厂里，实在太困了就钻进鸡毛褥子里打个盹儿。一次，为了解决一台机器的动力问题，他连续几天没回家。徒弟见状，劝他回家歇歇。结果，王凤恩刚骑上自行车，一脚蹬下去，就立马跳下来，摇起脚蹬子，只见车后轮飞快转动，他立即卸下车链子跑回车间，在机器上安上牙轮，连上车链子，困扰多日的难题解决了。

1958 年初，王凤恩一直被车间只能实现 30% 机械化生产所困扰。如何变手工操作为机械化、自动化，提高效率成为他最关心的问题。绝缘车间的裁纸工作一直由人工操作。胶纸上的酚醛刺激皮肤，接触就起疙瘩，奇痒无比。1958 年 2 月，随着生产激增，即便车间搞“人海战术”，手工操作也无法供应下道工序的机器生产。经过王凤恩的潜心钻研，经过 18 次实验后，机器一开，就自动将绝缘纸切开又卷成管。整个车间沸腾了，自动化的好处立竿见影：再不会因为裁纸而窝工了，也不用上夜班了，身体也不会再起疙瘩了！王凤恩和工友们经过反复计算，定出了五年规划，而规划中所需要的 31 台机器都是他自己和工人制造的。此后，机器代替了人工，工作效率成倍提高。

1959 年，王凤恩被评为全国先进生产者，赴京参加全国群英会，被推荐为大会主席团成员，并被命名为全国工业战线生产建设“十面红旗”之一。会上，李富春作了《高举党的总路线的红旗，为社会主义建设事业的继续跃进而奋斗》的报告。在谈到增产节约高潮中出现的几十万名技术革新的能手时，第一个提到的，就是沈阳变压器厂的王凤恩，并称赞他们“不仅有冲天的革命干劲，而且有无穷的智慧，不仅能够苦干、实干，而且能够巧干”。

1961 年，工人出身的王凤恩被提升为工程师。当国家遇到暂时经济困难时，出任辽宁省和沈阳市技协副主席的王凤恩，组织科技人员和能工巧匠，义务开展技术协作攻关活动，为沈阳机床三厂、高压开关厂等 30 多家企业和单位解决了技术难题 72 项。为了解决生产速度跟不上建设速度的问题，王凤恩始终坚持工艺革新，平均每 10 天就有一项发明创造，半年内为企业解决了 60 余个生产难题。他把全部精力和智慧都献给了党和人民的事业，被誉为“技术革新迷”。

“我学技术不是为了挣钱吃饭，而是为制造出更多更好的变压器，为中国工业的发展助力。”这是王凤恩时常挂在嘴边的一句话。这句话影响了一代代沈变人。不断研发装配大型复杂变压器的沈变人，生产了国内首台发送端 ±1100 千伏换流变压器，自主研发了特高压电力装备关键部件干式直流套管，一举打破国外垄断，正兑现着“装备中国，装备世界”的民族梦和中国梦。从跟跑到领跑，从被核心技术“卡脖子”到引领带动行业发展，一代代科研人员、产业工人自立自强、自力更生，在最困难处攻坚，敢于迎难而上。

2023 年 7 月，伴随着 AI 高耗能问题的与日俱增，马斯克说：“一年内将由芯片短缺变为变压器短缺，随后两年内出现电力短缺，未来最关键的指标将是每单位能量的有用计算。”“变压器”瞬间被推到了风口浪尖，期待家乡沈阳在新的“变压器大战”中再创中国奇迹！

沈阳第一个农业生产合作社的创始人张振发

“远看苏联，近看高坎！”这个口号在20世纪50年代叫响全国。沿着浑河一直向东，临近抚顺时就到了高坎，这里因坐落于浑河北岸的高坎之上而得名。1948年11月2日，沈阳解放。此后，沈阳便成为新中国开展大规模建设的“试验场”。在恢复经济建设的过程中，一系列农村土地改革运动大范围展开。为实现耕者有其田，12月，中共旧站区委派出的土改工作组根据高坎村的土地数量和贫瘠程度，平分了地主的土地和牲畜、农资。

1952年，高坎镇成立了全东北第一个农业生产合作社，它是当时农民向集体化前进的一面旗帜。为何东北的第一个农业生产合作社会出现在沈阳高坎？因为这里有个带头人——张振发。

| 张振发 |

张振发（1916—1995），河北省玉田县人。1950年，张振发满腔热忱地投入到土改中。他工作勤恳、为人忠厚，积极协助解放军征集粮草。4月16日，作为土改积极分子的他加入中国共产党，是高坎地区第一位入党的农民。8月14日，由张振发、李普文、化泽友3人组成的党小组成立。拥有了自

己土地的村民生产积极性高涨，但新的问题又随之而来：土改中，各户分得的农资不同，一些农户家里劳动力少、没有车马，只能雇别人的牛犋耕地，往往错过农时。

为解决这一问题，在党和人民政府“组织起来”的号召下，张振发带头成立换工互助组。以 5 个人工折换 2 个马工从事农田耕作，按季结算，差额下季补齐，农民们把这种生产方法称为“插犋换工”。“插犋换工”有效解决了农民生产中的实际困难——及时播种，及时铲耥，多打了粮食，增加了收入。张振发互助组共 6 户，地 61 亩，每亩地高粱平均产量是 700 斤，比 1949 年每亩多打 60 斤。尝到甜头的农民，将这一做法进一步推广。在张振发的影响下，秋后，高坎村又陆续成立了七八个互助组，张振发、黄相臣、魏恒珍、刘长亮、乔栋云、赵德安、赵国成等 7 个互助组发展成为常年互助组，全地区互助组普遍实现了增产增收。

1951 年是高坎村合作互助的巩固阶段。他们不但合理地评工记账，还实行了农副业结合、分工分业。张振发互助组扩大耕地面积，租入了 40 亩地，秋后新开荒 12 亩。夏锄阶段，发动 50 多名妇女参加互助组，省出男劳动力拉脚和做别的工作，增加了副业收入。这一年，互助组带动全村展开了爱国丰产竞赛运动，张振发率领 7 个互助组向沈阳市推出的典型示范新城子区（今沈北新区）的包有才互助组应战，激发了每个互助组的生产积极性。在耕作方法上，农民们经过探索，胜利地完成了全村土地铲四遍的计划，张振发互助组所种的 7 亩苞米，每亩产量竟达 1000 斤，创造了当地前所未有的高额产量。为此，张振发互助组光荣地被评为区一等模范互助组和沈阳市一等模范互助组。

互助组的生产方式虽然比单干有了很大提高，但也有一定的局限性。各互助组之间发展不均衡、土地不集中、不能进行机械化耕作、不能统一规划等因素仍然制约着生产效率的提高和生产力的解放。“组织起来力量大，就能够多打粮食，增加收入。”这是高坎村民的切身体会。为了更快地发展生产，提高土地、劳力、畜力的生产效率，党和政府决定在高坎村试点组建农业生产合作社。

张振发是高坎农业生产合作社的创建者和发起人。1952 年 1 月 21 日，在中共沈阳市委工作组的帮助下，张振发在互助组的基础上，办起了沈阳市第一个农业生产合作社——高坎（初级）农业生产合作社。2 月，由 18 名党员组成的首个高坎村党支部成立，张振发为书记。由于党组织不断壮大和群众拥护，高坎地区所有村庄相继成立了农业合作社。

张振发不仅吃苦耐劳，而且善于运用民主方式解决问题。在经营管理上，实行民主办社、民主理财、财务公开。在他的带领下，高坎合作社统一规划、合理调配劳动力和畜力，广泛使用新式农具，劳动效率大幅提升。建社当年，有 42% 的耕地使用了新农具，小麦平均亩产量即翻了一倍，达到了 355 斤，超过当地亩产一倍多，最好的一块小麦地亩产高达 504 斤；第二年，全社粮食平均亩产量达到了 737 斤。

在经营项目上，张振发实行多种经营，按照社员们的特长和技能分配工作，尽量做到人尽其才，物尽其用。在大搞粮食生产的同时，还大力发展副业，鼓励农户扩大蔬菜、葡萄种植，养鸡、养猪，在不影响大田生产的前提下，抽出 28 名社员从事大车拉脚和打麻绳等工作。这些副业不仅增加了农民收入，而且为合作社积累了大量公共财产。

在劳动管理上，张振发按业分工，鼓励社员多劳多得，实行“工作定额”，采取分组“包干”办法进行劳动，提高社员生产积极性，显示出“组织起来”的优越性。

为了进一步发展农业生产合作化，在市、区领导的支持与引导下，1954 年 3 月，张振发领导的高坎合作社联合邻近 22 个农业生产合作社，1629 户农民，建立了高坎集体农庄（高级农业生产合作社），并任农庄主席。

1954年8月10日，中共中央向全国农村发文件推广高坎的经验。苏联、朝鲜、越南、印度、印度尼西亚、阿富汗、美国、英国等多个代表团来到高坎参观访问，民主德国的总理罗提渥甚至也来参观过。1955年9月6日，世界著名的诺贝尔文学奖获得者、法国文学家兼哲学家让·保罗·萨特，对沈阳进行了为期4天的访问，还专门参观了高坎农业生产合作社。1955年12月，作为中国7个著名的农业生产合作社和集体农庄之一的高坎农业生产合作社与民主德国的别尔格朗特合作社开展劳动竞赛。

几年下来，高坎合作社取得了很大成绩——农业连年丰收，副业蒸蒸日上，社员生活越来越好。张振发在1954年9月，作为全国人大代表，参加了第一届全国人民代表大会第一次会议，在北京中南海怀仁堂受到毛泽东等党和国家领导人的接见；1954年至1956年，连续被评为沈阳市和辽宁省劳动模范；1957年，被评为全国农业劳动模范。

1958年2月13日，毛主席在去往抚顺视察的途中，路过高坎旧站管理区路段时，听说沈阳地区第一个成立的农业生产合作社就在这里，他立刻就说："咱们进村看看去。"毛主席临时在高坎公社下车，参观了社里的马棚和正在修建中的沈阳农村第一眼电井工地。

毛主席视察高坎，时间虽然短暂，但给高坎人民留下的却是永恒的力量，也为后期在全国推广实行农村人民公社化的模式提供了现实依据。当年毛主席去过的地方已经建起了纪念馆，成为沈阳市革命传统教育基地和沈阳市青少年德育基地。

张振发一生都奋斗在农业战线，他创办的高坎农业生产合作社和集体农庄，繁荣了农村经济，也成为沈阳市郊农民们向共同富裕的道路前进的一面鲜明旗帜。他勇于当先、甘于奉献的劳模精神鼓舞着我们。他一切从实际出发，在经营管理上出新招、用妙招，调动了社员的积极性，向我们展示了社会主义是干出来的、幸福是奋斗出来的真谛。

机器人事业奠基人蒋新松

2018年，在平昌冬奥会闭幕式上，象征着第24届北京冬奥会的24名轮滑演员和24个载有透明冰屏的智能机器人惊艳亮相。让“北京8分钟”惊艳全球的智能机器人就是由沈阳新松机器人自动化股份有限公司自主研发和生产的移动机器人（AGV）。这场表演把代表着中国先进机器人技术的新松水平完美展示在全球亿万人面前。48小时的冰库试验，8米/秒的风速检测，新松机器人依然按照轨迹运转，平昌的大风、大雾、大雪都无法阻碍新松机器人无所畏惧地前行。这是新松的第一次，中国的第一次，也是世界的第一次。创造这些AGV的公司之所以取名为“新松”，是为了纪念中国机器人之父、沈阳自动化所原所长蒋新松。

| 蒋新松 |

蒋新松（1931—1997），出生于长江边上的一个小镇——江阴澄北镇。识文断字的母亲，以杜甫“新松恨不高千尺，恶

竹应须斩万竿”的诗句给他取名为“新松”，期望他像青松那样俊秀挺拔，能经得住风吹雨打，又品格高洁，扶善疾恶，成为国家的栋梁之材。

蒋新松的童年是在战乱中度过的。七七事变后，蒋新松一家人四处逃亡，流落苏北。他在小传中写道：“本该欢乐的童年，我饱尝了亡国的痛苦，懂得了祖国的含义。”

蒋新松少怀壮志，敏于上进。1942 年，11 岁的蒋新松以优异的成绩跳级，从君永小学毕业，顺利考入了江阴名列前茅的南菁中学。他在人生的第一张标准像背面，满怀豪情地写下一行小字：“一个伟人在成长。”

蒋新松在少年时代尽管成绩优异，却不得不饱尝失学与失业的痛苦。1949 年，仅读过高一的他考上了名校上海交通大学。大学一年级刚读完，又考上了留苏预备生。当他准备赴苏深造时，却在体检中被查出患有肺结核。“到苏联留学当然好，但不能去，在交大读书也是很好的。听说建钱塘江大桥的茅先生就是交大培养的。”母亲的话让他重振信心，经过半年的治疗，他仍没有痊愈，只好被送回上海交大一边休养，一边插班学习。1956 年夏，蒋新松大学毕业，被分配到中国科学院自动控制与远距离控制研究所。他后来说：“进了中国科学院的大门后，我才第一次把自己的命运和国家的事情联系在了一起，干国家大事，从此成了我终生追求的目标。”1957 年，他被错划为右派，直到 1962 年。

1965 年 10 月，他从北京调到中国科学院东北工业自动化研究所（中国科学院沈阳自动化研究所前身）工作。从此，沈阳成了他的第二故乡。

在报到的第一天，研究所领导就交给蒋新松一项重大任务——参加鞍钢的自动化项目攻关小组。当时，“鞍钢冷轧厂设备完善、自动化”被列为国家科委的技术改造项目，其中，1200 可逆冷轧机的自动化研究就由东北工业自动化研究所来承担。接到任务后的蒋新松，早晨不到 5 点就起床工作，晚上啃资料、看书，不过 10 点不休息。他敢于冒技术风险，承担了 3 个自动化系统的总体设计任务。他不计个人得失，一心扑在科研上的忘我精神得到工人同志们的理解、支持和保护。上边来调查他的“反动言论”，工人和技术人员把来人顶了回去。就这样，蒋新松坚持奋战了整整十年后，终于啃下了鞍钢冷轧机技术改造这块硬骨头，主导完成了鞍钢1200可逆冷轧机数字式准确停车装置、复合张力系统和自适应厚度调节装置三个自动化系统，于1978年获中国科学院重大科技成果奖和全国科学大会重大成果奖。

20世纪70年代初，蒋新松就敏锐地意识到自动控制转向智能控制这个自动化技术的新趋势。他预见到机器人的应用将是一个国家实力和科技水平的象征。1973年，他和两位同事向中国科学院提交了“关于人工智能与机器人”的申请报告。这是我国最早的开展此项研究的建议。遗憾的是，在一次评审论证会上，一位评委调侃地质疑：“现在国家搞计划生育，连娃娃都不让‘造’了，你怎么还搞机器人？”尽管多次受阻，但他从未有过放弃的念头，而是继续潜心钻研。

1977年，全国自然科学学科规划会在北京召开。46岁的蒋新松在会上提出了发展机器人和人工智能的设想。在蒋新松和其他多名科学家的共同推进下，机器人和人工智能被列入1978年至1985年中国科学院自然科学发展规划中。从此，机器人和人工智能研究被首次载入我国科技发展史册。

1980年，蒋新松被任命为沈阳自动化研究所所长。此后，他带领团队成功开发出系列水下机器人产品：开展并完成了中国第一台潜深200米有缆遥控水下机器人“海人一号”的研究、设计与试验；完成了潜深1000米无缆自治水下机器人“探索者”号的研发工作；与俄罗斯远东海洋技术问题研究所合作开发“CR—01”6000米水下机器人，把我国水下机器人研究推向世界最高水平。在工业机器人方面，研制成功我国第一台具有点位控制和速度轨迹控制的SZJ-1型示教再现工业机器人样机；研制的九台AGV首次应用于汽车总装线；与韩国公司签订了技术转让合同，首次实现技术出口；国产机器人逐渐占领汽车、摩托车等行业机器人应用工程市场，迫使进口机器人大幅度降价。为推动中国工业机器人的应用研究与产业化，在他的领导下，建成了沈阳机器人示范工程和机器人技术国家工程研究中心。

作为自动化领域的首席专家，他说他有两个梦，一个是智能机器人，一个是CIMS。CIMS，即计算机集成制造系统。沈阳鼓风机厂实施CIMS后，在世界同行企业中的排名从第14位上升到第6位，缩短了大型空分压缩机的设计及准备时间达50%。1994年，中国的CIMS工程中心摘取了“大学领先奖”，这个奖被誉为“制造业界诺贝尔奖”，中国是第四个获得此项殊荣的国家。这意味着我国的CIMS工程技术已跻身世界先进行列。

蒋新松的这两个梦，是现在正在进行的第四次工业革命的主要内容，正是他的远见卓识，站起来、富起来、强起来的中国，已经紧跟智能时代的脚步，并准备弯道超车。

蒋新松说，许多特种机器人都是关系国家安全的战略产品，虽然用量不大，但如“两弹一星”一样，决不能受制于人，发展这种机器人是中国科学家的责任。每个生命的终点都是死亡，每个生命的起点都是向死而生。在生与死之间，时间丈量了生命的长短。在这有限的生命里，我们无数次地在思考人生价值这个古老的命题。蒋新松曾说：“只讲生命的质量，不求生命长短的数量，活着干，死了算！”蒋新松的生命质量观，实际上是把个人的生命同祖国和科学的命运紧紧地连在一起，实现了自我生命价值和社会发展价值的高度统一。

他从战略高度思考和实践自己所从事的科学事业，以战略科学家的胆识、科学技术攻关组织家的才干，谋政治家之谋，想老百姓所想，瞄准国家发展的大目标，为事业呕心沥血、鞠躬尽瘁、死而后已。相信，他会感到欣慰，因为今天新松公司正在以更加优异的成绩让这个时代不断见证它创造的中国速度、中国水平！

魂系海天的航空工业英模
罗阳

第一次听说罗阳这个名字，是在舰载战斗机歼 -15“飞鲨”首次在我国第一艘航空母舰辽宁号上成功起降的第三天。在全国人民沉浸在成功喜悦之中，纷纷仿效航母 style 的时候，这位舰载机研制现场总指挥、中航工业沈飞公司董事长却突发心梗，不幸殉职，年仅 51 岁。震惊、惋惜之余，更多

| 罗阳在“辽宁舰”上 |

的是敬佩与悲壮。罗阳，择一业，终一生，为祖国的航空工业以身殉职，书写了忠于祖国蓝天事业的强军赞歌。

罗阳（1961—2012），出生于沈阳的一个军人家庭。父亲罗哥曾是军事经济学院政教室主任，为人正派；母亲吴传英是一名军队数学教师，罗阳就是在他们的言传身教中成长起来的，从小就胸怀强军报国的赤子之心。小学时，他给滑轮车装上方向盘和活动轮子，还自己学着组装收音机。高考时，罗阳成绩优异，而且物理考了 95 分，是当时全区第一名。填报志愿的时候，罗阳的老师动员他报清华或北大。而罗阳说，我是军人的孩子，国防军工是我的梦想，所以他的志愿全都选择了军工类。

他把所有的理想都给了沈飞。大学毕业后，罗阳被分配到了沈阳飞机设计研究所，担任设计员。20 世纪 80 年代到 90 年代初，是中国航空工业最难熬的日子。沈飞公司最困难的时候一年只有 4 架飞机订单。为了生存，公司只能军转民，生产电冰箱、洗衣机。罗阳的处境也很艰难，当时 1 个月的工资只有几十块钱，雪融化的时候，住所里就像掉雨点一样。许多人都下海经商赚钱去了，而罗阳一直没有离开。

1999 年，罗阳与几位专家到美国考察。看到美国航母甲板上的战机起起落落，罗阳树立起要拼命追赶的决心。罗阳曾说："我们最大的追求就是通过我们的努力，使我国的先进战机能够早日装备部队，使我国的国防工业能够尽快缩小与发达国家的差距。"2002 年，罗阳被任命为中航工业沈飞公司的党委书记；7 月，罗阳出任沈阳飞机工业有限公司党委书记兼副董事长。2007 年 11 月改任董事长、总经理兼党委副书记。2007 年，罗阳刚走马上任，研制歼 –15 飞机的重任就下来了。歼 –15 是中国第一代舰载战斗机，自我攻防能力突出，飞行速度快，能在数秒钟内探测、发现并摧毁敌方海上移动目标。舰载机集顶尖军事技术于一身，世界上只有几个主要军事大国具有研制能力。媒体将航母比喻为老虎，而舰载机则是老虎的牙齿。

他把所有的时间都给了舰载机。启动舰载机项目时，国内完全是一片空白。获取国外现成的技术，想都别想，即使是资料也搞不到。要造出来、飞起来、更要落得下，成千上万个环节，都是未知领域，都要千方百计去钻研。

由于时间紧，压力大，作为现场总指挥的罗阳，从接到任务那天起，就一直奋战在研制现场、试验一线。他手里总是拿着两个本子，一个是所有攻坚项目进度表，另一个是他记录的密密麻麻的计算数据和对技术难题的解决设想。大家说：罗总是一手拿着催账单，一手拿着锦囊妙计。

罗阳与现场人员的工作节奏最初是“711”，即每周干 7 天，每天干 11 个小时；在最后冲刺的攻坚阶段，他也冲到极限，变成“720”，几乎每天工作达到 20 个小时。部分工序则实行“724”工作制，每天 24 小时不停歇地工作。人们形容罗阳“是在以冲刺的速度跑马拉松”。在生命的最后阶段，他经常说：“我们没有任何选择，必须把不可能变成可能。”因为他最清楚，中国的天空并不平静，他们造飞机，是在没有硝烟的战场上与敌人较量。

“飞鲨”歼 –15，创造了新机研制提前 18 天总装下线、从设计发图到成功首飞仅用 10 个半月的奇迹。2012 年 8 月辽宁舰入列时，海外媒体预计，中国舰载战斗机成功应用，至少需要 1 年半时间；没想到罗阳他们仅用两个多月，就成功实现了最为关键的舰上起降试验。

在飞机已完成研制并移交试飞中心之后，罗阳原本不必上舰。但作为研制现场总指挥，他放心不下，想要通过自己零距离的现场感受，为后续的飞机调试、定型、批量生产积累经验……

于是，2012 年 11 月 18 日早上 8 时许，罗阳作为沈飞公司的代表上舰工作。这一天，他对相关环节进行了全面监测，几乎不曾停下脚步。此后的 7 天里，他房间里的灯每夜都要到近凌晨 3 时才熄。

舰载机在航母上起降难度非常大，歼 –15 舰载机要在 105 米的超短距离内滑跃起飞，而一般战斗机的起降至少需要 200 米到 800 米的滑跑距离。相比起飞，舰载机降落更难——从空中俯瞰，茫茫大海上的航母平台就像漂在水中的一张邮票，要排除海上风浪的干扰，要在极短的距离内从时速 200 千米瞬间归零，将飞机稳稳落在一张“邮票”上，就仿佛在刀尖上跳舞。仅仅在一次飞行中，就有 1000 多个指标需要验证测试。

测试当天，罗阳就站在离起降点不足 20 米的地方，仔细观察和记录飞机的每一次起降。测试人员以外的人，通常会选择站在一个声音相对小的地方，但罗阳没有。他总想离得近些再近些，零距离观测舰载机着舰的落点和状况。谁也不知道，他的心脏一次次承受着怎样的冲击？但他近距离观察，生怕漏过飞行的每个细节；一有时间，他挨个走进驾驶室、塔台、机库、武器库、锅炉房，观察、询问、记录，随身带的小本子写得密密麻麻，记满了数据和规划。记录本的封底上写着：“航空报国不是一种荣誉，而是一种使命。”

罗阳爱下围棋，喜欢音乐，是排球健将，但他把所有的时间都给了航空工业。他深知，航空工业生产出的产品，要么是满分，成功登陆，要么就是零分，前功尽弃。他也深知生命的宝贵，他总是叮嘱科研人员“一手是国家财产，一手是战友生命”。登舰后，罗阳曾感到身体不适，但他太忙了，并未去找医护人员检查。在国外，一架歼击机机型从研制，再到成功试飞，一般需要 10 年到 20 年的时间，而罗阳他们只用了几年时间。

他把自己的时间最大限度地献给了航空事业，却连抢救生命的几分钟都没有给自己留下。2012 年 11 月 25 日，在离医院不到 100 米时，罗阳短暂的生命走到了终点。因公殉职后，全公司几乎找不到这位总指挥的采访影像；最后，只得从一张工作合照中截图制作遗照。

因为热爱军工，所以矢志不渝；因为精通技术，所以勇于创新；因为强国梦想，所以不舍昼夜。罗阳，对党忠诚、心怀理想、脚踏实地、爱岗敬业、恪尽职守、严守秘密、甘于无名。他所具有的信念的能量、大爱的胸怀、忘我的精神、进取的锐气，正是我们民族精神的最好写照，是我们“民族的脊梁”。

今天，沈飞总装厂大门外，罗阳的塑像静静伫立。在他的注视下，罗阳青年突击队的队员们，时刻准备着展翅高飞，共赴航空强国的山海，继续弘扬航空报国精神，在推动航空科技自立自强上奋勇攀登，在促进航空工业高质量发展上积极作为，让青春在建设航空强国的火热实践中绽放光芒！

后 记

为沈阳历史上知名人物立传，他们或是生于沈阳建功在沈阳的名人，或是生于沈阳贡献在他乡的名人，或是未生在沈阳但主要业绩在沈阳的名人，他们涵盖了政治、经济、军事、文化等各领域，把他们的事迹、他们的精神，活化起来，传承下去，是本书的责任和使命。作为生于斯、长于斯，从事教育事业近 25 年的地道沈阳人和市政协委员，有责任去了解沈阳的发展脉络，去知悉沈阳城市精神的发展历程，就像沈阳首位翰林缪润绂在《陪京杂述·东霖自序》中所说："生为沈阳之人，即宜备知沈阳之事。"这是我的责任和使命。在这双重责任与使命之下，惟有尽心而作、全力而为。

然而，选哪些知名人物？11 万年的人类活动史、7200 多年的人类生活史、2300 余年的建城史、近 400 年的都城史和 100 年的建市史，古今上如何分布？各领域如何涵盖？与"沈阳文化丛书"（以下简称"丛书"）中的其他分册如何整合？书到用时方恨少。我到省图、市图借阅了不少方志、人物相关的书籍，购买翻阅了沈阳历史文化的通识书籍，查阅了大量学者的研究成果，借鉴了文史名家的写作方法，还从长期从事编辑出版工作的姑父李毓兴那里得到了珍贵的资料和指导。遴选人物、编写提纲、整理素材、查阅图片……前期的准备使我将对沈阳碎片化记忆的人和事勾连起来，又置于国家乃至世界的时与空去考量，才发觉家乡竟有如此厚重的过往。

通读每个人物的素材，都让人叹为观止。从初选的120人，到筛选、补充，最终成稿60余篇。这是我学习的过程，也是我备受鼓舞的过程。特别感谢丛书主编初国卿老师，他对辽沈文化如数家珍、著作等身，他的文章蕴深情真、厚重轻快。每每遇到瓶颈，他的指导都能使我豁然开朗、柳暗花明。更感动于作为文史大家的他，对后辈不吝爱护与提携。

《名家风流》是一个厚重的选题，我的积淀不足以将它圆满呈现，文风因水平所限难以满足读者需要。非常感谢沈阳出版社副总编辑赵长伟对我的包容和斧正。她作为本书的责任编辑，从顶层设计到逐字逐句审阅、修订都一丝不苟，对我的拖沓和不足给予充分的理解和指导，更多的是鼓励。

读书都有一个读薄再读厚的过程。本次编纂恰恰相反，需要大量阅读再凝练精编。对材料的挖掘、搜集、辨别、整理、提炼，用文学的语言描绘，是丛书最主要的特质，也是对我最大的挑战。编纂期间恰逢我从市直学校主要领导调任市教育研究部门班子成员，学习工作异常忙碌，往往是夜深人静才有时间下笔。我的妻子柳玉瑛在编纂的全程，特别是我生病住院和至今的康复治疗中，在异常繁忙的工作之余独自承担家务、照顾孩子，并投入大量时间、精力参与编纂，同窗十载、相伴廿四，最要感谢的是她。

还有更多领导、同仁、编辑、亲属给予了我很多支持和鼓励，这里一并致谢！

能力和篇幅所限，千百年来结缘沈阳的风流人物还未能悉数登场，一以贯之、薪火相传的沈阳精神还未能全面展现，希望将来续写时有机会拾遗补缺。本书一定还有些内容需要进一步商榷，也肯定存在纰漏和错谬之处，恳请专家学者和读者批评指正，以使作品日臻完善，助我更快成长。

知之愈深，爱之愈切。作为一名教育工作者，我庆幸自己有机会传承沈阳文脉，与风流名家隔空对话。他们敢为人先，在有限的条件下，把工作做到极致；他们不畏艰险，以维护民族独立为己任，长风万里、金戈铁马；他们忠于职守，以“文死谏，武死战”为荣，不惜用生命捍卫自己的职责；他们舍生取义，在慷慨赴死中促进民族觉醒、维护国家统一；他们奉献所有，用坚定的信念乃至生命，去推动历史的进步。我希望通过自己的努力，梳理出赋予沈阳精神发展内涵的名人文化，让千百年来沈阳的风流名家所传承的沈阳精神在后人身上延续。

家乡沈阳正在以全面全方位振兴的新突破建设国家中心城市，文化强市正是题中应有之义。在新的起点上继续推动文化繁荣、建设文化强国、建设中华民族现代文明，是我们在新时代新的文化使命。面对历代名家、风流人物的丰功伟绩，面向强国建设、民族复兴的奋斗目标，站在历史重要节点的当代沈阳人应当思考自己的责任与担当。期待更多的风流名家在沈阳这片热土上生长，期待中国式现代化沈阳篇章更加宏伟壮丽，祝愿家乡沈阳的明天更美好！